古诗源

〔清〕沈德潜◎编

东篱子◎解译

全鉴

中国纺织出版社有限公司

国家一级出版社
全国百佳图书出版单位

内 容 提 要

　　《古诗源》是清代沈德潜选编的古诗集，选取了自先秦至隋代的七百余首诗歌，是近代以来流行的古诗读本。

　　本书是对《古诗源》七百余首诗歌的精选，分为十四卷。孟子曾说，读诗人的诗歌而不去了解诗人其人，是不可取的。因此本书每首诗除去注释和译文外，还增加了题解（主要包括背景知识和作者简介），这样有助于读者对诗文的理解。

图书在版编目（CIP）数据

　　古诗源全鉴 /（清）沈德潜编；东篱子解译. --北京：中国纺织出版社有限公司，2022.1
　　ISBN 978-7-5180-9248-2

　　Ⅰ.①古…　Ⅱ.①沈…②东…　Ⅲ.①古典诗歌—诗集—中国　Ⅳ.①I222.72

　　中国版本图书馆CIP数据核字（2021）第279123号

责任编辑：段子君　　责任校对：高　涵　　责任印制：储志伟

中国纺织出版社有限公司出版发行
地址：北京市朝阳区百子湾东里 A407 号楼　邮政编码：100124
销售电话：010—67004422　传真：010—87155801
http://www.c-textilep.com
中国纺织出版社天猫旗舰店
官方微博 http://weibo.com/2119887771
北京华联印刷有限公司　各地新华书店经销
2022 年 1 月第 1 版第 1 次印刷
开本：710×1000　1/16　印张：20
字数：233 千字　定价：48.00 元

在白话文通行的今天，文言与诗歌离我们日渐疏远，再学习诗歌有什么用呢？尤其是唐代以前的古诗，值得吗？

我们先来看一个故事。南北朝至唐初，有个诗人名叫孔绍安，他是南陈吏部尚书孔奂次子，孔子三十二代孙。隋灭南陈后，13岁的孔绍安被迫北迁至长安，隋炀帝杨广时期，被任命为监察御史。后来李渊起兵，孔绍安投奔李渊，官至内史舍人（五品职衔）。在一次李渊的宴会上，孔绍安应诏作诗《侍宴咏石榴》：

可惜庭中树，

移根逐汉臣。

只为来时晚，

花开不及春。

为帝王所作的侍宴诗，大多是应景之作，除了给帝王唱赞歌逗帝王开心外，也无非就是表达自己对帝王恩遇的感激之情，诗文一般都讲求华丽、恢弘、气派，没有实际内容。可孔绍安这首《侍宴咏石榴》却像一股清流，指物言事，以物抒情，句句实在。这在众多的侍宴诗中，在皆大欢喜的宴会环境中，无异于羊群里跳出一头驴。

孔绍安这首诗说了什么意思呢？诗歌的字面意思是：

可叹庭院那棵石榴树，

拔根迁移追随张骞来到长安。

只因为它来的不如别的花草早，

春天已经来了它还没来得及开花。

在这首诗里，孔绍安以石榴自喻。石榴本来生长在西域，张骞出使西域时，移植到了中土，孔绍安是说自己抛却隋炀帝杨广给他的官职待遇，前来投奔李渊。可是结果如何呢？纵然自认为有才华，可就是因为来得不如别人早，于是就得不到重视。这里还有个特指，即夏侯端。夏侯端与孔绍安都是隋帝国的监察御史，但他投奔李渊比孔绍安早，便做到了秘书监（从三品职衔）的职位，孔绍安为自己没能得到同等待遇郁闷不平。

在李渊高兴的时候，孔绍安作这样的诗，于他看来不可不谓大煞风景。但这就是孔绍安的性格，这就是诗人的脾气。

孔绍安作诗完毕，"只为时来晚，开花不及春"两句立即因为构思精巧、意境深远广为传诵。

引用这个故事想说明两点，一是每个时代的人有每个时代的风范，二是每个时代都有自己的美感。《左传》《史记》这样的史书固然可以让我们了解历史，但它们过于注重上层政治的记录，使得我们无法了解当时社会的全貌，尤其是民间社会生活，而诗歌正是一种很好的弥补。美，无论于哪个时代而言都是处在高处的，它引导时人按照它的方式与逻辑塑造自己，今天也不例外。无论是文章诗歌，还是绘画艺术，抑或是建筑，都是人类在不同时代对美的追求的痕迹。

今天，于我们而言，学习古诗与其说是学习知识，不如说是培育美感。诗歌本身，就是不同时代对美的描述和理解，而诗歌所记录的事迹、所表达的情感，又是所处时代人们对什么是美、什么是丑的价值展现。学习诗歌，能够让我们从历史中理解什么是美，如何描述美，从而塑造我们自身的美。

　　本书在选取古诗时，剔除了教化意味过于浓厚的诗歌，从语言、情感、意境、故事性角度选取诗歌，对涉及语言、情感隐喻、历史、人物联系等都做了背景介绍，同时在译文处尽量补充诗人诗外的含义，以便于更好地理解诗歌原文。

解译者

2021 年 7 月

目录

古诗源卷一

古诗源卷二

古 诗 源 卷 三

古诗源卷七

古诗源卷八

古诗源卷九

古诗源卷十

古诗源卷十一

古诗源卷十二

古诗源卷十三

古诗源卷十四

古诗源卷一

古逸

击壤歌①

佚名

【题解】

《击壤歌》是一首先秦古诗，以简洁少修饰的口语化语言，吟唱出一派惬意、自豪的耕作生活气息。日出而作，日入而息，渴有井中水，食有田中粮，闲暇之余游戏娱乐。或许有人认为这样的生活单调、乏味且没有出息，但在古时生产力低下的年代（先秦主要以木器和石器为主要务农工具），过多的欲望，无论是贵族们的穷奢极欲，还是帝王们的穷兵黩武，将会给社会带来灾难。这首诗正是反映了普通百姓的向往，有个好年头，有个好收成，一家人能安安稳稳地过日子。

诗歌短小朴拙，纯净淳美，没有任何点缀修饰，行文自然如流水，意境高雅古朴，宛如娓娓诉说日常平淡无奇的生活，仅在最后一句表明对这种平凡的满意，这也是本诗想要表达的主旨。

【原文】

日出而作②，

日入而息③。

凿井而饮，

耕田而食。

帝力于我何有哉④！

【注释】

①壤：一种木质鞋状游戏玩具。击壤时，把一壤放地上，用另一壤来击打，击中者得胜。

②作：耕作。

③息：睡觉。古时普通人家，一般晚饭后就睡下了，舍不得点灯熬油。

④帝力：帝王的力量。帝：此指尧帝。何有：有什么关系。"帝力"句：另一说为"帝何德与我哉"，那本句就是"尧帝有什么恩惠于我呢？"。

【译文】

太阳出来就去田地耕作，

太阳落山就吃饭睡觉。

凿一口井可以有水喝，

耕种田地就可以吃饱肚子。

我凭自己的力量过上了好日子，与他尧帝有什么关系呢！

康衢谣①

佚名

【题解】

《康衢谣》，是一首古代童谣，相传起源于尧舜时期。

尧帝治理天下五十年后，他想了解天下是否已经政通人和，百姓是否对自己的施政感到满意。于是，尧帝微服私访。尧帝来到康衢，听到儿童们唱着这首歌谣。尧帝很高兴，回去就将帝位禅让给了舜。

这首诗和前一首《击壤歌》，都是尧帝在康衢这个地方听到的，但是两首诗反映的主题却截然相反，且都能够流传自由歌唱，这大约也只有在先秦时期，君主集权制度形成之前才会有的盛况。

【原文】

立我臣民②，

莫匪尔极③。

不识不知④，

顺帝之则⑤。

【注释】

①康衢（qú）谣：先秦古曲名，流行于康衢。康衢：在今天山西临汾平原一带。

②立：使……立。立我臣民，即使我的臣民能够衣食无忧。

③莫：不。极：本义是房梁，此引申为作用。

④不识不知：没有多少知识，此指民风淳朴，不做投机取巧违背道德的事情。

⑤顺：遵循。则：规矩、规则。

【译文】

臣民衣食无忧，

无不是你的功劳。

民风和善淳朴，

都是因为遵循了你的规则。

伊耆氏蜡辞①

佚名

【题解】

《伊耆氏蜡辞》出自《礼记·郊特牲》，是一首先秦时期的歌谣。

这首歌谣是古人旧年即将结束，新年即将开启之机，合祭百神之时所唱。歌谣中列举了四种不利于农业生产的自然灾害，希望它们都能平息。歌谣中通篇都是祈求语气，这既是当时自然灾害的真实反映，也是人们在大自然面前无力感的真实表现。

这首小诗，行文干净利落，内涵丰富，田土流失、水灾、虫灾、草木侵蚀田地以及希望的解决方案，都包含在这短短 17 个字中了。

【原文】

土反其宅②，

水归其壑③。

昆虫毋作④，

草木归其泽⑤！

【注释】

①伊耆（qí）氏：远古时期的部落名。蜡（zhà）：即腊祭，岁末祭祀百神的祭典。蜡辞：即"腊辞"，在祭奠拜神、祈求来年有个好年景的祭典上的唱词。

②反：同"返"。宅：居住的地方，此指泥土留在田里，不要流失。（应是洪水泛滥导致的水土流失）

③壑（hè）：深沟，深谷。

④昆虫：此特指害虫。作：兴起。

⑤泽：无法耕种的水泽、湖泽之地。

【译文】

泥土返回田里，

河水去往沟壑。

害虫不能作恶，

草木留在湖泽！

尧戒①

尧

【题解】

《尧戒》即尧帝给自己的警诫之语。《淮南子·人间训》中提到了《尧戒》，尧帝说："战战栗栗，一日比一日谨慎。"尧深知，身为君主为己抓权易，为民辛苦难，唯有时刻保持谨慎，否则就可能饿殍遍野，走向《康衢谣》所说的反面。正因如此，《尧戒》被认为是天下第一座右铭。

这首四句小诗，前两句提出了尧帝自己应有的工作态度，后面两句进一步提出了他保持这样态度的方法。这个方法是通过大山与小土堆的举例来说明的，人不会被大山绊倒，是因为大的东西往往能够引起人的重视；但人可能会被小土堆绊倒，这是因为人们往往会忽略小的东西。尧帝是通过这个道理来警诫自己，谨慎要从日常小事开始，以防积重难返。

这首诗没有一味地说道理，而是通过山、土堆的对比，形象地说明了谨慎修身的重要性及谨慎修身的方法。前后两句间陡然转腾，令人眼前一亮。

【原文】

战战栗栗②，

日谨一日。

人莫踬于山③，

而踬于垤④。

【注释】

①尧戒：尧帝警诫自己的话。

②战战栗栗：因心存敬畏而小心谨慎的样子。战战：戒惧的样子。栗栗：颤抖。

③踬（zhì）：绊倒。

④垤（dié）：小土堆。

【译文】

（想到我的责任，我就不免）瑟瑟发抖，

一日比一日小心谨慎（唯恐出错，给百姓带来祸害）。

人不会被大山绊倒，

却容易跌倒在小土堆上（所以我要注意自己的一言一行啊）。

南风歌

佚名

【题解】

《南风歌》相传是舜帝时期的上古歌谣，记载于《孔子家语》。

中国大陆处在季风影响下，西北风刮起时进入深秋，开始一片肃杀；东南风吹拂时春季来临，万物复苏。因而，东南风又被古人称为"薰风"，意为"和暖之风"。舜帝迎着和煦的东南风，默默祈祷，说出了本诗的内容：南风啊，希望你能解除人们的愁苦，给人们带来丰足。舜帝不为自己祈祷，而为天下百姓祈祷，这是他身为君主的道义责任。

这首诗错落有致，结构对称，"兮"的加入丰满了节奏，已经初具赋辞的格调。

【原文】

南风之薰兮①，

可以解吾民之愠兮②。

南风之时兮③，

可以阜吾民之财兮④。

【注释】

①南风：东南风，又称薰风。薰（xūn）：和暖，温和。兮：文言助词，大致相当于"啊"。

②解：解除。愠：怨恨，怨怼。这里是指没有好年景时的愁苦。

③时：恰当，合时宜的。

④阜（fù）：丰富，富有。

【译文】

南风送来的和暖啊，

可以解除百姓的愁苦。

南风的适时而来啊，

可以丰富百姓的财物。

商铭①

侠名

【题解】

《商铭》是商代时刻在钟鼎上的文字，见于《国语·晋语》。

春秋时期，晋献公受到新娶娇妻丽姬的蛊惑，杀死太子申生，另外两个儿子重耳、夷吾仓皇外逃。骊姬想让自己的儿子做太子，晋国大夫郭偃对骊姬的一厢情愿嗤之以鼻，说她到头来只是为他人作嫁衣罢了。郭偃举例说，夏、商的末代君主被灭亡是有道理的，商朝的钟鼎铭文上说，"小德不可以自夸，小财不可以自肥"，但夏、商的统治者们没有做到，夏桀将自己比作太阳却敲骨吸髓剥削百姓，商纣也是骄奢淫逸。这样行事，是不会成功的。

这首诗由小见大，诗节对称，节奏感强，最后一句五个字，将节奏放缓，起到警醒的作用。

【原文】

嗛嗛之德，不足就也^②，不可以矜，而祇取忧也^③。

嗛嗛之食，不足狃也^④，不能为膏，而祇罹咎也^⑤。

【注释】

①商铭：商代镌刻在钟鼎上的文字。

②嗛嗛（qiàn qiàn）：小小的。就：靠近。

③祇（zhǐ）：只、正。

④狃（niǔ）：贪图。嗛嗛之食：小小的俸禄。俸禄的小，是和百姓富足相对的，帝王、诸侯、士大夫，应该更关心百姓的生计，而不是自己敛财，只有民富才能国安，帝王也才能长久享受富足。

⑤不能为膏：不足以膏润自身。 罹（lí）咎：招致祸患。

【译文】

小恩小惠，不足以使人归服，不能因此而自我夸耀，否则只会招致忧患。

小小的俸禄，不可以贪婪，不但不能滋养自身，反而只会招来灾祸。

麦秀歌①

箕子

【题解】

《麦秀歌》是商纣王被灭国后，纣王的叔父箕子所作，记载于《史记》。

商纣王时，荒淫奢靡，比干、箕子等大臣多次劝说无效，商纣王一意孤行。比干耿直，屡屡犯颜直谏，商纣王将他的心挖出来，箕子也被抓入大牢，后来箕子逃往辽东，建立朝鲜王国。周武王覆灭商朝，建立周朝后，箕子回来朝见武王，途径商纣王曾经的陪都朝歌（今河南淇县），看到断壁残垣的衰败景象，想起昔日商王朝曾经辉煌，一时感慨万千，遂写下这首《麦秀歌》。

这首诗要表达的思想非常宏大，既有对商朝衰亡的总结，又有对商纣王自甘堕落的愤懑，乃至时过境迁、物是人非的感慨。但作者巧妙地用麦、黍、商纣王三者连成一条因果链条，从而短短20字便将万般感伤纳入其中。全诗文辞悲美，情感悲婉，质朴无华，立意深永。

【原文】

麦秀渐渐兮②，
禾黍油油③。
彼狡童兮④，
不与我好兮⑤。

【注释】

①秀：植物生长繁盛。麦秀：麦子长势旺盛，麦粒还没有长实的时候。

②渐（jiān）渐：麦子吐穗时的样子。

③禾黍（shǔ）：禾与黍，泛指黍稷稻麦等粮食作物。油油：此形容庄

稼长势旺盛的样子。前两句点明麦子、禾黍长势喜人，好好照顾定是一个丰收年，暗含对商纣王未能善始善终的惋惜。

④狡（jiǎo）童：容貌美的少年，此指商纣王。箕子是商纣王的叔父，也是他曾经的臣子，一声"狡童"包含了箕子对商纣王恨铁不成钢的复杂情感。

⑤不与我好（hǎo）兮：不与我（这样的忠臣）交好，偏偏宠信小人佞臣。

【译文】

麦子长势繁盛，长长的麦穗已经长成，

禾与黍茁壮旺盛，一片喜人景象（定是一个丰收年景）。

可是那个浑小子啊，

他偏偏不听我的话（非要胡乱作为，结果一切都丢失了）。

盥盘铭

佚名

【题解】

《盥盘铭》是周武王时期刻在洗脸盆上的铭文，见于《大戴礼记》。

中国古人很早就有这样逻辑，即通过某一种器具本身器型与用途，进而衍生出更为进一层的道理。古人将衍生出来的道理，刻在器具上，用以自警自省，《盥盘铭》就是这样形成的。其他还有如商汤的《盘（浴盆）铭》，浴盆本来是用来清洗身上污垢的，古人进一步用来说明洗涤思想、日日自新的道理。同样，本诗从洗脸说起，洗脸时水覆没了鼻孔，但不会造成伤害，因为人会有意识地屏住呼吸；可是本心如被花言巧语蒙蔽，那人就躲不开灾难了，因为这时的人沉浸其中，已经不会主动避让祸害了。

这首诗运用排比和比喻的手法，紧扣实物而自然伸展，行文朗朗上

□，逻辑递进也是水到渠成。

【原文】

与其溺于人也①，宁溺于渊②。

溺于渊犹可游也，溺于人不可救也。

【注释】

①溺：淹没。

②渊：深潭。

【译文】

与其淹没在小人的花言巧语中，还不如淹没在深潭里。

淹没在深潭中人还可以游出来，被花言巧语蒙蔽就无可挽救了。

衣铭①

佚名

【题解】

《衣铭》出处不详，按照《古诗源》的体例看，这应出自先秦时期以前时期。

在中国古代，对于财富的积累，很早就形成了这样的观念：生产得多，消费得少；生产得快，消费得慢。在中国古代社会，这一直是齐家治国的根本方法。这首诗是从衣服的角度来说明这个道理，告诫人们要懂得物力维艰，珍惜一丝一缕的劳动成果，力行借鉴。

这首诗紧凑明快，言语直白，道理浅显却发人深省。

【原文】

桑蚕苦，女工难，得新捐故后必寒②。

【注释】

①衣铭：刻在衣柜上的铭文。

②捐：舍弃。

【译文】

植桑养蚕是很辛苦的，女工纺织、裁衣也是很艰难的，有了新衣服就丢弃旧衣服，日后迟早要挨冻。

白云谣

佚名

【题解】

《白云谣》是一首离别诗，是先秦时期的作品，见于《穆天子传》。

周穆王十七年，西征至昆仑，见到了西王母。后来在分别前的瑶池宴会上，西王母清唱出了这首《白云谣》。周穆王回答西王母，说："我回去将天下治理好了，还回来与你相见。"

这首诗虽是别离时所唱，但并无感伤，而更多是清亮豁达。

【原文】

白云在天，丘陵自出。

道里悠远，山川间之①。

将子无死，尚复能来②。

【注释】

①间（jiàn）：隔开。

②将（qiāng）：如果。子：你。尚复：还。

【译文】

白云飘浮在高高的天上，丘陵陡起耸立于大地。

道路啊既远又长，山川啊横亘中央。

如果那时你还没有死去，是否还能再次回访。

琴歌

佚名

【题解】

《琴歌》是春秋时期抚琴而唱的歌词，见于《风俗通》。

春秋时期，百里奚家穷，妻子为了丈夫的前途，让他离开楚国到他国求职。临行前妻子杀掉了还在下蛋的母鸡，没有柴火就把门闩当柴。后来，百里奚在虞国做大夫。后来晋国覆灭虢国，百里奚成了晋国的俘虏，成为奴隶，作为晋国公主的陪嫁奴前往秦国。百里奚后来逃离秦国，回到了楚国。秦穆公听说百里奚的才能，就用五张羊皮（当时一个奴隶的市场价）将他从楚国买了回来，封他为大夫。在一次家宴上，有个洗衣的奴婢献歌助兴，唱出了这段《琴歌》，百里奚这才知道，是分别多年的妻子，夫妻两人拥抱哭泣。

这首诗，哀婉幽怨，情真意切，娓娓道来如涓涓细流，字字真切耐人寻味。

【原文】

百里奚①，五羊皮。

忆别时，烹伏雌②，炊扊扅③。

今日富贵忘我为！

【注释】

①百里奚：春秋时期楚国人宛城（今河南南阳）人（另说为虞国人，今山西平陆），是当时著名的政治家，秦国名相。

②伏雌：下蛋的母鸡。

③扊扅（yǎn yí）：门闩。

【译文】

百里奚，你这个五张羊皮赎买的人。

还记得临别时，给你炖了下蛋的母鸡，灶台里烧着劈下来的木门栓给你做饭。

今日富贵就把我忘了吗！

越人歌

佚名

【题解】

《越人歌》是春秋时期越国人的歌谣，见于《说苑·善说》。

春秋时期，楚国共王的儿子子皙的封地在鄂地，被称为鄂君。一天，子皙前往封地，给他摇船的船夫是个越人，用越语唱了这首《越人歌》。子皙听不懂越语，翻译就将越人所唱翻译成现在记载的这首小诗。这名摇船的越人，在诗中将自己比作一名钟情王子的女子，从而表达当地对于子皙这位新封君的热爱。子皙被船夫的真诚打动，他不在意船夫的身份，与他抵足而眠，并将一幅华丽的绸被盖在渔夫的身上。

这首小诗，声义双关，委婉动听，是楚辞体中早期的优美诗篇。

【原文】

今夕何夕兮，搴舟中流①，

今日何日兮，得与王子同舟②。

蒙羞被好兮，不訾诟耻③，

心几烦而不绝兮，得知王子④。

山有木兮木有枝，

心说君兮君不知⑤。

【注释】

①今夕何夕：今夜是何夜？多用作赞叹语，指此是良辰。搴（qiān）舟：即荡舟。搴：拔。

②王子：即楚共王之子黑肱，字子皙。

③被（pī）：同"披"，覆盖。不訾（zǐ）诟（gòu）耻：不因我身份卑贱而嫌弃、责骂。訾：说人坏话。诟耻：耻辱。

④几（jī）：同"机"。

⑤说（yuè）：同"悦"。

【译文】

今夜是什么样的良辰啊，我驾船在河水中荡游，

今日是什么样的吉日啊，我竟有幸与王子同舟。

深蒙厚爱啊，不因我身份低微嫌弃，

心头乱跳啊，得以结识王子。

山上有树啊树木有枝，

心里喜欢你啊你却不知。

越谣歌

佚名

【题解】

古越谣歌是先秦时期江浙一带的歌谣，见于《风土记》。

越地人性情直率质朴，初次与朋友结交时，都遵循很郑重的仪式，设立拜坛，并且唱起这首《越谣歌》。据说，民国时期的大特务头子戴笠，他的名字就出自这首诗歌。在秦末农民起义中，陈胜与众人相约，"苟富贵，勿相忘！"（如果将来我富贵了，一定不会忘了诸位）。这首《越谣歌》产生了一个词语"车笠交"，用来形容不分贵贱贫富的友谊。

这首诗运用对比、排比，对仗工整，押韵上口，表达了古人对友情朴素、真挚、纯粹的认知，友情不因为双方的地位、财富的改变而改变。

【原文】

君乘车，我戴笠①，他日相逢下车揖②。

君担簦③，我跨马，他日相逢为君下。

【注释】

①笠：草帽。

②揖：拱手行礼。

③簦（dēng）：雨伞。

【译文】

如果有一天你坐上了豪车，而我还是戴着草帽的平民，有朝一日再相逢，你依旧会下车与我打招呼。

如果有一天，你背着雨伞步行，而我骑在高头大马上，有朝一日再相逢，我定会下车向你问候。

渡易水歌

佚名

【题解】

《渡易水歌》是战国末期的一首离别歌谣，见于《史记》。

战国末期，秦国兼并六国的战争已接近尾声，六国已经无法在正面战场抗拒秦国，当魏国、赵国先后被击败，秦国兵锋直指燕国时，燕国已经无计可施。燕国太子丹派刺客荆轲入秦，明面上投降献图，实则行刺，希望以此延缓秦国的攻势。在易水送别荆轲时，大家都知道此去凶险，无论成败，断无生还的可能。荆轲好友高渐离击缶（类似古筝的乐器），荆轲高声吟唱出这首歌。

这首诗短短两句，开头一句通过"萧萧""寒"渲染出苍凉悲壮的气氛，结尾一句则通过"一去不还"表明荆轲毅然决然的壮烈。两句而成千古绝唱，千年之后读来，依旧壮怀激烈。

【原文】

风萧萧兮易水寒①，壮士一去兮不复还！

【注释】

①萧萧：指风声，带有萧条、凄冷之感。易水：河水名，源出今河北易县，入南拒马河，是当时燕国的南界。

【译文】

朔风萧瑟啊易水凄寒，壮士一去啊再难回还！

古 诗 源 卷 二

汉诗

大风歌①

刘邦

【题解】

《大风歌》是汉朝皇帝刘邦创作的一首诗歌，见于《史记》。

刘邦称帝后，开始陆续消灭异姓王，韩信、彭越先后被杀。公元前196年，淮南王黥（qíng）布害怕自己被杀，发动叛乱。刘邦在完成了对黥布的镇压后，回军经过老家沛县时，设酒宴与昔日的朋友、父老兄弟畅饮。饮酒到酣畅之时，刘邦自己击缶，高亢唱起了这首《大风歌》。这时的西汉帝国，内忧民生凋敝，外忧匈奴强敌，而刘邦已经老了（吟唱完这首歌后，第二年死去）。

这首诗只有三句，第一句是说割据群雄已被消灭；第二句表露了刘邦英雄豪放与踌躇满志的自得；第三句则多了一丝惆怅，对国家未来表示了担忧。全诗大气磅礴、鲜明质朴、上下浑然、别具一格。

【原文】

大风起兮云飞扬②，

威加海内兮归故乡③，

安得猛士兮守四方④！

【注释】

①大风歌：别名"大风曲""大风诗"。

②兮：语气助词。

③加：施加。海内：即四海之内，指代"天下"。

④安得：怎样得到。守：守护，保卫。

【译文】

大风冲上九霄啊乱云飞扬，

如今天下一统啊衣锦还乡，

哪里寻得勇士啊守卫四方！

鸿鹄歌

刘邦

【题解】

《鸿鹄歌》是刘邦创作的一首四言诗，见于《史记》。

刘邦晚年，他认为性格软弱的太子刘盈无法肩负帝国重任，他看中了戚夫人所生的赵王刘如意。刘邦遂想在临死前，更换太子。刘盈的生母，刘邦的正妻吕雉采用了张良的计策，为太子刘盈请来了"商山四皓"（四个名动天下的隐士）。刘邦看到刘盈身后的四皓，大吃一惊，想不到刘盈的名声竟然如此深得民心，于是打消了更换太子的念头。回到戚夫人处，刘邦吟唱出了这首《鸿鹄歌》，安慰于她（想立她的儿子为太子的事情告吹了），戚夫人含泪伴舞。

这首诗采用暗喻手法，通体运用四言，表达了刘邦身为帝王也无法事事由己的无奈和难以直言的纠结。

【原文】

鸿鹄高飞，一举千里①。

羽翮已就，横绝四海②。

横绝四海，又可奈何。

虽有矰缴，将安所施③？

【注释】

①鸿鹄（hú）：指大雁与天鹅。大雁与天鹅迁徙时，都高飞在云巅，因此常用来比喻志向远大的人或高远的志向。举：振翅高飞。

②翮（hé）：本义是鸟羽中空透明的茎状部分，此指翅膀，用来说明刘盈已经羽翼丰满。就：成，丰满。

③矰（zēng）缴：即"矰缴"，系有丝绳、弋射飞鸟的短箭。安施：又能如何。

【译文】

大雁与天鹅已冲云霄，双翅一振千里之遥。

它们的羽翼已经丰满，足以能够四海翱翔。

如今四海翱翔的能力，也就无法对它们如何了。

纵然持有利箭，又能将它们怎么样呢？

垓下歌①

项羽

【题解】

《垓下歌》是秦末楚汉争霸时，项羽所作的一首绝命诗，见于《史记》。

楚汉争霸末期，刘邦军团将项羽团团围困在垓下，汉军唱起了楚地的歌谣，瓦解了项羽军心。项羽见大势已去，遂决定突围。在突围前，项羽望着自己的娇妻虞姬，唱起了这首《垓下歌》。这首诗概括了项羽昔日的所向披靡的英雄气概和如今穷途末路的无可奈何。项羽想背着虞姬一同突围，虞姬为不拖累项羽，自杀身死。

这首诗虚实结合、悲壮慷慨，篇幅虽小，情感丰富。末尾两句"可奈何""奈若何"，将末路英雄的"悲"展示得夺人神魄，英雄未必无情！

【原文】

力拔山兮气盖世，

时不利兮骓不逝②。

骓不逝兮可奈何③，

虞兮虞兮奈若何④！

【注释】

①垓（gāi）下：古地名，在今安徽灵璧东南。

②骓（zhuī）：毛色苍白相杂的马，此指项羽的坐骑"乌骓"马。

③奈何：怎样；怎么办。

④虞：即虞姬，项羽的妻子。奈若何：拿你怎么办。若，你。

【译文】

力量足可以撼动山岳啊气概无双，

可时运不济啊宝马也难四蹄驰扬。

如今宝马也不能奔驰疆场，我又能怎样？

虞姬啊虞姬我该如何保护你！

秋风辞①

刘彻

【题解】

《秋风辞》是西汉武帝刘彻所作赋体悲秋诗，收录于《乐府诗集·杂歌谣辞》。

公元前113年，刘彻突然动身前往河东郡的汾阴县祭祀后土（地下的神仙），河东郡守听闻皇帝突然驾临如晴天霹雳，一切供应都来不及筹备，恐慌之下自杀。刘彻祭祀完后土，在汾河的龙舟上设宴，宴饮当中，看着岸上给他送行的成群的百姓，河中望不到头的灯火通明的龙舟，船上歌舞喧腾的盛宴，又恰逢秋雁南归，想想这样的美景自己也不能永久享有，遂写下了这首《秋风辞》。刘彻这年刚44岁，他屡屡求取长生灵药而不得，在这首诗中记下了人生易老、岁月易逝的感慨。

这首诗比兴并用，情景交融，语言清丽明快，句句押韵，乐感流畅、优美，是"悲秋诗"中的佳作。

【原文】

秋风起兮白云飞，草木黄落兮雁南归②。

兰有秀兮菊有芳，怀佳人兮不能忘③。

泛楼船兮济汾河，横中流兮扬素波，箫鼓鸣兮发棹歌④。

欢乐极兮哀情多，少壮几时兮奈老何！

【注释】

①辞：古时的一种文学体裁，行文讲究押韵。

②黄落：草木枯萎凋零。

③秀：此指兰草的秀美，长势好。芳：香气。佳人：此指贤能之士。

④泛：浮。楼船：甲板之上建有多层楼阁的大船。中流：中央。素波：白色波浪。棹（zhào）：船桨。

【译文】

秋风吹动着白云划过天空，草木开始枯萎凋零，寒颤的大雁开始向南飞去。

兰草秀美呀菊花芬芳，思念美人呀难以忘怀。

高大的楼船在汾河上荡漾，船桨划动泛起白色波浪，歌舞钟鸣中传来船夫的号子歌声。

欢乐到尽头就只剩下悲伤，少壮的日子易去，到老来又该怎么应付呢！

悲愁歌

刘细君

【题解】

《悲愁歌》另一名为《乌孙公主歌》，是西汉江都王刘建女儿刘细君和亲乌孙时所作，见于《汉书·西域传》。刘建已于公元前121年被刘彻诛杀三族，刘细君漏网幸存。

公元前133年的马邑之战，拉开了西汉帝国与匈奴决战的序幕。汉武帝刘彻为了在西域寻找到联盟对抗匈奴，答应了乌孙王猎骄靡的求婚，公元前105年，将刘细君作为和亲公主嫁给猎骄靡，作为他的次妻（猎骄靡已有一位匈奴妻子）。猎骄靡的岁数足可以做刘细君的祖父了，刘细君还是个不谙世事的小姑娘，她日夜思念故土，在孤寂与忧伤中写下了这首《悲愁歌》。猎骄靡死后，刘细君又嫁给了猎骄靡的孙子军须靡。公元前101年，刘细君病逝，她远嫁乌孙只活了5年（和亲的公主，很少有活得长久的）。

这首诗，作者以第一人称自诉身世，将异国远嫁、孤独无依、饮食不惯、思念故土一一道来，其遭遇令人一叹二叹连三叹。

【原文】

吾家嫁我兮天一方，

远托异国兮乌孙王①。

穹庐为室兮旃为墙②，

以肉为食兮酪为浆。

居常土思兮心内伤③，

愿为黄鹄兮归故乡④。

【注释】

①乌孙：西域古国，在今新疆伊犁河谷一带。

②穹庐：游牧民族居住的帐篷。旃（zhān）：同"毡"，当时少数民族用羊毛、骆驼毛织成的毡子。

③土思：对故乡的思念。土：故土、故乡。

④黄鹄（hú）：传说中的大鸟，双翅一振，即可千里。

【译文】

家里把我嫁到这万里之远的他乡，从此与家人天各一方；

他们将我托付给了异国的首领，就是这乌孙国王。

西风吹过空荡的旷野，帐篷就是我的居室，毛毡就是我的围墙；

吃喝我都不习惯呀，这里以肉为主食，以奶酪为水浆。

昼夜孤寂我难掩思念故土，终日思念终使我五内俱伤；

多么希望我能化身一只黄鹄，一日飞回我的家乡。

白头吟①

卓文君

【题解】

《白头吟》是西汉卓文君所作的一首汉乐府民歌，见于《西京杂记》。

司马相如发迹前，很穷困。一次他参加临邛（今四川邛崃）富商卓王孙的宴会，弹奏了一曲《凤求凰》，打动了卓王孙寡居的女儿卓文君，卓文君随后与司马相如私奔。颜面尽失的卓王孙气得眼前发黑，宣称与自己的女儿断绝父女关系。不失爱心的老父亲，总斗不过精灵古怪的女儿，最后卓王孙最终妥协了，援助了司马相如夫妇钱百万，奴仆百人。后来司马相如进入长安做了官，移心别恋，看上了一个名叫茂陵的一个女子。卓文君闻讯后，遂作《白头吟》寄给丈夫，表明自己绝不妥协的态度和对真诚爱情的向往。

这首诗格韵出奇，指事托意委婉真切，将一个敢爱敢恨女子的坚定与坚韧尽情展现，是讽咏诗中不可多得的珍品，也因此被质疑不是卓文君所作，因西汉时期五言诗还远没有达到如此成熟的地步。

【原文】

皑如山上雪，皎若云间月②。

闻君有两意，故来相决绝③。

今日斗酒会，明旦沟水头。

蹀躞御沟上，沟水东西流④。

凄凄复凄凄，嫁娶不须啼。

愿得一心人，白头不相离。

竹竿何嫋嫋，鱼尾何簁簁⑤。

男儿重意气，何用钱刀为⑥！

【注释】

①白头吟：后来称为乐府诗的曲调名，多用于描写被抛弃的女性。

②皑：洁白（多用于"雪"）。皎：白而亮（多用于"月"）。

③两意：指司马相如有了二心。决绝：断绝。

④蹀躞（xiè dié）：小步走路。

⑤嫋嫋（niǎo niǎo）：同"袅袅"，轻盈纤美的样子。簁（shāi）簁：鱼尾跃动。

⑥意气：感情、恩义。钱刀：古钱币中，有刀形币，称作刀币。

【译文】

真爱就如同山上那洁白的雪，如同云中那皎洁的月。

我听说你对我有了二心，所以特来与你断绝情分。

今天置酒畅饮做最后的相会，明朝你我便如同这沟水两岸的人了。

你我各自走在御沟两岸，就如同这沟水各自东西了。

虽是伤心难过，可你非要另娶，我也不必哭哭啼啼。

当初嫁给你，以为是嫁给了一个钟情钟意的心上人，总觉得到老也不会再分开。

男女情投意合就像竹竿那样轻细柔长，鱼儿那样可爱欢畅。

男儿如若重情义，又怎会因为富贵将我放弃！

苏武与李陵诗四首（其一）

苏武（作者存疑）

【题解】

这四首诗，南朝时梁代萧统所编《昭明文选》将它们列入西汉苏武名下，称作"苏武与李陵诗"。

苏武与李陵曾经同为侍中。后来李陵战败投降匈奴，苏武出使匈奴被扣押，李陵前往探望，在两人交谈中，苏武作了这首诗。但是到了宋代，萧统的说法受到了质疑，首先是大词人苏轼认为这四首诗不可能是苏武所作，继而以博学著称的洪迈也提出了质疑。时至今日，多数的意见认为，这四首诗是后人假托苏武之名而作，成诗时间在东汉后期。

这首离别诗，善于借景抒情，同时又将直接抒情与间接抒情相结合。通过对比、典故的运用，将情感层层递进。

【原文】

骨肉缘枝叶，结交亦相因①。

四海皆兄弟，谁为行路人②。

况我连枝树，与子同一身③。

昔为鸳与鸯，今为参与辰④。

昔者常相近，邈若胡与秦⑤。

惟念当离别，恩情日以新。

鹿鸣思野草，可以喻嘉宾⑥。

我有一罇酒，欲以赠远人⑦。

愿子留斟酌，叙此平生亲⑧。

【注释】

①骨肉：指兄弟。相因：承袭。

②四海皆兄弟：四海之内都是兄弟。语出《论语》："四海之内皆兄弟也。"司马牛忧愁地对子夏说："别人都有兄弟，唯独我没有。"子夏说："认真谨慎地做事，恭敬有礼地待人，那么四海之内就都是你的兄弟。何必担心没有兄弟呢？"

③连枝树：枝叶相连之树，常用以喻兄弟或夫妇。

④参（shēn）、辰：参星和辰星，参星居西方，辰星（又名商星）居东方，出没各不相见，常用来比喻彼此隔绝不能相见。

⑤邈：遥远。胡与秦：犹言外国和中国，形容距离遥远。胡：胡人居住之地，多在遥远的大漠。秦：指代华夏族居住之地。

⑥鹿鸣：古代宴群臣嘉宾所用的乐歌，出自《诗经·小雅·鹿鸣》，"呦呦（鹿鸣叫的声音）鹿鸣，食（吃）野之苹（青蒿）。"

⑦罇：酒器，类于酒杯。

⑧斟酌：此指代饮酒，似是苏武劝说李陵改变志向。李陵投降匈奴，苏武坚决不降。李陵处于绝境，不得不降，但随后刘彻将李陵家全家杀死，连他年迈的老母都没放过，这让李陵心如死灰，再也不愿回到伤心地了。

【译文】

兄弟的情谊就像树叶生长于树枝，朋友间的友情也是如此这般。

四海之内都是兄弟，谁也不是漠不关己的陌路人。

何况你我就如同相连相依枝叶，同出于一个身体。

从前亲近的如同鸳鸯，如今却像参、辰二星难得相见。

曾经我们常常相聚，如今天各一方。

即将离别之际，倍觉情谊日益难舍。

麋鹿召集同伴同食嫩草，可以用来比喻我宴饮嘉宾的心情。

这一樽酒，想赠给远行的兄弟。

希望你再多留一会饮下此酒，以叙我们平日的情谊。

李陵与苏武诗三首（其一）

李陵（作者存疑）

【题解】

这首诗，南朝时梁代萧统所编《昭明文选》将它们列入西汉李陵名下，称作《李少卿与苏武诗三首》。

公元前99年，汉武帝刘彻下死令，命李陵率5千步卒深入匈奴腹地，并且不给他任何的后勤补给和后援支持，结果李陵被匈奴10万骑兵包围，痛杀匈奴一万余人，最终弹尽粮绝，不得不诈降匈奴。汉武帝刘彻痛恨李陵没有战死，遂下令诛杀李陵三族，李陵为此心灰意冷，从此断绝了与西汉帝国的联系。苏武南归前，李陵前来为老友送别，想起自己老母被杀，再无返还的可能，泪水纵横，拔剑而舞，边舞边歌，唱出这首离别诗。但是，李陵诗与苏武诗一样受到质疑，现在一般认为是东汉时期，文人假托李陵之名而作。

这首诗凄怨悲怆，音律感强。南朝钟嵘在其所著《诗品》中将它推为上品（第一等），沈德潜在《古诗源》赞誉说："一片化机，不关人力，此五言诗之祖也。"

【原文】

良时不再至，离别在须臾^①。

屏营衢路侧，执手野踟蹰^②。

仰视浮云驰，奄忽互相逾^③。

风波一失所，各在天一隅。

长当从此别，且复立斯须^④。

欲因晨风发，送子以贱躯。

【注释】

①须臾（yú）：很短的时间，片刻之间。

②屏（bīng）营：彷徨。衢（qú）路：道路，岔路。踟蹰：徘徊。

③奄忽：疾速，急剧。

④斯须：片刻，一会儿。

【译文】

那些快乐的日子不会再有了，分别就在眼前。

在大道上彷徨、徘徊，四手紧握迟迟不愿分开。

天上的浮云飞驰而过，相互间难有些许的停留。

大风一来，它们便各自一方远向天边了。

就要长别了，再站一会儿，再停留一会儿吧。

在一个顺风的清晨，我在这里为你送行。

歌一首

李延年

【题解】

本诗名为《李延年歌》，是西汉宫廷音乐家李延年所创，见于《汉书·外戚传》。

　　李延年精通音律，擅长歌舞，听到他作出新曲，无人不被感动，汉武帝刘彻很喜欢他。一次他为武帝跳舞，开口唱出了这首《李延年歌》。刘彻听后大为惊叹，说："想不到世上竟还有这样美貌的女子！"平阳公主（刘彻的嫡亲姐姐，大将军卫青的妻子）趁机向刘彻推荐李延年的妹妹，说她就是歌中所唱的美人。刘彻见到李延年的妹妹后，非常喜欢，封她为夫人，史称"李夫人"。沈德潜在《古诗源》一书中对李延年的做法颇为不屑，说："计划好了要将妹妹献给皇帝，故意吟唱这首歌，这是倡优下贱的伎俩。"但对这首诗却极为推崇，说用情很深。

　　这首不太严格的五言诗，言语夸张而不失真情，以虚代实而繁简得宜，实为难得的自然、率真佳品。

【原文】

北方有佳人，绝世而独立①。

一顾倾人城，再顾倾人国②。

宁不知倾城与倾国，佳人难再得③。

【注释】

①绝世：举世无双。独立：超凡脱俗。

②顾：看。倾人城：令士卒弃械、墙垣失守。倾人国：使国家灭亡。

③宁（nìng）：难道，怎么能。

【译文】

北方有一个美人，惊艳盖世超凡脱俗。

她看一眼守城兵卒即可令城垣失守，若再看一眼君王国家顷刻覆灭。

可是佳人实在难得一见啊，竟然为此倾城倾国也在所不惜。

怨诗

王昭君

【题解】

《怨诗》是西汉宫女王昭君和亲出塞前所作,见于《琴操》。

公元前 36 年,西域副校尉（西域都护府副职）陈汤穿越数千公里歼灭郅支单于,匈奴呼韩邪单于慌忙前往长安,向帝国的皇帝表明自己没有郅支单于那样的狼子野心。公元前 33 年,西汉汉元帝刘奭（shì）将一名宫女赏赐给他。刘奭事先只见过她的画像没有见过这个宫女本人,当辞行的时候才发觉她倾国倾城的美貌。他怒气冲冲找来给这个宫女画像的画师毛延寿,一刀将他斩杀方才解恨。这个宫女名叫王昭君,她被称为古代四大美女之一,也有人称她为和平的使者,可是她同以往和亲的公主一样短命,在匈奴生活了十二三年后就凋谢了。王昭君离开宫苑前往荒凉大漠前,写下了这首《怨诗》。

这首诗前面运用长篇比喻,诉说自己不情愿的苦楚,最后一句对父母的呼唤,引得读者与作者声泪俱下。

【原文】

秋木萋萋,其叶萎黄。有鸟处山,集于苞桑①。

养育毛羽,形容生光②。既得行云,

上游曲房③。

离宫绝旷，身体摧藏。志念抑沉，不得颉颃④。

虽得委食，心有徊惶⑤。我独伊何，来往变常。

翩翩之燕，远集西羌⑥。高山峨峨，河水泱泱⑦。

父兮母兮，道里悠长，呜呼哀哉，忧心恻伤。

【注释】

①苞桑：丛生的桑树。

②形容：形体与容貌。

③曲房：皇宫内室。

④颉颃（xié háng）：鸟儿上下翻飞。上飞为颉，下飞为颃。

⑤委食：给予食物。

⑥西羌：居住在西部的羌族，此指代匈奴。

⑦泱泱：水深广貌。

【译文】

秋天的树木依旧苍郁，可树叶已经枯萎变黄。山中的鸟儿，聚集于桑树枝头沐浴阳光。

故乡的水土养育它丰满的羽毛，使它体貌鲜亮。它被当作喜爱之物被收养，从此被藏于宫中深房。

宫苑空旷呀深房寂凉，见不得阳光呀内心悲伤。心情沉郁，再不得自由翱翔。

美食就在眼前，心却无依彷徨。为何我总是这般命苦，厄运总缠绕在我身旁。

而今娇弱的燕子，又将被远赴遥远的西羌。前方尽是高山耸立，河水汪洋。

叫一声爹爹呀娘亲，女儿出嫁的道路又远又长。唉，可知你们的女儿满怀悲伤。

怨歌行①

班婕妤

【题解】

《怨歌行》又称作《团扇诗》《纨扇诗》《怨诗》，是西汉成帝刘骜的妃子班婕妤（姓班，婕妤是妃子等级）所作，收录于《昭明文选》。

班婕妤自幼聪慧，才华出众。公元前 32 年入宫，深得汉成帝刘骜宠爱，很快被封为"婕妤"（仅次于皇后）。班婕妤宽和知礼，后来赵飞燕、赵合德姐妹入宫，她们飞扬跋扈，一举扳倒皇后，进而又要谗害班婕妤。班婕妤无奈之下，只得退让避祸，前往长信宫侍奉太后，以求自保。班婕妤不仅文采出众，见识也不凡。她在备受刘骜宠爱的美好时光里，担忧这种恩爱难以长久，遂以秋天的扇子自喻，写下了这首《怨歌行》。

这首诗语言清新秀美，构思精巧，意韵隽永，以完美的比喻将哀怨的形象凸显得鲜明灵动。《诗品》将班婕妤的诗列为上品。

【原文】

新裂齐纨素，皎洁如霜雪②。

裁作合欢扇，团团似明月③。

出入君怀袖，动摇微风发④。

常恐秋节至，凉飙夺炎热⑤。

弃捐箧笥中，恩情中道绝⑥。

【注释】

①怨歌行：乐府诗曲调名。

②新裂：指刚从织机上裁剪下来。齐纨（wán）素：纨素都是细绢，以齐地（今山东中部）出产的质量为最佳。

③合欢扇：上有对称图案的圆面扇子。

④怀袖：犹怀抱，此指爱不释手随身携带。

⑤秋节：秋天。节：节令。凉飙（biāo）：凉风。

⑥捐：抛弃。箧笥（qiè sì）：竹箱。恩情：恩爱之情。中道绝：中途断绝。

【译文】

新裁下来的齐地出产的精美细绢，洁白如雪。

用它制作的合欢团扇，活像一团团明亮的圆月。

整日里被随身携带，轻轻摇动清风拂面解热。

可是总担心秋季的到来，冷风取代了酷暑。

到那时团扇将会被弃箱笼，往日的情分从中断绝。

拊缶歌

杨恽

【题解】

《拊缶歌》是西汉杨恽所作的诗歌，见于《汉书》。

西汉在政治上沿袭了秦帝国的"霸道"，人们会因为莫名其妙的原因被治罪。杨恽轻财好义，被人告发言语狂悖，开皇帝的玩笑，从而被抓入狱，幸而得脱。在家闲居时，写下了这首《拊缶歌》。杨恽在这首诗中，表达了自己一事无成的感慨，并没有指斥朝政得失，可万万没想到，西汉皇帝就连这样的文字也不能容忍。杨恽再次被人告发，最终被判腰斩（最高级别的残酷死刑），罪名是大逆不道。不想惹祸，最终还是祸事上头，真令人嗟叹。

这首诗短小朴实，运用比喻的手法，语言自然，水到渠成。

【原文】

田彼南山，芜秽不治①。

种一顷豆，落而为萁②。

人生行乐耳，须富贵何时。

【注释】

①田：此作动词，耕种。

②萁（qí）：豆秸。

【译文】

在南山耕种了一块地，杂草丛生很难除净。

后来种下豆百亩，到头来颗粒无收只留豆秸。

人生短暂还是及时行乐吧，非要富贵才行乐，那要等到几时？

五噫歌

梁鸿

【题解】

《五噫歌》是东汉诗人梁鸿所作的一首古体诗，见于《后汉书》。

梁鸿家贫，曾入太学学习，但无意为官。三十岁后，与妻子结识，两人携手隐居霸陵山中，以耕田织布为业，平日读诗书、弹琴作为消遣。一天，梁鸿途径京城洛阳，登上洛阳北边的邙山，他俯视京都华丽的宫殿，想到这气势巍峨的殿台楼阁，不知消耗了多少人家的口粮、劳力才得以建成。宫殿建成，帝王享受，而百姓却依旧沉浸凄苦，于是写下了这首《五噫歌》。汉肃宗刘炟听闻这首《五噫歌》，觉得梁鸿给他抹黑，派人寻他来理论，幸亏没有寻到。

这首诗形式古朴，每句末用一"噫"字感叹，叙事直白，情真意切，一片悲悯众生的情怀。

【原文】

陟彼北芒兮，噫①！

顾瞻帝京兮，噫②！

宫室崔嵬兮，噫③！

人之劬劳兮，噫④！

辽辽未央兮，噫⑤！

【注释】

①陟（zhì）：登高。北芒：即北邙山，又称邙山，在今河南省洛阳城北。噫（yī）：语气词，本诗五句结尾的"噫"，都起到加重语气的作用。

②顾瞻：瞻望。帝京：京城洛阳。

③宫室：宫殿。崔嵬（wéi）：高大。

④劬（qú）：劳苦。

⑤辽辽：漫长。未央：未尽，没完没了。

【译文】

登上北邙山呀，唉！

俯首望皇城呀，唉！

宫殿多宏伟呀，唉！

都是百姓建呀，唉！

百姓苦无边呀，唉！

武溪深行

马援

【题解】

《武溪深行》是东汉著名将领马援所作，收录于《乐府诗集》。

公元48年，南方武陵郡武溪一带发生了叛乱，武威将军刘尚率万余人前往平乱，结果全数阵亡。当时已经62岁的老将马援向光武帝刘秀请命，前往平叛。当时的武溪一带，还没有开发，丛林沼泽中的瘴气是最致命的杀手。一路上，山高路险水深，马援初战告捷，遂即进入大山继续作战。可是当地恶劣的地形和气候带来的影响逐渐显现，粮食供应不上，酷热潮湿的天气导致瘟疫流行。面对这样的形势，马援也无可奈何，写下了这首《武溪深行》。不久，马援也身染瘟疫，随后死去。马援死后被人诬陷，没有得到公平的对待，家人都不敢将他的尸体葬入已经准备好的墓地。

这首诗语言简明情切，情感凄凉真挚，对武溪毒淫的悲愤之情力透纸背。

【原文】

滔滔武溪一何深①，鸟飞不度，兽不敢临②。

嗟哉武溪多毒淫③！

【注释】

①滔滔：大水奔流状。一何：何其，多么。武溪：指今湖南西部武陵山一带的武水。

②度：越过。临：靠近。

③嗟哉：可叹。毒淫：瘴气浸淫。

【译文】

奔腾的武溪水湍急且又深，飞鸟不敢越，走兽不敢临。

啧啧，武溪你何其害人！

四愁诗

张衡

【题解】

《四愁诗》是东汉文学家张衡所作，收录于《昭明文选》。

东汉帝国，因为先天因素，很快就陷入了外戚政治。外戚通过掌握大将军、录尚书事这两个职位，控制了朝政大权。外戚的穷奢极欲与强取豪夺，给帝国的政治与经济造成了破坏。汉顺帝刘保依靠宦官即位，一口气封19个宦官为侯，宦官乱政与外戚专权相互勾结，到汉安帝刘祜时愈演愈烈。张衡目睹帝国的腐败，不仅无能为力，还不得不时刻防备小人谗害（两汉帝国因言获罪不在少数），愁苦忧困之下，写下这首《四愁诗》。

这首诗分为四章，每一章分别以东西南北四方位的一处地名为引子，通过美人不可寻来暗喻自己的怀才不遇。全诗运用比兴手法和回环重叠的艺术手法，结构整齐对称。

【原文】

我所思兮在太山①。

欲往从之梁父艰，侧身东望涕沾翰②。

美人赠我金错刀，何以报之英琼瑶③。

路远莫致倚逍遥，何为怀忧心烦劳。

我所思兮在桂林。

欲往从之湘水深，侧身南望涕沾襟④。

美人赠我琴琅玕，何以报之双玉盘⑤。

路远莫致倚惆怅，何为怀忧心烦伤。

我所思兮在汉阳⑥。

欲往从之陇阪长，侧身西望涕沾裳⑦。

美人赠我貂襜褕，何以报之明月珠⑧。

路远莫致倚踟蹰，何为怀忧心烦纡⑨。

我所思兮在雁门⑩。

欲往从之雪雰雰，侧身北望涕沾巾⑪。

美人赠我锦绣段，何以报之青玉案⑫。

路远莫致倚增叹，何为怀忧心烦惋⑬。

【注释】

①太山：即泰山，在今山东境内。

②梁父：亦作"梁甫"，泰山下小山名。翰：衣襟。

③金错刀：王莽时期的一种货币，因使用黄金镶嵌雕刻，称作错刀或金错刀。英："瑛"的借字，像玉的美石。琼瑶：都是美玉。

④湘水：源出广西兴安，东北流经湖南省，注入洞庭湖。

⑤琅玕（láng gān）：如同珠玉的美石。

⑥汉阳：郡名，东汉时天水郡改汉阳郡，郡治由平襄移冀县（今河北省衡水市冀州区）。

⑦陇阪（bǎn）：即陇山。裳（cháng）：古时上衣称"衣"，下衣称"裳"。

⑧襜褕（chān yú）：长袍。

⑨烦纡（yū）：愁闷郁结。

⑩雁门：郡名，在今山西省西北部。

⑪雰（fēn）雰：霜雪很大的样子。

⑫段：同"缎"，本义是缝贴于鞋跟的革片、丝绦之类，此指鞋后跟。案：放食器的小几（形状如矮腿的小茶几）。

⑬烦惋（wǎn）：郁闷叹恨。

【译文】

我思念的美人啊在泰山。

我想前往追随于她，无奈山脉横隔路途艰难；只能向东遥望，任凭泪水打湿衣衫。

美人赠我金错刀，我将何以报之？唯有琼瑶美玉。

明知道路险远望洋兴叹，为何还总是意念难绝，烦恼伤神？

我思念的美人啊在桂林。

我想前往追随于她，无奈湘水幽深横亘其间；只能向南遥望，任凭泪水打湿衣衫。

美人赠我琅玕琴，我将何以报之？唯有成双白玉盘。

明知道路险远忧伤摧肝，为何还总是意念难绝，烦闷忧伤？

我思念的美人啊在汉阳。

我想前往追随于她，无奈陇山险阻直插云巅；只能向西遥望，任凭泪水打湿衣衫。

美人赠我貂襜褕，我将何以报之？唯有月明珠。

明知道路险远徘徊难前，为何还总是意念难绝，愁眉不展？

我思念的美人啊在雁门。

我想前往追随于她，无奈塞上风雪冻酷严寒；只能向北遥望，任凭泪水打湿衣衫。

美人赠我锦绣缎，我将何以报之？唯有青玉几案。

明知道路险远徒增扼腕，为何还总是意念难绝，郁闷哀叹？

古诗源卷三

汉诗

饮马长城窟行①

蔡邕

【题解】

《饮马长城窟行》是东汉文学大家蔡邕所作，收录于《昭明文选》。

蔡邕所处的东汉，正是东汉政治上最后的疯狂时期，宦官与外戚连番折腾，民不聊生，内战不断。为了镇压民众反抗，东汉政府设立了"州牧"一职，赋予州牧军政、民政、财政大权，随之地方割据势力开始形成，东汉帝国眼看就要四分五裂。公元189年，并州牧董卓带兵杀入都城洛阳，劫持汉献帝刘协，东汉帝国名存实亡，从此陷入了各地军阀的连绵不绝的战争中。在这样的大形势下，蔡邕写下了这首《饮马长城窟行》。长城是秦帝国用以防御匈奴的，城下山脚有泉眼，可以供马饮用。如今厌恶了战争的人们再看到饮马泉时，纷纷伤心，战争与兵役永远也没个头，家里的妻子思念远征的丈夫。蔡邕此作，是对地方军阀作乱的讨伐，可他没有死于军阀（董卓）之手，反而被王允杀死，真是造化弄人。

这首诗前面大篇幅铺陈了家中的妻子是如何挂念在外的丈夫，手法化虚为实，情感真挚深厚。妻子终于等来丈夫的回信，心中只有两句话：好好吃饭，我想你。万般思念终有回音，可算一喜，可两下相交，倍感妻子的不易、心酸。

【原文】

青青河畔草，绵绵思远道②。远道不可思，宿昔梦见之③。

梦见在我傍，忽觉在他乡。他乡各异县，展转不相见④。

枯桑知天风，海水知天寒。入门各自媚，谁肯相为言⑤？

客从远方来，遗我双鲤鱼⑥。呼儿烹鲤鱼，中有尺素书⑦。

长跪读素书，其中意何如⑧？上言加餐饭，下言长相忆。

【注释】

①饮马长城窟行：乐府旧题，原辞已不传。长城窟，长城侧畔的泉眼。窟，泉窟，泉眼，可供马匹饮用。

②绵绵：明写河畔草，实为家中的妻子对丈夫的思念连绵不断。远道：远方。

③不可思：思了也白思，加重悲情。宿昔：夜里。

④展转：同"辗转"。不相见：一作"不可见"。

⑤媚：爱。

⑥遗（wèi）：赠，送。双鲤鱼：即双鲤，古时对书信的称谓。古人装书信的盒子，由上下两片雕刻成鱼形的竹简制成，称作双鲤。

⑦尺素：指书信。纸张普及以前，古人写信或文章，通常用长一尺的绢帛，故称为尺素。

⑧长跪：古代的一种坐姿，双膝着地，屁股压在脚后跟。

【译文】

青青河边草，连绵不绝伸向远方。远方的人啊思念也无法看到，只有梦中短暂相遇。

梦中他就在我的身旁，一觉醒来他又在遥远的他乡。他乡有那么多地方，不知道何时才能相见。

桑树枯萎知道秋天已至，纵然那海水也在冬季严寒中结冰。看到人家夫妻相互恩爱，谁能告诉我丈夫的音讯？

有远客前来，送来丈夫的信函。赶忙呼唤童仆打开，里面有一尺帛书。

正襟危坐来读丈夫的书信，信中说了什么呢？前面叮嘱我要好好吃饭，后面说经常想念我。

翠鸟①

蔡邕

【题解】

《翠鸟》是东汉蔡邕所作的一首五言古诗（不同于唐诗中的五言律诗），见于《蔡中郎集》。

公元 178 年，蔡邕因为得罪了将作大匠（类于后世的工部尚书）杨球（中常侍程璜的女婿），被杨球诬告下狱，后流放到朔方（北方边境，今内蒙古自治区河套西部）。此时正值东汉党锢之祸第二阶段，诬告成风，被灭家屠族的超过 100 多家。蔡邕再三谨慎小心，杨球依旧穷追不舍。后来，蔡邕不得已前往江南吴会避难，在吴会写下了这首《翠鸟》。

这首诗以翠鸟自喻，指物言情，含蓄隽永，抒发了诗人被罗织迫害，忧心忡忡的心情。

【原文】

庭陬有若榴，绿叶含丹荣②。

翠鸟时来集，振翼修容形③。

回顾生碧色，动摇扬缥青④。

幸脱虞人机，得亲君子庭⑤。

驯心托君素，雌雄保百龄。

【注释】

①翠鸟：一种水鸟。

②庭陬（zōu）：庭院一角。陬，角落。若榴：即石榴。丹荣：红花。

③修：修饰，整理。容形：亦作"形容"，体貌，此指羽毛。

④动摇：跳跃。缥（piǎo）青：淡青色。

⑤虞（yú）人：古掌山泽苑囿的官。机：机关。亲：近，临。

【译文】

庭院一角有一株石榴树，红花掩映在绿叶之间。

有一只翠鸟时不时前来，震动着翅膀梳理羽毛。

一眼望去翠鸟通身绿色，它跳跃时又绽放淡淡青色。

侥幸啊它逃脱了虞人的机关，总算来到了君子的庭院。

驯良的心得到了善良人的保护，这回可以一生平安了吧。

陌上桑①

佚名

【题解】

《陌上桑》汉乐府中的名篇，见于《宋书·乐志》（又名《罗敷》《艳歌罗敷行》）。

这首诗分为三段，第一段渲染了罗敷的美貌，通过她的配饰来表现罗敷的惊艳（古人不直接描写美人容貌，而是通过配饰来渲染，如下篇《羽林郎》、陶渊明的《闲情赋》、曹植的《神女篇》等）。同时，通过他人的反应来衬托罗敷的美。第二段描写使君垂涎于罗敷的容颜，并试探罗敷表示出自己的非分之想。第三段是本诗的高潮，罗敷没有直接回答使君，而是通过对自己夫君的描述，让使君自己知难而退。

这首诗以诙谐的风格，刻画了既坚贞美丽又机智聪明女子形象，唐代张籍的《节妇吟·寄东平李司空师道》，在叙事与内容上就借鉴了本诗。

【原文】

日出东南隅，照我秦氏楼②。秦氏有好女，自名为罗敷。罗敷善蚕桑，采桑城南隅。青丝为笼系，桂枝为笼钩。头上倭堕髻，耳中明月珠。缃绮为下裙，紫绮为上襦③。行者见罗敷，下担捋髭须。少年见罗敷，脱帽著帩头④。耕者忘其犁，锄者忘其锄。来归相怨怒，但坐观罗敷⑤。

使君从南来，五马立踟蹰。使君遣吏往，问是谁家姝⑥？"秦氏有好女，自名为罗敷。""罗敷年几何？""二十尚不足，十五颇有余。"使君谢罗敷："宁可共载不？"⑦罗敷前致辞："使君一何愚！使君自有妇，罗敷自有夫。"

"东方千余骑，夫婿居上头。何用识夫婿？白马从骊驹。青丝系马尾，黄金络马头。腰中鹿卢剑，可值千万余⑧。十五府小吏，二十朝大夫。三十侍中郎，四十专城居⑨。为人洁白晰，鬑鬑颇有须⑩。盈盈公府步，冉冉府中趋⑪。坐中数千人，皆言夫婿殊。"

【注释】

①陌：田间的路。桑：桑林。陌上桑亦称"陌上歌"，乐府诗曲调名。

②隅：角落。

③缃绮：浅黄色的花纹丝绸。

④帩（qiào）头：即帕头，古代男子包在发髻外的布。

⑤坐：表原因，因为，由于。

⑥使君：汉代对太守、刺史的通称。姝（shū）：貌美的女子。

⑦谢：以言辞问候，这里是"请问"之意。不：通"否"。

⑧鹿卢剑：古代宝剑名。

⑨侍中郎：此指拱卫宫禁的武官。

⑩晰：同"晳"。鬑（lián）鬑：胡须稀疏。

⑪盈盈：步态轻盈。冉冉：本为动作慢，此用来形容指行止有仪。

【译文】

太阳从东南升起，照在秦家的阁楼上。秦家有个出色的女儿，取名叫作罗敷。罗敷善于养蚕，时常到城南采桑。青丝做成篮子上的络绳，桂枝作为篮子的提柄。头上梳挽堕马髻，耳下佩戴宝珠耳环。黄色绮丽的丝绸下裙，紫色的丝绸小袄。走路的人见了她，放下了肩上的担子捋须注视。年轻人见了她，故意脱掉头巾希望引起她的注意。耕田的人忘记了犁地，锄禾的人忘记了下锄。回到家里家人埋怨，都是因为只顾看罗敷了。

这天太守从南方途径，拉车的五匹马停住了脚步。太守遣小吏前去打探，这样美丽的女子是谁家的？（小吏回来说）"这是秦家的女儿，名字叫罗敷。"（太守问）"罗敷今年多大了？"（小吏说）"已过十五岁了，但还不到二十岁。"太守来到罗敷面前问道："可愿意与我共乘一车？"罗敷上前回答说："太守你何其糊涂！你家里已有妻子，而我亦有丈夫！"

"我夫君在东方做官，随从人马一千有余。怎么识别他呢？骑白马后面跟随小黑马的那个大官就是他。青丝拴着马尾，马头佩戴黄金辔头。腰挂的鹿卢宝剑，那可价值千万。我夫君十五岁时是太守府的小吏，二十岁就已做到朝中大夫，三十岁已经做到侍中郎，四十岁便执掌地方。他温润如玉，刚留起胡须。步态轻盈，行止有仪。太守府中数千人，无不说我夫君出色。"

羽林郎①

辛延年

【题解】

《羽林郎》是东汉诗人辛延年所作，见于《玉台新咏》。

公元 88 年，东汉章帝刘炟死后，他的皇后窦氏升为太后。窦太后任命自己的兄长窦宪为大将军，掌控朝政，窦氏子弟鸡犬升天。窦景被授为执金吾（京城的监察官、司法官、治安官，直接对皇帝负责，窦景对窦宪负责），权势显赫。窦景的缇骑，身着鲜亮的红色着装，光天化日之下纵横京城，欺凌百姓，夺人财物，抢人妻女，百姓一看到缇骑纷纷吓破了胆，闭门不出，商铺关门不敢营业。这群掌握了国家暴力机器的匪徒的丑恶嘴脸，辛延年早已见惯，动手写下了这首《羽林郎》。通过一首"弱女子智斗暴徒"诗篇，表达了诗人对公正秩序生活的渴望。

这首诗是继《陌上桑》之后的又一反抗暴凌的赞歌，行文押韵，句式对偶，具有乐府民歌的特色。

【原文】

昔有霍家奴，姓冯名子都②。依倚将军势，调笑酒家胡③。

胡姬年十五，春日独当垆④。长裾连理带，广袖合欢襦⑤。

头上蓝田玉，耳后大秦珠⑥。两鬟何窈窕，一世良所无⑦。

一鬟五百万，两鬟千万余。不意金吾子，娉婷过我庐⑧。

银鞍何昱爚，翠盖空踟蹰⑨。就我求清酒，丝绳提玉壶⑩。

就我求珍肴，金盘脍鲤鱼。贻我青铜镜，结我红罗裾⑪。

不惜红罗裂，何论轻贱躯！男儿爱后妇，女子重前夫⑫。

人生有新故，贵贱不相逾。多谢金吾子，私爱徒区区⑬。

【注释】

①羽林郎：本义为汉代禁军官名，后也成为乐府诗曲调名。

②霍家：指西汉大将军霍光之家。

③酒家胡：卖酒的胡姬，后泛指卖酒女。

④当垆（lú）：卖酒。垆，放置酒坛的土台。

⑤长裾（jū）：长衣，古时上衣为袍，汉代称为裾。合欢襦（rú）：绣有对称图案花纹的短衣，穿在衣服最外层。

⑥蓝田玉、大秦珠：都是昂贵的首饰。

⑦鬟（huán）：女性环形发髻。窈窕：恬和娇美。良：确实，实在。

⑧金吾子：即执金吾，东汉京城的监察官、司法官、治安官。娉婷：形容女子姿态美。

⑨昱爚（yù yuè）：光辉灿烂，光耀。昱，一作"煜"。翠盖：饰以翠羽的车盖。

⑩就：靠近。

⑪贻：赠送。

⑫后妇：新妇。

⑬谢：谢绝。

【译文】

当年霍光大将军门下有个奴仆，名叫冯子都。他依仗将军的权势，调笑卖酒的胡姬。

胡姬我年方十五，正在春阳下独自卖酒。衣服上系着绣着连理枝的带子，外穿宽袖的合欢衣衫。

头上插着蓝田玉钗环，耳下佩戴大秦宝珠的耳环。双鬟发髻更显我恬和柔美，当真是举世无双。

一只发髻的头饰就价值五百万，两只发髻那可就上千万了。没料到冯子都这个纨绔之徒，自觉良好地来到了我的酒坊。

他的白银马鞍光彩夺目，翠盖华车停在了酒坊前。他走上前来让

我给他沽酒，我用丝绳提着玉壶递给他。

他又要菜肴，我将金盘盛着的鲤鱼肉给他。谁料他竟硬送我青铜镜，还不顾礼仪系在我的红罗裙上。

我不惜扯破红罗裙，将铜镜还他，正告他："男人总喜欢新妇，女子却重情自己的丈夫。

人这一辈可能会有再娶、再嫁，但我绝不会因为富贵或贫贱而改变情感。多谢你的美意，只是你的这番情谊寻错了地方。"

梁甫吟①

诸葛亮（作者存疑）

【题解】

《梁甫吟》是诸葛亮（存疑）所作的一首乐府诗，收录于《乐府诗集》。

这首诗从临淄城外三座坟墓写起，表达了对公孙接、田开疆和古冶子三人的惋惜。上述三人，都是春秋时齐国齐景公时期的大将，以勇力闻名于世。当时的齐国宰相晏婴以他们早晚会作乱为由，以"二桃杀三士"的计谋将他们全部剪除。诗人对始作俑者的晏婴，丝毫不掩饰自己的厌恶。东汉末期，中央政府荒淫昏聩，不断残害士大夫，汉献帝建安年间，军阀割据混战。通过这首诗，诗人表达了"人才难得"的现实，同时发出了上位者应当重视、厚待人才，而不是施展鬼魅伎俩残害人才的呼吁。

这首诗运用问答的形式，层层递进，前后衔接，语言简洁质朴，又不失曲折雅致，浅显而不流于俗。

【原文】

步出齐城门，遥望荡阴里②。

里中有三墓，累累正相似③。

问是谁家墓，田疆古冶子④。

力能排南山，文能绝地纪⑤。

一朝被谗言，二桃杀三士⑥。

谁能为此谋，国相齐晏子⑦。

【注释】

①梁甫吟：又做"梁父吟"，乐府曲调名。这首诗或是诸葛亮所作，但有争议。

②齐城：春秋时齐国的都城临淄（今山东淄博临淄）。荡阴里：在今山东临淄南。

③累累：接连。

④田疆古冶子：公孙接、田开疆和古冶子三人，齐国齐景公时期的大将，以勇力闻名。宰相晏婴因他们三人豪放不拘礼节，认为他们早晚是齐国的祸害，于是经过齐景公的同意，实施了"二桃杀三士"的计谋。具体是，将二枚桃子赐予三人，三人果然因为分配不均而相互攻讦。公孙接、田开疆二人先羞愧自杀，古冶子凄然悔恨，遂即也自杀身亡。

⑤排：推倒。南山：临淄以南的牛山。

⑥一朝：一旦。

⑦晏子：即齐国大夫晏婴，他是齐国管仲之后的名相。

【译文】

走出临淄城的城门，抬眼即可望见南面的荡阴里。

在那里有三座坟墓，彼此相接相连。

这三座坟墓是谁的？是公孙接、田开疆和古冶子三人的。

他们的力气之大足以推到南山，又可以斩断维系大地的绳子。

熟料他们一朝遭到谗害，两只桃子竟然就使英雄陨落。

这是谁设计的阴险计谋？就是那个齐国的宰相晏婴。

上邪

佚名

【题解】

《上邪》是汉代的一首乐府情诗民歌，收录于《乐府诗集》。

这首诗通过一连列举的五件自然界中不可能发生的现象，刻画出了一个女子对爱情的至死不渝。就因为这首诗，20世纪90年代中期的一部风靡全国的电视剧里，还闹出了笑话。在那部电视剧里，演员一本正经地念叨"山无棱（léng）"，因为该剧太过流行，导致很多小孩子也跟着这样读，其实应该读作"山无陵（líng）"。

这首诗言语干脆，语气急促，凸显了女主人公泼辣豪放、忠贞果决的个性，感人肺腑，振聋发聩！明代胡应麟《诗薮》称赞其为"短章中神品"。

【原文】

上邪①！我欲与君相知，长命无绝衰②。

山无陵③，江水为竭，冬雷震震，夏雨雪④，天地合，乃敢与君绝！

【注释】

①上邪（yé）：天啊，对天发誓之意。上：指天。邪：通"耶"，语气词。

②相知：恋人之间情感真挚的交往。命：通"令"，使。衰：衰减、断绝。

③陵（líng）：山尖儿、山头儿。

④雨（yù）雪：降雪。雨，此为动词。

【译文】

苍天（为证）！我愿与你真情相随，此心此情永不改变。

除非高山化为平地，江河水流枯竭，三九寒冬天打雷，三伏暑夏飘大雪，天塌陷与大地并合，我才能放下对你的情意与你断绝！

江南

佚名

【题解】

《江南》是一首汉代乐府诗民歌，见于《宋书·乐志》。

这首诗没有明写江南水乡采莲繁忙，反而通过对荷叶的憨态可掬与鱼儿灵动活泼的描写，衬托出青年男女在劳动中互相爱慕的欢乐情景。

全诗运用比喻、反复，描绘一派优美意境，格调清新、健康，语言活泼生趣，透过纸面，热闹欢愉之声直贯入耳。

【原文】

江南可采莲，莲叶何田田，鱼戏莲叶间①。

鱼戏莲叶东，鱼戏莲叶西，鱼戏莲叶南，鱼戏莲叶北。

【注释】

①何：多么。田田：莲叶茂盛的样子。

【译文】

江南已至采莲季节，茂盛圆圆的莲叶之下，鱼儿游嬉其间。

它们追逐嬉戏，一会出现在莲叶东方，一会出现在莲叶西方，一会出现在莲叶南方，一会出现在莲叶北方。

长歌行①

佚名

【题解】

《长歌行》是一组乐府诗，共三首，此诗为第一首，见于萧统《昭明文选》。

这首诗通过从春节到秋季的季节变换，告诉世人，时光如白驹过隙一去不返，故而应当珍惜大好年华，在精力充沛的青少年时期就应奋发努力，有所作为。其中，本诗的结尾两句"少壮不努力，老大徒伤悲"被推为千古至言。

这首诗虽是一首哲理诗，但以景寄情、由情入理，在富于美感的具象中，诗人所想表达的道理如溪水潺潺而出，令读者丝毫不觉枯燥。

【原文】

青青园中葵，朝露待日晞②。

阳春布德泽，万物生光辉③。

常恐秋节至，焜黄华叶衰④。

百川东到海，何时复西归？

少壮不努力，老大徒伤悲。

【注释】

①长歌行：汉乐府曲调名。

②葵：蔬菜名。晞（xī）：干，晒干。

③布：布施，给予。德泽：恩惠。

④焜（kūn）黄：本义为颜色衰弱，此用来形容秋来草木凋落。

【译文】

盎然的园中种植着青葱的葵菜，菜叶上挂着晨珠正准备迎接朝阳。

和煦的春阳升起，将它的恩泽沐浴四方，大地万物光辉昂扬。

怕就怕肃杀的秋季来临，园中凋零，一片萎黄。

时光啊就如同那百川东入海，哪里还能转头返航？

年少之时不努力，到老来悲伤也没有用了。

相逢行

佚名

【题解】

《相逢行》是一首乐府诗，收录于《乐府诗集》。

这首诗共三十句，一百五十字，分为三个部分：第一部分为前六句，主题为"相逢"，两个驾车少年在狭路相逢；第二部分为此后十八句，驾车少年在相互攀谈中，各自夸耀自己主人的富贵；第三部分为最后六句，通过对主家三个儿媳的描写，展示富贵之家的家风礼仪。

这首诗语言生动，运笔夸张，场面描写极具张力，如同西汉大赋。因为第三部分对三个儿媳描写得深入人心，被后人单独摘列为《三妇艳》。

【原文】

相逢狭路间，道隘不容车①。

不知何年少？夹毂问君家②。

君家诚易知，易知复难忘；

黄金为君门，白玉为君堂。

堂上置樽酒，作使邯郸倡③。

中庭生桂树，华灯何煌煌④。

兄弟两三人，中子为侍郎⑤；

五日一来归，道上自生光⑥；

黄金络马头，观者盈道傍。

入门时左顾，但见双鸳鸯；

鸳鸯七十二，罗列自成行。

音声何噰噰，鹤鸣东西厢⑦。

大妇织绮罗，中妇织流黄⑧；

小妇无所为，挟瑟上高堂：

"丈人且安坐，调丝方未央⑨。"

【注释】

①"相逢狭路间"句：另作有"相逢狭路间""长安有狭斜"。

②不知何年少：《玉台新咏》作"如何两少年"。毂（gǔ）：本义是车轮中心的圆孔，可以插入车轴。往往用来指代马车。

③倡：歌舞伎。赵国邯郸女乐，闻名当时。

④中庭：庭中，院中。煌煌：明亮，此指灯火通明。

⑤兄弟两三人：兄弟三人。

⑥五日一来归：汉制中朝官每五日有一次例休，称"休沐"。

⑦嗈（yōng）嗈：鸟的和鸣之声，暗喻家乐和睦。

⑧流黄：黄间紫色的绢。

⑨丈人：此是儿媳对公婆的尊称。调丝：弹奏。

【译文】

在长安城里狭窄的小路上，两架马车堵在了路旁。

不知道对面马车上的少年是谁家的，停车上前询问你家的情况。

你家的情况很容易知晓，并且

还不容易相忘。

你家大门上的门钉都是黄金打造，正屋都是汉白玉厅堂。

厅堂上摆设着美酒，赵地的歌姬在这里演唱。

庭院中央栽有高大的桂树，华丽的彩灯在夜晚通明辉煌。

你家有兄弟三人，老二更是皇帝近臣，官至侍郎。

五天一次的休沐回家，一路风光，众人艳美神往。

坐骑使用黄金打造的辔头，争相围观的人拥在路旁。

进入家门左边看去，成对的鸳鸯惬意于池塘。

鸳鸯共有七十二只，成双成对在池塘游荡。

相亲相随彼此呼应，还有仙鹤在东西厢房。

老大媳妇在织丝绸，老二媳妇纺织绢黄。

老三媳妇无事可做，早已把琴瑟架在厅堂。

"尊一声公婆即可安坐，儿媳的琴声等待您欣赏。"

枯鱼过河泣

佚名

【题解】

《枯鱼过河泣》是东汉末年的一首乐府体例的寓言诗，收录于《乐府诗集》。

这首诗因成诗具体年份不可靠，所以诗人当时基于什么情况而写，也难以详明。这首诗大致推断是东汉末年所作，一种解读为，东汉末年战事频发，加上沉重的兵役、徭役和税负，民不聊生，这首诗即是对百姓随时面临灾难的反应。可是当时战乱，政治腐败是个大环境，百姓又能躲到哪里去呢？从另一个角度看，党锢之祸以及军人政府的前三国时代，知识分子随时都面临无端的灭顶之灾，无不胆战心惊不敢多言。这首诗也可能是落魄的知识分子的相互警告与劝慰，尽量少说话，以防招来祸端，到那时就悔之晚矣了。

这首诗结构精巧，比喻形象，想象力丰富大胆而又寓意深远，显示出很高的艺术水准。

【原文】

枯鱼过河泣 ①，

何时悔复及 ②！

作书与鲂鱮 ③，

相教慎出入。

【注释】

①枯鱼：干枯的鱼。

②何时悔复及：追悔莫及。

③鲂（fáng）：鲂鱼。鱮（xù）：即鲢鱼。

【译文】

已然躯体干枯的鱼在河水中哭泣（身体已经干枯死，河水也无用了），

什么时候后悔才来得及呀！

写信给鲂鱼和鲢鱼，

你们可要牢记啊，出入一定要谨慎谨慎再谨慎。

伤歌行

佚名（一说为曹叡）

【题解】

《伤歌行》是一首乐府古辞，收录于《昭明文选》。

这首诗，以一位失去了爱侣的女子的口吻，触景生情、感物怀人吟唱而成。全诗分为两部分，前面十四句为第一部分，从春月、春风、春鸟

展开，描述女主人公的忧苦。最后四句为第二部分，集中、激烈地抒发情感。

全诗情感浓郁，形象刻画细腻入微，风格含蓄隽永。

【原文】

昭昭素明月，晖光烛我床①。

忧人不能寐，耿耿夜何长②！

微风吹闺闼，罗帷自飘飏③。

揽衣曳长带，屣履下高堂④。

东西安所之？徘徊以彷徨⑤。

春鸟翻南飞，翩翩独翱翔。

悲声命俦匹，哀鸣伤我肠⑥。

感物怀所思，泣涕忽沾裳。

伫立吐高吟，舒愤诉穹苍⑦。

【注释】

①昭昭：明亮。晖光：光辉。烛：照。

②耿耿：明亮。

③闺闼（tà）：女子卧室的门。闼：内门，小门。飘飏（yáng）：飘扬。飏：飞扬。

④屣履（xǐ lǚ）：趿拉着鞋走路。

⑤安所之：去哪。之：到，去，往。

⑥俦（chóu）匹：伴侣。

⑦舒愤：抒发愤懑。

【译文】

皎洁无暇的清月，铺洒在我清冷的床上。

床上忧伤的人啊难以入眠，我将何以度过这漫长晃眼的凄凉！

微风吹进我的闺房，帷帐在孤独中飘扬。

起身胡乱披上衣服，拖沓着鞋子步履蹒跚来到院子中央。

东走走，西走走，能去何方？除了徘徊就是彷徨。

南飞的春鸟啊，你注定形单影孤独自翱翔（春至鸟北飞，秋来雁南归）。

你悲戚地呼唤着自己的伴侣（与伴侣失联），那阵阵哀鸣引我肝摧肠伤。

由彼及己我思念夫郎，泪珠子滚落啊打湿衣裳。

我在这里高声倾诉，苍天你何时才能不让我忧苦迷茫。

古歌（其二）

佚名

【题解】

《古歌》是一组汉乐府思乡诗歌，本诗是其第二首，收录于《乐府诗集》。

这首诗情景相融，语言紧凑一倾而下，情感激烈、扣人心弦。秋日、秋饮、秋风，无不萧瑟肃杀，愁绪万千。

【原文】

秋风萧萧愁杀人①，出亦愁，入亦愁。

座中何人，谁不怀忧？令我白头。

胡地多飚风②，树木何修修③！

离家日趋远，衣带日趋缓。

心思不能言，肠中车轮转④。

【注释】

①萧萧：象声词，多形容马叫声、风雨声等。

②胡地：此指北胡所居的北方大漠。

③修修：树木凋敝的样子。

④思：悲。末二句是说难言的悲感回环在心里，好像车轮滚来滚去。

【译文】

秋风萧瑟愁煞人，出门也愁，进门也愁。

戍边北疆的人，哪个不心怀忧愁？看，我已然白了头。

北方大漠的旷野啊，暴风肆虐，树木在寒风中颤巍发抖！

离家越远，我越发日渐消瘦。

思乡的苦楚难以言语，滚滚车轮正如我千回百转的愁肠。

猛虎行①

佚名

【题解】

《猛虎行》是一首汉乐府羁旅诗，收录于《乐府诗集》。

这首诗以"猛虎"和"野雀"起兴，褒扬了洁身自好的志向，最后以反诘收尾，再次肯定人应该坚持操守。全诗虽短，振聋发聩，堪称佳品。

【原文】

饥不从猛虎食，暮不从野雀栖②。

野雀安无巢，游子为谁骄③？

【注释】

①猛虎行：乐府曲调名。

②从：依顺，依从。

③安：怎么。骄：此处是自重自爱之意。

【译文】

饥饿了也不会像老虎那样随意抢夺杀戮，夜晚无处可宿也不会像野雀那样随便找个地方睡觉。

野雀怎么可能没有巢穴，那么游子啊你是在为谁而自重自爱？

古诗源卷四

汉诗

明月皎夜光

佚名

【题解】

《明月皎夜光》是《古诗十九首》之一，见于《昭明文选》。

本诗前八句从秋夜之景写起，诗人月下徘徊，抒发哀伤之情。后面八句采用反衬手法，从昔日同门飞黄腾达起笔，原以为会对落寞的自己施以援手，不成想人情冷暖，他竟然置自己于不顾，诗人在这里由错愕到愤懑，由愤懑到不平。苦闷之极，仰问夜星，人情何其淡薄。

全诗语言朴拙自然，情景交融中浑然一体，被刘勰称为"五言之冠冕"。

【原文】

明月皎夜光，促织鸣东壁 ①。

玉衡指孟冬，众星何历历 ②。

白露沾野草，时节忽复易 ③。

秋蝉鸣树间，玄鸟逝安适 ④。

昔我同门友，高举振六翮 ⑤。

不念携手好，弃我如遗迹。

南箕北有斗，牵牛不负轭⑥。

良无磐石固，虚名复何益⑦。

【注释】

①皎夜光：月光。促织：蟋蟀的别名。

②玉衡：星斗名，北斗七星之第五星。孟冬：本指冬季的第一个月，此处应是仲秋时节。历历：排列清晰。

③易：变换。

④玄鸟：燕子。

⑤翮（hé）：本义为鸟羽中间的硬管，此指代翅膀。六翮：鸟类双翅中的正羽，用以指鸟的两翼。

⑥南箕（jī）：星名，形似簸箕。牵牛：即牵牛星。轭（è）：牛拉东西时，架在脖子上的短粗曲木。负轭：牛拉车。

⑦良：的确，实在。盘石：同"磐石"，用以象征坚定不移的感情。

【译文】

皎洁的月光照亮了大地，东墙角落蟋蟀鸣啼。

玉衡星已经指向了冬季，寒空繁星那么冷彻清晰。

野草已挂上了露珠，阵阵寒气提示着，夏已去，秋已起。

穿过树枝，传来阵阵寒蝉凄切；燕子啊，秋来天寒你将何处而居？

昔日的同门，如今已腾达发际。

熟料他不念旧日交好，弃我如尘埃土泥。

箕星如簸箕北斗如勺，何曾盛一物；牵牛星名为牵牛，又何曾负轭拉车。

再好的友情也无法如磐石坚固，更何况那些不实的所谓朋友又有何用处？

迢迢牵牛星

佚名

【题解】

《迢迢牵牛星》是一首相思怀远诗，是《古诗十九首》之一，见于《昭明文选》。

牵牛和织女，在先秦时期还只是两个星宿的名字。到了西汉时期，织女星首先被化作了仙女，到了东汉末年，牵牛星也被描绘成神仙，并且牵牛和织女此时已经人格化了，他们已经成为了夫妇，大约这是牛郎织女的最初起源。《迢迢牵牛星》这首诗，就是根据牵牛与织女的爱情故事创作而成的。

这首诗语言婉丽，情感描绘真挚哀婉，行文想象力丰富。

【原文】

迢迢牵牛星，皎皎河汉女①。

纤纤擢素手，札札弄机杼②。

终日不成章，泣涕零如雨③。

河汉清且浅，相去复几许。

盈盈一水间，脉脉不得语。

【注释】

①迢迢：遥远。河汉女：指织女星。

②擢：本义是"拔"，此为双手忙碌之意。札（zhá）札：象声词，机织声。杼（zhù）：织布机上的梭子。

③章：本为布帛上的经纬纹理，此处用作量词，类于"匹"。涕：眼泪。零：落下。

【译文】

仰望夜空，看那遥远明亮的牵牛、织女二星。

织女的一双素手正在织机前忙碌，织机札札声响不断。

整日里也没有织成一段布，只见她泪水洒落梨花带雨。

她望着那条清浅的银河，是啊，距离牵牛星又有多远呢？

可就这一道看似的清水，成为她与他永远的隔阂，只能独自默然无语，望眼欲穿。

十五从军征

佚名

【题解】

《十五从军征》是一首乐府叙事诗，收录于《乐府诗集》。

这首诗描写了一个老兵回家后的见闻与感受，他十五岁从军，八十岁（虚写）方才得以被允退役，他与家人一别几十年，急切回到家乡后却被告知家人早已死光。后文从所见家园的破败、荒凉，写到老人孤苦凄凉的晚景心酸，全诗弥漫在悲愁怨绪当中。

全诗基调悲凉，叙事自然，含蕴凝重，通过简单的一两语与几点景物的描写，将老兵的悲惨与凄凉一一展示，具有汉乐府民歌的特点。

【原文】

十五从军征，八十始得归①。

道逢乡里人：家中有阿谁？

遥看是君家，松柏冢累累②。

兔从狗窦入，雉从梁上飞③。

中庭生旅谷，井上生旅葵④。

舂谷持作饭，采葵持作羹⑤。

羹饭一时熟，不知贻阿谁⑥！

出门东向看，泪落沾我衣。

【注释】

①八十：此是虚写，是年纪很大了（古时服兵役的年龄上限不一，一般 60 左右），并非真的 80 岁。始：才。

②冢（zhǒng）：坟墓。

③狗窦（dòu）：狗洞。雉（zhì）：野鸡。

④旅：野生的。

⑤舂（chōng）：谷物等去掉外皮的过程。羹：古时的羹，并不只是现在所说的汤，更是用来调味的底料。在炒锅发明以前，古人吃的大多是烹煮的菜肴，将羹放入菜中调味。

⑥贻（yí）：送，此为"端给"。

【译文】

十五岁的时候就被征发了兵役，而今八十岁了方得还家。

回到家乡，惴惴地向人打听：我家里人可好？

那人说：那片松柏坟地，就是你的家了。

走近一看，兔子从残墙断壁的狗洞里进出，野鸡在垮塌破败的房梁上飞跃。

院子里荒芜丛生，野生的谷子，还有野生的葵菜。

强忍悲痛舂米做了一顿饭，又用野葵作了汤羹。

羹和饭一会就好了，茫然四顾，又有谁与我一起吃呢！

走出门来向东张望，禁不住老泪滑落，打湿衣裳。

步出城东门

佚名

古诗源卷四

【题解】

《步出城东门》是一首汉代的五言诗，收录于《古诗纪》。

这首诗前后八句，前四句为前一部分，记叙诗人身在异乡送别故人；后四句为后一部分，抒发诗人欲归不能的悲愁。

全诗言语平淡，风格朴素，毫无雕琢痕迹，宛如一汪清泉，潺潺而出，蕴含的情感却愈发耐人寻味。

【原文】

步出城东门，遥望江南路。

前日风雪中，故人从此去。

我欲渡河水，河水深无梁①。

愿为双黄鹄，高飞还故乡②。

【注释】

①梁：即桥（尤其先秦时期，多用梁代桥）。

②黄鹄：传说中的大鸟，双翅一振，即可千里。

【译文】

走出城东门，遥望着通向江南的大路尽头。

前天的风雪之中，我就在这里送别了故人。

我多想渡过河水啊，可是河水阔深，上无桥梁。

真希望能化身黄鹄，那就可以飞回家乡。

一尺布，尚可缝

佚名

【题解】

《一尺布，尚可缝》是西汉文帝时期的一首淮南民歌，见于《史记》。

这首民歌讽刺了汉文帝刘恒的虚伪与残酷。公元195年，刘邦平定淮南王黥布反叛后，封自己的儿子刘长为淮南王。刘长是皇后吕雉抚养长大，因此与刘恒（吕雉嫡子）关系亲近。刘长依仗与皇帝的关系，有些狂妄的不知天高地厚，刘恒对他一再宽容。直到一天张苍等人告发刘长有谋反的事实，刘恒将刘长的亲信尽数杀死，把刘长发往蜀地监管居住。刘长绝食而死，刘恒又将没有妥善给刘长送饭的沿途各郡县官吏杀死。公元前168年，百姓开始传唱这首民歌，用以讥讽刘恒富有天下却容不下一个弟弟。

这首诗朴实易懂，用一尺布、一斗米与富有天下反衬，立意新颖，构思精巧，意蕴含蓄。

【原文】

一尺布，尚可缝。

一斗粟，尚可舂①。

兄弟二人不相容。

【注释】

①粟：谷子，去皮后称作小米，即可煮饭做粥。

【译文】

一尺布，尚可以缝制衣服，共同轮穿。

一斗谷子，尚可以舂来做饭，一起享用。

可是啊，哥哥富有天下之后，竟然容不下自己的弟弟了。

匈奴歌

佚名

【题解】

《匈奴歌》是匈奴人创作的一首歌谣，也是匈奴民族留下来的唯一一首歌谣（幸亏被翻译成华夏文字），收录于《乐府诗集》。

公元前121年春，19岁的西汉骠骑将军霍去病，从陇西（今甘肃临洮）西出攻击匈奴。霍去病越过焉支山，斩杀匈奴近9千人。同年夏，霍去病再次出击，深入匈奴腹地2千里，杀死、俘获共计3万余人。霍去病的铁骑横穿河西走廊，匈奴闻风丧胆，或投降，或远遁。匈奴人失去肥美的牧场，凄惨地唱起这首哀歌。匈奴当时的处境固然悲惨，可是正是他们曾经连续不断地挥舞着屠刀，才有今天。我们只能希望，永无战争。

这首诗脉络粗犷，格调哀婉，令人感慨，被称作绝唱。

【原文】

失我焉支山①，令我妇女无颜色②。

失我祁连山③，使我六畜不蕃息④

【注释】

①焉（yān）支山：今甘肃胭脂山，又称燕支山。

②令：使。颜色：指胭脂，一种红色的化妆用品，焉支山产有此物。这里指代美貌的容颜。

③祁连山：就是天山。天山草原面积广大，水源充足，牧草繁茂，气候适宜，冬季时，天山阻挡了来自北方西伯利亚的寒风，一直是游牧民族的理想牧场。

④六畜：这里泛指牲畜。蕃（fán）息：繁殖生长。

【译文】

失去了焉支山，我们的妇人从此无容颜（暗喻匈奴连连战败，丢了面子)。

失去了祁连山，我们的牲畜从此难繁衍（失去了优良的牧场，生活从此艰难）。

孔雀东南飞

佚名

【题解】

《孔雀东南飞》是中国古代文学中第一部长篇叙事诗，它与《木兰诗》被称作"乐府双璧"。《孔雀东南飞》见于《玉台新咏》。

这首诗取材于东汉献帝年间的一桩婚姻悲剧。故事发生在庐江郡（今安徽），丈夫名叫焦仲卿，妻子名叫刘兰芝。夫妇两人恩爱非常，但焦仲卿的母亲就是不喜欢自己的儿媳，逼迫儿子休妻。焦仲卿一再拖延，可是母亲不依不饶，最终两人哭泣分离。分离后，刘兰芝家人逼她另嫁，刘兰芝无法反抗，最终以死来控诉。刘兰芝死后，焦仲卿也身死殉情。

全诗结构完整、繁简得当，情节细密，形象鲜明，行为质朴、自然、流畅。

（一）

【原文】

孔雀东南飞，五里一徘徊①。

"十三能织素②，十四学裁衣，十五弹箜篌③，十六诵诗书。十七为君妇，心中常苦悲。君既为府吏，守节情不移④。贱妾留空房，相见常日稀。鸡鸣入机织，夜夜不得息。三日断五匹，大人故嫌迟⑤。非为织作迟，君家妇难为！妾不堪驱使，徒留无所施。便可白公姥，及时相遣归⑥。"

【注释】

①徘徊：来回走动。以飞鸟徘徊，来暗喻下文刘兰芝与焦仲卿夫妇犹

疑不决的焦虑与紧张。

②素：白绢。从此句开始，为刘兰芝对焦仲卿所说的话。

③箜篌（kōng hóu）：古代弦乐器，像古琴那样弹奏。

④守节：遵循礼节。

⑤断：每织成一匹就剪下来，继续织，剪下来的动作称为"断"。大人：指家中长辈，此指婆母。

⑥白：告白，禀告。公姥（mǔ）：即公爹、婆母，此是偏义复词，专指婆母。

【译文】

孔雀东南而飞，每飞五里停下来回头眺望。

"我十三岁就学会了织布，十四岁上能裁制衣服，十五岁时精通乐器，十六岁时诵读诗书。十七岁时嫁到你家，心中常感悲苦。您已经是太守府里的官员，我也遵循妇人的礼节丝毫不敢逾越。我一人独守空房，咱俩见面的日子屈指可数。每天鸡叫我就开始纺织，到了深夜也不得休息。三天织五匹，可是婆母依旧嫌弃我织得慢。夫君啊，不是我织得慢呀，是你家的媳妇太难做了！既然我无法让婆母满意，留下来也不会有什么用。你去向婆母禀明，早早把我遣送回家吧。"

（二）

【原文】

府吏得闻之，堂上启阿母："儿已薄禄相①，幸复得此妇，结发同枕席②，黄泉共为友。共事二三年，始尔未为久③。女行无偏斜，何意致不厚④？"

阿母谓府吏："何乃太区区⑤！此妇无礼节，举动自专由⑥。吾意久怀忿，汝岂得自由！东家有贤女，自名秦罗敷，可怜体无比⑦，阿母为汝求。便可速遣之，遣去慎莫留！"

府吏长跪告：“伏惟启阿母⑧，今若遣此妇，终老不复取⑨！”

阿母得闻之，槌床便大怒⑩：“小子无所畏，何敢助妇语！吾已失恩义，会不相从许！”

【注释】

①薄禄相：不是富贵的相貌。

②结发：本义是成年后束发，此指成年后第一次结婚。

③始尔：刚开始。

④致：招致。不厚：不待见，不喜欢。

⑤区区：见识小、短浅。

⑥自专由：逾越规矩，跋扈自主。专：独断专行。由：任意。

⑦可怜：即“惹人怜”，可爱。

⑧伏惟：敬辞，多用于书信或奏对，引起自己要表达的下文。

⑨取：通“娶”，娶妻。

⑩槌（chuí）床：用手拍打坐床。坐床，古时的一种坐具。

【译文】

焦仲卿听完，来到正屋禀告母亲，说：“我早已是没有大富贵的命了，幸好娶到了这样的妻子，（那时我就认定）结婚要夫妇同心，死后也要共赴黄泉。而今才过了两三年，儿子还没有过够呢。您的儿媳并没有差错，不知母亲为何就这样不待见她？”

焦母对儿子说：“你何必妄自菲薄！你这个媳妇不懂礼节，事事专擅。我已经忍了她好久了，岂能由你自作主张！邻家有个聪慧的女儿，名字叫罗敷，体态容颜那真是惹人怜爱，我这就为你去求娶。你快快休了当下这个媳妇，千万别再延迟！”

焦仲卿长跪在地，祈求说：“儿子禀明母亲，您若决心休掉这个儿媳，那我就一辈子不再另娶！”

焦母闻言，气得不停地拍打坐床，怒吼道："你现在是翅膀硬了，敢为自己的媳妇出头（顶撞自己的母亲）了！我对她的婆媳情意已经没了，（你再求）我（也）不会答应你的！"

（三）

【原文】

府吏默无声，再拜还入户。举言谓新妇，哽咽不能语："我自不驱卿，逼迫有阿母。卿但暂还家，吾今且报府①。不久当归还，还必相迎取。以此下心意，慎勿违吾语②。"

新妇谓府吏："勿复重纷纭③。往昔初阳岁，谢家来贵门④。奉事循公姥，进止敢自专？昼夜勤作息，伶俜萦苦辛⑤。谓言无罪过，供养卒大恩⑥；仍更被驱遣，何言复来还！妾有绣腰襦，葳蕤自生光⑦；红罗复斗帐，四角垂香囊；箱帘六七十，绿碧青丝绳，物物各自异，种种在其中。人贱物亦鄙，不足迎后人⑧，留待作遗施，于今无会因⑨。时时为安慰，久久莫相忘！"

【注释】

①报府：赴府，指回到庐江太守府报道、点卯的意思。

②下心意：放低姿态，受些委屈。

③纷纭：纷争。此句意思是，劝焦仲卿不必和母亲争论了（争也无用）。

④初阳岁：农历冬末春初。谢：辞别。

⑤伶俜（líng pīng）：孤独，孤单。

⑥谓言：以为。卒：本义是完毕，此引申为报答。

⑦葳蕤（wēi ruí）：草木繁盛的样子，此指绣腰襦色彩绚丽（暗喻刘兰芝的绝代芳华）。

⑧箱帘：即箱奁（lián），装衣物的箱子和首饰的奁匣。奁，古代女子梳妆用的镜匣。后人：焦仲卿将来再娶的妻子。

⑨遗（wèi）施：赠送，施与。

【译文】

焦仲卿不敢反驳，默默无语拜别了母亲回到自己房里。他想要对妻子说明母亲的话，却悲痛哽咽难以成语："我舍不得你走，可是母亲逼迫（我无法抗拒）。你先回家去，我先回太守府里办事。不需多久，我一定把你重新接回来。你此番回家必定内心委屈，不过前往要记住我说的话（一定会接你回来）。"

刘兰芝对丈夫说："不要白费口舌了。记得那年年末，我辞别母家嫁到你家来。事事都顺承婆母的意愿，一举一动何曾敢自作主张？日夜劳作，独受辛苦。以为并没有过错，这也算报答婆母对你的养育之恩。谁料到头来还是被厌弃驱赶，哪里还能再接我回来！我有绣花的齐腰短袄，上面的刺绣熠熠生辉；红色罗纱的双层帷帐，四角挂着香囊；还有六七十个箱奁，上面捆着碧绿色的丝绳，各色不同的物件，都已经装箱了。我人低贱自然物件也低贱，不配迎接你的新妻，就权作我留给你的纪念吧，从此一别就再无相见的机会了。想我的时候这些东西就当个念想，可别时日久了就把我忘了！"

（四）

【原文】

鸡鸣外欲曙，新妇起严妆①。著我绣夹裙，事事四五通②。足下蹑丝履，头上玳瑁光③。腰若流纨素，耳著明月珰④。指如削葱根，口如含朱丹。纤纤作细步，精妙世无双。

上堂拜阿母，阿母怒不止。"昔作女儿时，生小出野里⑤。本自无教训，兼愧贵家子⑥。受母钱帛多，不堪母驱使。今日还家去，念母劳家里。"却与小姑别⑦，泪落连珠子。"新妇初来时，小姑始扶床；今日被驱遣，小姑如我长。勤心养公姥，好自相扶将⑧。初七及下九⑨，嬉戏莫相忘。"出门登车去，涕落百余行。

府吏马在前，新妇车在后。隐隐何甸甸⑩，俱会大道口。下马入车中，低头共耳语："誓不相隔卿，且暂还家去；吾今且赴府，不久当还归。誓天不相负！"

新妇谓府吏："感君区区怀⑪！君既若见录⑫，不久望君来。君当作磐石，妾当作蒲苇，蒲苇纫如丝⑬，磐石无转移。我有亲父兄，性行暴如雷，恐不任我意，逆以煎我怀⑭。"举手长劳劳⑮，二情同依依。

【注释】

①严妆：郑重地梳妆，暗喻刘兰芝沉痛的心情。

②通：次，遍。四五通：好几遍，暗喻刘兰芝内心的烦乱。

③蹑：踩，插进，此指穿鞋。玳瑁（dài mào）：像龟的爬行动物，此指用玳瑁的壳制作的精美饰品。

④珰（dāng）：佩戴于耳垂的饰品，耳坠。

⑤野里：乡间。

⑥兼：又。

⑦却：转身。

⑧扶将：扶持，搀扶，此为服侍。

⑨初七：即七月七日，称作"乞巧"。下九：每月十九日。初七、下九都是当时女子欢聚的节日。

⑩隐隐：象声词。甸甸：车马声。

⑪区区：本义是一点心意，此引申为真挚。

⑫ 见录：记住。

⑬ 纫（rèn）：通"韧"，柔软却坚固。

⑭ 逆：即逆料，预料。

⑮ 劳劳：怅然若失，或惆怅忧伤。

【译文】

鸡叫天还没有大亮，刘兰芝起床凝重打扮梳妆。穿上绣花裙袄，每穿戴一件都反复更换好几遍。脚穿丝绸的鞋子，头戴闪亮的玳瑁配饰；腰系细绢轻拂流动，双耳佩戴明珠的耳坠；素手如葱，口唇若朱丹；轻盈踱步，惊艳无双。

她走上厅堂拜见婆母，婆母恼恨不止。（她对婆母说）"以前做女儿时，从小生长在乡下。本就没什么教养，后来又愧对你家儿子。接受了婆母的诸多恩惠，却不能好好侍奉婆母。今天就要回娘家去了，家里就烦劳婆母受累了。"转身与小姑子告别，眼泪流淌难止。（对小姑说）"我刚嫁过来的时候，小姑刚学会走路；今天我被休离开，小姑已经如我一般高了。上心照顾婆母，好好地服侍她。初七和下九，玩耍的时候不要忘了我。"说完出门，坐车离去，一路之上，落泪百余行。

焦仲卿骑马在先，刘兰芝的马车跟随在后。随着车子沉闷、单调的一路声响，两人来到了大路口。焦仲卿下马上了马车，两人相依低语。焦仲卿说："我发誓不与你分开，你现在只是暂时回去；我暂时回太守府办事，不久就回来接你。上苍作证，我定不负你！"

刘兰芝对焦仲卿说："我知道你的真挚情谊！你既然记着我，那你一定要快来接我。你钟情如磐石，我情意如蒲苇，蒲苇柔韧如丝不断绝，磐石坚固如山不动摇。我家里有长兄，他性情暴烈如火，恐怕不会任由我的意愿（在家守寡），会逼迫我做违背意愿的事情（再嫁）。"两人执手，四目泪眼，惆怅忧伤，依依难别。

（五）

【原文】

入门上家堂，进退无颜仪[1]。阿母大拊掌："不图子自归[2]！十三教汝织，十四能裁衣，十五弹箜篌，十六知礼仪，十七遣汝嫁，谓言无誓违[3]。汝今何罪过，不迎而自归？"兰芝惭阿母："儿实无罪过。"阿母大悲摧[4]。

还家十余日，县令遣媒来。云有第三郎，窈窕世无双。年始十八九，便言多令才[5]。

阿母谓阿女："汝可去应之。"

阿女衔泪答："兰芝初还时，府吏见丁宁[6]，结誓不别离。今日违情义，恐此事非奇[7]。自可断来信，徐徐更谓之。"

阿母白媒人："贫贱有此女，始适还家门[8]。不堪吏人妇[9]，岂合令郎君？幸可广问讯，不得便相许。"

媒人去数日，寻遣丞请还。说有兰家女，丞籍有宦官[10]。云有第五郎，娇逸未有婚[11]。遣丞为媒人，主簿通语言。直说太守家，有此令郎君，既欲结大义，故遣来贵门。

阿母谢媒人："女子先有誓，老姥岂敢言？"

阿兄得闻之，怅然心中烦，举言谓阿妹："作计何不量[12]！先嫁得府吏，后嫁得郎君。否泰如天地[13]，足以荣汝身。不嫁义郎体，其往欲何云[14]？"

兰芝仰头答："理实如兄言。谢家事夫婿，中道还兄门。处分适兄意，那得自任专！虽与府吏要，渠会永无缘[15]。登即相许和[16]，便可作婚姻。"

媒人下床去，诺诺复尔尔[17]。还部白府君："下官奉使命，言谈大有缘[18]。"府君得闻之，心中大欢喜。视历复开书[19]，便利此月内，六合正相应[20]。良吉三十日，今已二十七，卿可去成婚。交语速装束[21]，络绎如浮云。青雀白鹄舫，四角龙子幡[22]，婀娜随风转。金车玉作轮，踯躅青骢马，

81

流苏金镂鞍㉓。赍钱三百万㉔，皆用青丝穿。杂彩三百匹，交广市鲑珍㉕。从人四五百，郁郁登郡门㉖。

阿母谓阿女："适得府君书，明日来迎汝。何不作衣裳？莫令事不举㉗！"

阿女默无声，手巾掩口啼，泪落便如泻。移我琉璃榻，出置前窗下。左手持刀尺，右手执绫罗。朝成绣夹裙，晚成单罗衫。晻晻日欲暝㉘，愁思出门啼。

【注释】

①颜仪：脸色。

②拊（fǔ）掌：拍手，这里表示激愤。不图：不料。

③誓违：过失。

④悲摧：悲痛。

⑤便（pián）言：口才好。便：善辩。令才：出众的才华。令：美好。

⑥丁宁：即"叮咛"。

⑦非奇：不佳，不妥。

⑧适：出嫁。

⑨不堪：谦辞，配不上。

⑩"说有兰家女，丞籍有宦官"两句：文有脱漏或错误，与前后不接，译文不作翻译。

⑪娇逸：俊美洒脱。

⑫作计：做事的计划、打算。量（liáng）：考虑，衡量。

⑬否（pǐ）泰：运气的好坏。否：坏、恶。泰：安定。

⑭义郎：对别家儿子的称呼，此指太守的儿子。何云："如何打算"之意。

⑮要（yāo）：相约。渠（qú）会：与他相会。渠，他。

⑯登即：当即，立即。

⑰诺诺复尔尔：连连答应，诸如"好，好，就这样，就这样"之类。

⑱府君：指太守。

⑲视历：查看黄历。

⑳六合：人出生的年、月、日、时各配以天干、地支，六个方面都合适，就是良辰吉日。

㉑交语：传话，传告。

㉒舫（fǎng）：船。幡（fān）：旗帜。

㉓踯躅（zhí zhú）：缓步行走。青骢（cōng）马：青白杂毛的马。流苏：用五彩羽毛做的下垂的缨子。

㉔赍（jī）：赠送。赍钱：此指彩礼钱。

㉕交广：即交州、广州，秦汉时的郡名，今广东、广西一带。鲑（xié）：鱼类菜肴。

㉖郁郁：本义繁盛的样子，此指前来送礼的人多。

㉗不举：不能进行。

㉘晻（yǎn）晻：天色渐暗。

【译文】

刘兰芝回到了娘家来见母亲，全身难受没有颜面。刘母得知女儿被休大为激愤："想不到你竟被休妻而归！教你十三纺织，十四裁衣，十五奏乐器，十六懂礼仪，十七岁将你出嫁，满以为你不会犯下大的过失。你到底犯了什么错，被人送回了娘家？"刘兰芝又羞又愧，说："女儿实在没有过错。"刘母大为悲伤。

兰芝回家不过十多天，县令就委托媒人上门提亲。说他家的第三个儿子，相貌举世无双，今年刚刚十八九岁，口舌伶俐才华出众。

刘母对女儿说："要不你去答应了吧。"

女儿含泪说："我回来的时候，焦仲卿再三叮嘱，与我立下誓言，永不分离。今天我违背了他的情意，这么做怕是不合适。你先去回绝了媒人，往后的事我们慢慢商量。"

刘母告诉媒人说："我们这个贫贱家庭的女儿啊，她刚刚被休回家，连小吏的妻子都做不好，怎么配得上县令公子？你再去打听别家的女儿吧，我不能答应你了。"

媒人刚离去几天，太守又委托郡丞来求婚。说太守家的第五个儿子，俊美洒脱还未成婚。特请郡丞来做媒，这番话是主簿传达的。郡丞直接对刘母说："我们太守家里，有这样一个好公子，想要和你家女儿结亲，这才委托我来到府上说和这桩婚事。"

刘母谢绝说："女儿先前立下了誓言（不再改嫁），我这老婆子哪里敢去劝她？"

兰芝的兄长听闻妹妹拒绝了太守求婚，心中烦躁不安，他对妹妹说："你做事太欠考虑！你先前嫁的是小吏，而今求婚的是太守公子。两人相比好似地与天那么大，这样的婚事足以配得上你的身份了。这样的公子你还不嫁，你往后

打算怎么办呢？"

兰芝心如死灰仰头对兄长说："道理的确像兄长所说。我辞别母家侍奉丈夫，却被半路遣送回来。怎么办，就按照兄长的意思吧，我哪里做得了主！虽然我与焦仲卿已有誓约，可与他相会应是再无缘分了。当下就答应这桩婚事吧，随时可以办理婚事。"

媒人听闻站立起身，连连说好。回到太守府里禀告太守说："下官不辱使命，这桩婚事成了。"太守听闻，心中大喜。连忙查看皇历，觉得这个月就很吉利，生辰与日子都很吻合。婚期就定在三十日，今天已经二十七了，你现在就快去刘家定下日子。太守府里交代下来，赶紧筹备彩礼，一时间置办彩礼的人多得像浮云。装载彩礼的船描绘着青雀和白天鹅的图案，四角飘扬着绣龙彩幡，轻盈柔美随风旋转。金色的马车，车轮用白玉镶嵌，公子骑在雄壮的青骢马上庄重前行，马佩戴彩色的流苏，雕金的马鞍。聘金足有三百万，都用青色丝线穿着。各色丝绸三百匹，还有从交州、广州购来的各色海鲜。跟随迎亲的队伍四五百人，敲锣打鼓来到了额庐江郡府门。

刘母对女儿说："已经接到太守的传信，明天就来迎亲了。你怎么还不赶制婚服？不要耽误了婚事！"

兰芝默声无语，只是用手巾捂着嘴哭泣，眼泪如水倒倾。推动琉璃坐榻，放置在前面的窗下。左手拿起剪刀和尺子，右手拿着绫罗绸缎。早晨做成了绣花的夹裙，黄昏做成了单薄的衣衫。天色阴沉下来了，兰芝愁绪郁结走出房门哭泣。

（六）

【原文】

府吏闻此变，因求假暂归。未至二三里，摧藏马悲哀①。新妇识马声，蹑履相逢迎。怅然遥相望，知是故人来。举手拍马鞍，嗟叹使心伤：

“自君别我后，人事不可量②。果不如先愿，又非君所详。我有亲父母，逼迫兼弟兄③。以我应他人，君还何所望！”

府吏谓新妇：“贺卿得高迁！磐石方且厚，可以卒千年；蒲苇一时纫，便作旦夕间。卿当日胜贵，吾独向黄泉！”

新妇谓府吏：“何意出此言！同是被逼迫，君尔妾亦然。黄泉下相见，勿违今日言！”执手分道去，各各还家门。生人作死别，恨恨那可论④！念与世间辞，千万不复全！

府吏还家去，上堂拜阿母：“今日大风寒，寒风摧树木，严霜结庭兰。儿今日冥冥，令母在后单⑤。故作不良计，勿复怨鬼神⑥！命如南山石，四体康且直！”

阿母得闻之，零泪应声落：“汝是大家子，仕宦于台阁⑦。慎勿为妇死，贵贱情何薄⑧！东家有贤女，窈窕艳城郭，阿母为汝求，便复在旦夕。”

府吏再拜还，长叹空房中，作计乃尔立⑨。转头向户里，渐见愁煎迫。其日牛马嘶，新妇入青庐⑩。奄奄黄昏后，寂寂人定初⑪。“我命绝今日，魂去尸长留！”揽裙脱丝履，举身赴清池。

府吏闻此事，心知长别离。徘徊庭树下，自挂东南枝。

两家求合葬，合葬华山傍。东西植松柏，左右种梧桐。枝枝相覆盖，叶叶相交通⑫。中有双飞鸟，自名为鸳鸯。仰头相向鸣，夜夜达五更。行人驻足听，寡妇起彷徨。多谢后世人⑬，戒之慎勿忘！

【注释】

①摧藏（zàng）：极度伤心。“藏”字的读音，有歧义，一是读 cáng，“摧藏”即为摧伤之意；二是读 zàng，“摧藏”为极度伤心之意。

②人事：即世事。人事不可量，意为世事难料。

③父母、弟兄：都是偏指复词，语意分别指母、兄。

④恨恨：悲恨不已。

⑤日冥冥：本义是日落色暗，用太阳落山喻指自己活命不久。单：孤单。

⑥故：特意。不良计：不好的打算，喻指自己将要殉情。

⑦台阁：原指尚书台（东汉时的行政中枢），此指太守府。

⑧何薄：怎么能算是薄情？

⑨乃尔立：就这样决定。

⑩青庐：在大门内外，用青布搭成的篷帐。汉唐时北方习俗，新人在青庐交拜。

⑪奄奄：通"晻晻"，日色昏暗无光的样子。黄昏：是一天十二时辰的"戌时"，约为晚上 7 时至 9 时。人定：是十二时辰的"亥时"，约为晚上 9 时至 11 时。

⑫交通：此指两树枝叶相互交错在一起。

⑬谢：告诉，告诫。

【译文】

　　焦仲卿听闻了这个变故，于是急忙请假回来。距离刘兰芝家越近，越发肝肠寸断，人也伤心，马亦悲鸣。刘兰芝熟悉马的叫声，快步走出来相寻。只是惆怅地一望，就知道是故人到了。她抬手抚摸着马鞍，哀叹神伤，说道："自从你我分别，果然世事难料。诸事不如我愿，其中的详由你又不了解。我上有母亲伤心，下有兄长逼迫。如今已将我硬许给他人了，你回来有能做什么呢！"

　　焦仲卿对刘兰芝说："祝贺你寻得高门贵婿！我这块磐石方正厚实，可以屹立千年；蒲苇（前文刘兰芝自比蒲苇）不过一时柔韧，而且旦夕之间就断了。你自可以过你越来越好的小日子，我独自一人奔赴黄泉！"

　　刘兰芝对焦仲卿说："你说这话是何意！我们同被逼迫，你能不离我自不弃。我们黄泉之下再相见，绝不违背今日的誓言！"四手紧握，久久才分别而各自回家。活着的人作临终诀别，其中的苦楚与无奈哪里能够说得尽呢！想到即将离开人世，纵有万般牵挂也难以两全了！

焦仲卿回到家中来见母亲，对她说："今日大风寒冷，摧折了树木，院子里的兰草都挂满了寒霜。儿子就像这落山的太阳，要让母亲老来孤单了。我是特意做了这样的打算，您不要怨恨鬼神！愿母亲长寿如南山坚石，身体健康硬朗！"

焦母听儿子说出这样的话，话一出口眼泪也流了下来，她劝说道："你是大户人家的子弟，又在太守府里任职，可千万不能为了一个妇人寻死啊，因你贵她贱而休了她，这不算是你薄情呀！东邻有个聪慧的女儿，满城都知道她曼妙美丽，我已经为你求婚了，很快就会有回复。"

焦仲卿拜别母亲回到自己房里，唱声叹息，遂横心殉情。他转头看着刘兰芝曾住过的卧房，物是人非的煎熬又涌上心头。

这天牛马嘶鸣喧嚣欢腾，刘兰芝走进了青庐（与新夫交拜）。从黄昏日沉，到夜深人静。（刘兰芝终于寻得机会，自语道）"今天我就要死去了，魂魄随'我'而去，尸身就留给你们吧（你们不是总逼迫我吗）！"她挽起裙子，脱去丝鞋，纵身跃入水池之中。

焦仲卿听说刘兰芝自杀身死，心知于世永别的时刻到了。他在庭院树下徘徊了一阵，然后自己悬身在朝向东南的树枝上。

焦刘两家都请求合葬，将两人合葬在华山一旁。坟墓东西种植松柏，左右两侧种植梧桐。这些树的枝叶相互缠绕，相互交叉。树冠上有一对飞鸟，名字叫作鸳鸯。它们仰着头相互和声鸣唱，每晚都唱到五更天亮。经过的行人忍不住定下了脚步聆听，守寡的妇人听见了也起身怅然。多多劝诫后世的人们，一定要吸取教训千万别忘记！

古诗源卷五

魏诗

短歌行①

曹操

【题解】

《短歌行》是东汉末年政治家、诗人曹操所作的一首乐府诗歌，收录于《乐府诗集》。

这首诗的创作背景，有多种说法。第一种，创作于公元196年，汉献帝刘协由洛阳迁都许昌之时，曹操与下属唱和而成。第二种，创作于公元208年赤壁大战之时，表现了曹操统一南北方的雄心壮志。第三种，创作于公元210年，伴随着《求贤令》的颁布，曹操作了这首诗，表明自己求贤若渴的态度。第四种，也就是《古诗源》作者沈德潜所认为的，这首诗表达了曹操及时行乐的人生态度。因为对这首诗的成诗时间没有统一的共识，所以解读就产生了多种不同的倾向。

曹操是中国历史上最具争议的人物之一，他于乱世之中为一方诸侯，自是有过人之处，而他的诗词一向备受推崇，可与此同时，舞台上的曹操白脸、多疑、残忍的形象也一直伴随着他，即便在正史《三国志》中，曹操屠城也是出了名的（刘备则一次也没有记载）。对曹操评价的差异，主要是因为不同时期的价值观念不同，这也体现在对本诗的解读上。

本诗运用比兴手法，寓理于情，行文严装雄健，内容雄浑厚重。

【原文】

对酒当歌，人生几何②！

譬如朝露，去日苦多③。

慨当以慷，忧思难忘④。

何以解忧？唯有杜康⑤。

青青子衿，悠悠我心⑥。

但为君故，沉吟至今。

呦呦鹿鸣，食野之苹⑦。

我有嘉宾，鼓瑟吹笙。

明明如月，何时可掇⑧？

忧从中来，不可断绝。

越陌度阡，枉用相存⑨。

契阔谈䜩，心念旧恩⑩。

月明星稀，乌鹊南飞。

绕树三匝，何枝可依⑪？

山不厌高，海不厌深⑫。

周公吐哺，天下归心⑬。

【注释】

①短歌行："短歌行"是乐府诗的曲调名之一，曲谱现已失传，这首诗是曹操根据乐府旧曲来填作的新词。

②对酒当歌：此句有两种解释，一是"边喝酒边唱歌"，二是"喝酒的时候应当有歌助兴"。

③去日：已经逝去的日子。苦：困于某种事物或形式。

④慨当以慷：即"应当既慨又慷"，慷慨意为情绪高昂。

⑤杜康：相传是发明酒的人，此指代酒。

⑥"青青子衿（jīn）"二句：出自《诗经·郑风·子衿》。原意为等待心上人时，恨不能立即相见的情愫。子：古时对男子的敬称。衿：衣领。悠悠：长久，遥远，此为思念绵绵不绝。

⑦"呦（yōu）呦鹿鸣"以下四句：出自《诗经·小雅·鹿鸣》。呦呦：此为鹿的鸣叫声。苹：青蒿。

⑧掇（duō）：拾取，摘取。另说"掇"通"辍（chuò）"，意为"停止"。

⑨越陌度阡：穿过道路。陌：田间东西向小路。阡：田间南北向的小路。阡陌用来指田间小路。越、度：都是"穿过"的意思。枉用相存：屈驾来探望。枉：有委屈的意思，即对方降低身份来拜访自己，一般作敬词用。用：以。相：介词，一方对另一方的动作、意向等，无实义。存：问候，拜访。

⑩契阔：契是投合，阔是疏远，这里是偏义复词，指亲近相投。䜩（yàn）：通"宴"，相聚叙谈。

⑪三匝（zā）：三周。匝：环绕一周后一圈，即为一匝。

⑫"山不厌高"两句：出自《管子·形解》"海不辞水，故能成其大；山不辞土，故能成其高。"用来说明，只有拥有开阔宽容的胸怀，才能成就大业。"海不厌深"，另一说为"水不厌深"。

⑬"周公吐哺"二句：本义是，周公为了天下事操劳，一顿饭中三次吐出了口中的食物，起身起忙工作。这里曹操自比周公，既有周公天下为公的道义，又有周公不辞辛劳的德行。哺：嘴中咀嚼的食物。

【译文】

喝酒当有高歌相伴才能尽兴，要知道人生短暂如白驹过隙。

（人生）就好像晨露转瞬即逝，已经逝去的日子太多太多了。

宴席之上歌声慷慨激昂，心中的忧思却难以放下。

如何才能排忧解思？只有痛饮，一醉解千愁。

穿着青衣的学士们呐，你们让我朝思暮想。

正是因为你们的缘故，才使我至今念念不忘。

呦呦欢鸣的鹿群，呼唤着同伴前来啃食香草。

若有贤人前来归服，我定当鼓瑟吹箫尊为贵宾。

皓月当空，茫茫四顾，何时我才能囊括天下英才？

一想到这里，我就难掩心中的忧愁；忧愁的思绪如江河之水，滔滔不绝。

远方的宾客穿过纵横的道路，屈尊前来探望于我。

情意相投欢聚畅谈，诉说昔日的交好。

月明星稀，乌鹊叽喳向南飞去。

绕树盘旋了三周也没有落脚，（如此挑剔）何处才能寻觅到栖身之所呢？

山不轻视尘土之小，才能成就巍峨；海不嫌弃细流之弱，才能成

就渊阔。

我如周公那样天下为公，愿天下志士前来归附。

观沧海

曹操

【题解】

《观沧海》是曹操创作的一首四言诗，收录于《乐府诗集》。

曹操想对南方的孙权动手，可是盘踞辽东一带残余的乌桓，依旧对曹操形成很大的骚扰。公元206年，乌桓攻破幽州（今北京），抢掠民众数十万。袁绍死去后，他的儿子袁尚、袁熙带领残余兵力与乌桓结盟，不断骚扰曹操的北方疆土。公元207年，曹操决定北伐乌桓。这年八月，曹操取得了决定性的胜利，乌桓单于蹋顿也被临阵斩杀，曹操收服降众20余万。乌桓经此一战，便再也没有翻过身来，逐渐退出了历史舞台。这次胜利，使得曹操完成了北疆的安定，从而腾出手来全力对付江南的孙权。曹操引军凯旋，经过碣石山时，登山观海，写下了这首《观沧海》。

这是一首古体四言写景抒怀诗，诗人寄志于情，写景抒情，想象力丰富浪漫，行文大气磅礴，诗风多慨悲壮。

【原文】

东临碣石，以观沧海 ①。

水何澹澹，山岛竦峙 ②。

树木丛生，百草丰茂。

秋风萧瑟，洪波涌起 ③。

日月之行，若出其中 ④；

星汉灿烂，若出其里 ⑤。

幸甚至哉，歌以咏志 ⑥。

【注释】

①碣（jié）石：即碣石山，位于河北昌黎。沧：通"苍"，青绿色。海：此指渤海。

②何：多么。澹（dàn）澹：水波荡漾。竦峙（sǒng zhì）：耸立。竦：同"耸"。峙：屹立。

③洪波：此指海上的巨浪。

④若：好像，宛如。

⑤星汉：即银河。

⑥"幸甚至哉"两句：结束语，内容上与前文无关联。咏志：以诗歌抒发情感或阐明心志。

【译文】

东行登上碣石山，来俯视苍茫的大海。

海水浩瀚波涛汹涌，山岛耸立突兀海边。

树木漫山，绿草繁茂。

秋风入林，一片萧瑟悲凉；浪声遂起，尽显雄壮悲慷。

日月运行，宛若由碧波中升腾。

银河绚烂，直如从浩海里冉起。

幸运呀，就用这首歌，来抒发我激动的情怀。

龟虽寿①

曹操

【题解】

《龟虽寿》是曹操创作的一首四言乐府诗，收录于《乐府诗集》。

这首诗的创作时间稍晚于《观沧海》，早于赤壁大战，大约成诗于公元 207 年末至 208 年初。诗中作者自比年老的千里马，尽管肢体衰弱不复年少时的身强体健，可是一日千里的雄壮与豪情，一直在胸中激荡。曹操这时候已经 53 岁了，在东汉末年直到南北朝时期，活这个岁数已经算是种不小的成功了。曹操回顾既往，写下了这首《龟虽寿》。

本诗情理相融，将情、志寄于具体的形象之上，构思新奇，语言清健，风格悲壮。

【原文】

神龟虽寿，犹有竟时 ②。

腾蛇乘雾，终为土灰 ③。

老骥伏枥，志在千里 ④。

烈士暮年，壮心不已 ⑤。

盈缩之期，不但在天 ⑥；

养怡之福，可得永年 ⑦。

幸甚至哉，歌以咏志 ⑧。

【注释】

①这首诗是曹操组诗《步出夏门行》中的第四首，本诗的题目来自首句的三字。

②寿：长寿。竟：终了，此指死亡。

③腾（téng）蛇：传说中一种会飞的蛇。

④骥（jì）：良马，常用来比喻良才。枥（lì）：马槽。伏枥：受人喂养。

⑤烈士：有远大志向的人。暮年：晚年。

⑥盈缩：此指人的寿命长短。但：只，仅仅。

⑦养怡：身心和乐。永年：长寿。

⑧"幸甚至哉"两句：结束语，内容上与前文无关联。咏志：以诗歌抒发情感或阐明心志。

【译文】

神龟纵然长寿千年，亦有死亡之时。

腾蛇纵可腾云驾雾，终究化为尘土。

良马虽老受人喂养，壮志依旧千里驰扬。

志士老来身体孱弱，壮志雄心并不衰减。

人命的长与短，不只由上苍决断。

身心和乐，即可益寿延年。

幸运呀；就用这首歌，来抒发我激动的情怀。

泰山梁甫行①

曹植

【题解】

《泰山梁甫行》是三国时期知名诗人曹植的一首五言乐府诗，收录于《曹子建集》。

这首诗的创作时间，现在有多种说法。第一种意见认为，这首诗是创作于曹操征伐乌桓的途中，曹植随父亲出征，以沿途所见海边逃民生活的困苦，创作而成。第二种意见认为，本诗创作于魏明帝曹叡时期，曹植受到兄长曹丕（魏文帝）与侄子曹叡的猜忌与迫害，曹植的封地被不断变换，他也就不得不时常搬家，虽未失所却也是流离。于是曹植以逃民自喻，写作本诗。第三种意见则认为，本诗的确创作于魏明帝曹叡时期，但诗作内容并不是自况，而是实写民情，曹叡时期赋税沉重，徭役兵役繁多，百姓不得不弃家逃亡。曹植在封地见到百姓的苦难，于是写作本诗。

这首诗言辞简约，寄意深刻，整体烘托与具体描写相结合，鲜明形象地刻画了百姓的困境。

【原文】

八方各异气，千里殊风雨②。

剧哉边海民，寄身于草野③。

妻子象禽兽，行止依林阻④。

柴门何萧条，狐兔翔我宇⑤。

【注释】

①泰山梁甫行：又称作《梁甫行》，是乐府诗曲调名之一。

②异气：气候不同。殊：不同。

③剧：艰难。草野：野外。

④妻子：妻子和儿女。象：同"像"。禽兽：野兽。行止：本义是行走和止息，此指百姓的生活。林阻：山林险阻之地。

⑤柴门：以木柴做的门，此处以门的简陋来喻指百姓生活的窘困。翔：休闲地行走。宇：房屋。

【译文】

各地的气候不同，相距千里风雨就会差异很大。

艰辛啊海边的人们，他们全家就栖息在野外的草屋里。

他们的妻子、孩子就像野兽一样，生活在艰难贫瘠的山林中。

破败的柴门里毫无生气，狐狸野兔悠闲地从我的屋里进出。

美女篇

曹植

【题解】

《美女篇》是曹植所作的一首乐府诗，收录于《曹子建集》。

这首诗应当是创作于魏明帝曹叡时期，公元226年曹丕死去，曹叡继位。曹植在这个时期是想参与到政治生活中去的。公元231年，他给曹叡上书说："我现在人身自由受到限制，连把小刀的用处都没有了（再也不会威胁到任何人），如果能废黜我的王爵，让我做一名一般的臣子为朝廷出力，我自思不比别人差，这也是我最大的心愿。"后来他又上书曹叡，希望他能重用皇族。但曹叡仅仅认为曹植文采斐然，并不打算起用他。认为自己的才能无法得到施展，曹植创作了《神女篇》，以高洁的美女遇不到配得上自己的心上人自喻，抒发自己怀才不遇的郁闷情感。

这首诗对美女的塑造极为生动形象，语言绮丽、奢华，人物栩栩如生，诗风委婉隽永，意味深长。

【原文】

美女妖且闲，采桑歧路间①。

柔条纷冉冉，落叶何翩翩②。

攘袖见素手，皓腕约金环③。

头上金爵钗，腰佩翠琅玕④。

明珠交玉体，珊瑚间木难⑤。

罗衣何飘飘，轻裾随风还⑥。

顾盼遗光彩，长啸气若兰。

行徒用息驾，休者以忘餐⑦。

借问女安居，乃在城南端。

青楼临大路，高门结重关⑧。

容华耀朝日，谁不希令颜⑨？

媒氏何所营？玉帛不时安⑩。

佳人慕高义，求贤良独难。

众人徒嗷嗷，安知彼所观⑪？

盛年处房室，中夜起长叹⑫。

【注释】

①妖：艳丽。闲：通"娴"，举止文雅。歧路：从大路上分出来的小路；岔路。

②柔条：柔嫩的枝条。冉冉：枝条柔软下垂的形态。翩翩：飘动状。

③攘袖：捋起袖子。素手：白净的手（多形容女子）。皓腕：白皙的手腕。约：缠束，环束。金环：金质手镯。

④金爵钗：外端为雀形的金钗。琅玕（láng gān）：如同珠玉的美石。

⑤木难：宝珠名，又作"莫难"。

⑥罗衣：轻软丝织品制成的衣服。轻裾（jū）：轻薄的衣裙。还：摆动。

⑦行徒：行人。

⑧青楼：青漆涂饰的楼，往往富贵之间才能如此，喻指美女品行高贵。重关：两道闭门的横木。

⑨容华：好的容貌。希：仰慕。令颜：姣好的容颜。

⑩媒氏：媒人。玉帛：圭璋和束帛，古时用作聘礼。

⑪嗷（áo）嗷：形容众声喧杂。

⑫房室：闺房。中夜：半夜。

【译文】

又一美女，容貌惊艳，举止文雅；正在岔路口的桑地采摘桑叶。

桑枝被她柔软地拉低，摘下的桑叶翩翩飘落。

捋起的衣袖露出她白净的巧手，赤金的手镯环束在她白皙的手腕上。

头上插着凤雀金钗，腰间佩戴翠绿的玉石。

明珠点缀着她如玉的身躯，另有剔透的珊瑚和翠色的木难。

轻柔的衣袂随风飘飘欲飞，轻薄的长裙随风翩跹。

双眸回顾即是一片光彩，轻呵吐纳芬芳如兰香。

行人见此停下了车辆，休息的人见此忘记了进餐。

打听一下这个姑娘家住哪里？原来她家住南城正南。

华贵的楼阁临近大路，高大的府门用的是两重门闩。

她的容貌胜过晨起的太阳，谁

不为她的容颜所倾倒？

媒人整天忙什么呢？还不快快登门，去下聘礼。

你懂什么呀！姑娘爱慕德行高尚之人；这样贤德的夫君，实在不是随便什么人都能上门提亲的。

众人叽叽喳喳也就是过个嘴瘾，哪里知道姑娘中意的人是个什么样子？

正值最好的年华，她依旧守在闺房；只是夜半时分，闺房中不时传来一声嗟叹。

古诗源 卷六

魏诗

七哀诗三首（其一）①

王粲（càn）

【题解】

《七哀诗三首》是汉末文学家、"建安七子"之一王粲所创作的一组五言古诗，收录于《昭明文选》。

公元 191 年，董卓将东汉帝国的都城洛阳劫掠一空，放了一把大火，裹挟汉献帝刘协去往长安，王粲也在其中。一路之上凄惨难言，从洛阳到长安千里的道路上，堆满了尸体。后来司徒王允离间董卓与吕布，杀死董卓。但王允不允许李傕（jué）和郭汜（sì）投降，李傕和郭汜指挥军队攻陷长安。后来李傕和郭汜反目，双方乱军对垒长安城中，厮杀 5 个月，长安城死伤数万人，成为恐怖与饥饿的地狱。王粲离开长安时，将所见惨状写成了这首诗（王粲《七哀诗》有三首，本诗是第一首，也是最为流传的一首），既表达了对百姓苦难的同情，又表达了对明主雄君的期望。

这首诗沉痛悲切，真挚感人，将战乱之下的灾难刻画得淋漓尽致，真真一幅人间地狱的悲伤画卷。

【原文】

西京乱无象，豺虎方遘患②。

复弃中国去，委身适荆蛮③。

亲戚对我悲，朋友相追攀④。

出门无所见，白骨蔽平原⑤。

路有饥妇人，抱子弃草间。

顾闻号泣声，挥涕独不还。

"未知身死处，何能两相完⑥？"

驱马弃之去，不忍听此言。

南登霸陵岸，回首望长安⑦。

悟彼下泉人，喟然伤心肝⑧！

【注释】

①七哀：表示哀思之多。

②西京：长安。东汉建都在洛阳，称长安为西京。无象：失去正常的社会秩序，陷入混乱。豺虎：指董卓部将李傕、郭汜等人在长安的作乱。遘（gòu）患：作乱。遘，通"构"，造成。

③复：又，再一次，第一次是王粲被董卓裹挟，被迫离开都城洛阳。中国：先秦时，以王畿（都城）附近地区称为中国，此指长安，实际指代中原。委身：此为到某处讨生活的意思，实为"投身"。适：去，往。荆蛮：指荆州。春秋时期，湖北荆州地区有"楚蛮"族，此是沿袭古称。此时北方战乱，荆州成为避难的去处，荆州牧刘表与王粲是世交，王粲前去投靠。

④追攀：牵挽追送，形容难舍难分。

⑤蔽：遮蔽，遮盖。

⑥"未知身死处"两句：此两句是"饥妇人"所说，意思是自己不定什么时候就饿死了，已经无力再照顾孩子了。完：保全。

⑦霸陵：亦作"灞陵"，汉文帝刘恒的陵墓，在今陕西西安东。"文景之治"是西汉帝国经济最为活跃、百姓生活最为富足的时期。王粲以霸陵

与长安并提，实是对和平年代的向往。

⑧悟：领悟。下泉：即《下泉》，是曹国人怀念贤明君主的诗篇，作者引用《下泉》意在期盼出现贤明的君主，使天下大治。喟（kuì）：叹息。

【译文】

西京长安已如人间地狱，是董卓余孽李傕、郭汜等人的叛乱导致。

不得已离开中原故土，投身南方的荆州避难。

亲戚满怀悲伤前来相送，好友牵挽追送依依不舍。

出了长安城后，别的没看见；只有累累白骨，一眼望不到边。

路旁有一个饿得没有了人形的妇人，正把她的亲生子丢弃在杂草间。

身后传来婴儿撕心裂肺的啼哭声，妇人擦一把眼泪继续离去。

"（儿啊，儿！娘已一无所有）不知哪天就会死在路上，我们母子哪里还能保全！"

我拍马快速离去，实在难以忍受这样的心酸之语。

一路向南登上了汉文帝的霸陵墓园，高原之上再回首西北的长安。

此时才领悟了《下泉》曹国人怀念贤明君主心愿，想到这里又不由叹息伤心起来！

饮马长城窟行①

陈琳

【题解】

《饮马长城窟行》是汉末文学家陈琳所作，见于《陈记室集》。

公元前221年，秦帝国统一了华夏，历经长时间战乱的百姓正渴望休养生息，秦帝国却不顾百姓死活，也丝毫不做长久打算，随即开始动用30万人修筑长城。公元前214年攻打岭南时，又调动了50万人前去作战。与此同时，大规模的筑路和水利工程也开始上马。为了配合这些工程，秦帝国前后迫使 14 万个家庭离开居住地，前往边疆。即便如此，人力依旧不够用了，官吏只管抢赶工期，被征发为役卒的百姓日复一日高强度地劳作，很多人都死在了工地上。诗人以秦帝国滥用民力，不顾百姓死活，驱逐他们修筑长城为创作背景，创作了这首《饮马长城窟行》。

这首诗语言简洁，形象鲜明生动，情感真挚，通过帝国官吏的冷血，与普通百姓的高尚情操相对比，痛斥了暴政的不得人心。

【原文】

饮马长城窟，水寒伤马骨。

往谓长城吏，慎莫稽留太原卒②！

官作自有程，举筑谐汝声③！

男儿宁当格斗死，何能怫郁筑长城④。

长城何连连，连连三千里⑤。

边城多健少，内舍多寡妇。

作书与内舍，便嫁莫留住。

善侍新姑嫜，时时念我故夫子⑥！

报书往边地，君今出语一何鄙⑦。

身在祸难中，何为稽留他家子⑧！

生男慎莫举，生女哺用脯⑨。

君独不见长城下，死人骸骨相撑拄⑩。

结发行事君，慊慊心意关⑪。

明知边地苦，贱妾何能久自全⑫？

【注释】

①饮马长城窟行：乐府旧题，原辞已不传。长城窟，长城侧畔的泉眼。窟，泉窟，泉眼，可供马匹饮用。

②慎莫：千万别再。慎：副词，类于"务必""千万"。稽留：延迟，

滞留，此指延长修筑长城的服役期限。太原：即秦帝国的太原郡，在今山西省中部。"慎莫稽留太原卒"一句，是役卒们对长城吏说的话。

③官作：官府的劳役。程：期限。筑：夯土的木棍。"官作自有程，举筑谐汝声"两句，是长城吏对役卒们的回答。

④怫（fú）郁：心情憋屈。"男儿宁当格斗死，何能怫郁筑长城"两句，是役卒们对长城吏说的话。

⑤连连：连绵不断。

⑥姑嫜（zhāng）：婆母与公爹。夫子：丈夫。"便嫁莫留住"以下三句，是役卒给妻子信中的话。

⑦报书：回信。鄙：难听。"君今出语一何鄙"一句，是役卒妻子给他的回信所说。

⑧他家子：别人家女子，实指自己的妻子。此是役卒不愿意连累妻子。"身在祸难中"以下六句，是役卒给妻子回信所说。

⑨莫举：不再抚养（即便养大了也得死在徭役上）。哺：喂养。脯：肉干。

⑩撑拄：支架，来源于《秦始皇时民谣》："生男慎勿举，生女哺用脯，不见长城下，尸骸相支拄。"

⑪结发：即束发，指初成年。慊（qiàn）慊：心意不足的样子。"结发行事君"以下四句，是役卒妻子给他的回信所说。

⑫久自全：长久地保全自己，此指役卒妻子表达绝不与丈夫分离的决心。

【译文】

牵马到长城窟饮水，那里的泉水凄寒，直透马的骨头里。

役卒去跟负责修筑长城的官吏说："万万不要再延长太原郡役卒的期限了！"

官吏说："官府征来的役卒，服役都有规定的期限；（不要老想回家）都给我把干活的号子喊起来！"

役卒说："男儿宁愿死于战场，也不愿被这无限期的苦力折磨而死。"

长城是真的长呀，绵延三千里。

青壮劳力都被戍边筑城了，家乡只留下了无助的妻子。

（长城还没修筑完，人却死了一批又一批）役卒绝望地给妻子去了书信，说道："你快快再嫁人吧，不要再等我了。

再嫁后伺候好你的新公婆，也不好忘了曾经的我！"

妻子的回信来到了边城，信上说："你说话怎么这么难听。"

（役卒回信解释说）"我已经被困在这吃人的劳役上了，怎么还忍心牵累你跟我受苦！"

（信中特地叮咛）"生下男孩千万不要再养育他了，生下女孩就好好照料她长大。

你是没见到啊，城墙之下白骨累累。"

（妻子回信说）："既然嫁给了你，我们就应当休戚与共；你错看了我对你的情意。

既已知道你在边地的悲苦，我又怎能只求自己长远的周全？"

赠从弟三首①

刘桢

【题解】

《赠从弟三首》是东汉末年诗人刘桢所作的组诗，收录于《刘公干集》。

刘桢八岁能诵《论语》《诗经》，以博闻强识、巧思善辩著称，称为神童。公元195年，17岁的刘桢随母兄躲避战乱，来到许昌，从此与曹丕、曹植兄弟因文相会，颇有交情。此时，正值东汉帝国最后残阳时期，各地的割据军阀争相扩充势力，增加赋税、征发繁重的徭役、兵役，中国大地上烽烟四起。社会动荡，百姓凄惨，在这样的形势下，刘桢创作了组诗《赠从弟三首》。刘桢、王粲、阮瑀、应场等先后投奔曹操，他们称赞曹操是刘邦一般的人物，希望依靠这棵大树施展自己的政治抱负。但曹操身为颇有野心的割据政权首领，注定了他有限的军事人才选用标准；而他并不是东汉帝国名义上的最高领袖（汉献帝刘协还在），又注定了他敏感、多疑、强烈的防范意识，刘桢就无意中触动了曹操敏感的神经。公元204年，曹操攻下袁绍（此时已死）势力的老巢邺城，俘获了袁绍次子袁熙的妻子甄氏，曹丕喜爱甄氏的美色，将其纳为自己的妻子。一次曹丕举行宴会，邀请文士参加，席间曹丕命妻子甄氏出来与众人相见，众人都俯首叩拜，唯独刘桢以坐姿平视甄氏。曹操听闻，大为恼恨，差点砍掉刘桢的脑袋，刘桢虽然侥幸活命，但从此被边缘化，郁郁不得志。

这三首诗中，诗人分别歌咏蘋藻的高洁、松柏的品性、凤凰的志向，看似以此勉励堂弟坚守情操、本性不移，实际更是对自己的勉励。诗文运用比兴的手法，语言朴实，格调古朴，很有建安文学慷慨悲壮的风格。

其一

【原文】

泛泛东流水，磷磷水中石②。

蘋藻生其涯，华叶纷扰溺③。

采之荐宗庙，可以羞嘉客④。

岂无园中葵？懿此出深泽⑤。

【注释】

①从弟：堂弟。

②泛泛：水波漂流的样子。磷磷：本义是玉石色彩鲜明，此用来形容流水清澈，水中石头鲜明可见。

③蘋（pín）藻：即蘋，多年生水草名。华叶：花与叶。溺：没入水中，此指蘋藻的枝叶在水中沉浮。

④羞：通"馐"，本义为美食，此处意为"做成美食来招待"之意。嘉客：佳客，贵宾。

⑤懿（yì）：形容词，美好之意，多用于形容人的德行，如懿德、懿行。

【译文】

溪水清澈，潺潺东流；水中之石，磷磷如玉。

水中的蘋藻繁盛喜人，枝叶随波上下飘荡。

可以采摘它们供奉于祭庙，又可以制作美食招待高贵的客人。

并非园中没有葵菜可用，只是清泉之下的蘋藻更加美好。

其二

【原文】

亭亭山上松，瑟瑟谷中风①。

风声一何盛，松枝一何劲②！

冰霜正惨凄，终岁常端正③。

岂不罹凝寒？松柏有本性④。

【注释】

①亭亭：直立、独立。瑟瑟：萧索。

②一何：何其，多么。

③惨凄：悲惨凄凉，此指冰霜的寒酷。端正：本义为不偏斜，此处暗喻山上松威武不屈的品性。

④罹（lí）：遭受。凝寒：严寒。本性：固有的个性，暗喻人应当坚守自己的本心，不因外部困难而抛弃应有的情操。

【译文】

山顶的松柏，独立傲然；山谷一片萧索，阵阵风寒。

寒风何其猛烈，而松柏何其劲健！

冰霜虽寒酷气焰正盛，松柏却常年傲立不弯。

并非它没有遭受酷寒的侵袭，而是松柏本性不移，无惧风寒。

其三

【原文】

凤皇集南岳，徘徊孤竹根①。

于心有不厌，奋翅凌紫氛②。

岂不常勤苦？羞与黄雀群③。

何时当来仪？将须圣明君④。

【注释】

①凤皇：即"凤凰"。南岳：南方的丹穴山，传说凤凰这种神鸟生长于南方的丹穴山，非梧桐树不栖息，非竹子的果实不吃。

②厌：通"餍（yàn）"，满足。紫氛：高空，云霄。

③黄雀：此指随波逐流没有执守的士人。

④来仪："凤凰来舞而有容仪"的简称，意思是说，凤凰这样的神鸟（指代英才志士），何时才能不再疲于奔命，从容施展才能呢？

【译文】

凤凰生于南方的山岳，即便竹子凋零也不肯离去。

它不满于这样的（世道）败坏，奋翅排空直上重霄。

并非它不知身体辛苦，只是羞于与毫无节操之类合污。

什么时候才能安然从容、一展风姿？须得等到圣明君主出现的时候了吧。

室思（其三）

徐干

【题解】

《室思》是东汉末年诗人徐干所作的组诗，收录于《徐伟长集》，本诗是其中的第三首。

徐干少小成名，一世清贫，毫无所怨。徐干的诗歌不少，但所留不多。钟嵘《诗品》把他列入下品（最低等），后世虽有争议，但徐干诗歌的才情，的确逊于王粲、刘桢。《室思》组诗写的是妻子对远行的丈夫的思念，本诗通过寄无可寄、思而不得、慵懒怠倦、思念如水几个场景的描写，将妻子的哀怨与对丈夫的思念生动地刻画出来。

这首诗语言流畅，意味深长，富于清新自然的趣味。自南北朝到隋唐，模仿本诗后四句的诗人很多，但模仿所作，都逊于本诗的自然清新。

【原文】

浮云何洋洋，愿因通我辞①。

飘飖不可寄，徙倚徒相思②。

人离皆复会，君独无返期③。

自君之出矣，明镜暗不治④。

思君如流水，何有穷已时⑤。

【注释】

①洋洋：形容云舒缓移动。通我辞：即"为我通辞"之意，通辞是传递话语的意思。

②飘飖（yáo）：同"飘摇"。徙倚：徘徊。徒：白白地。

③复会：分离之后再相会。

④治：收拾，整理。

⑤穷已：终结，穷尽。

【译文】

浮云飘向远方，我想让它捎话给远方的人。

可是它飘忽不定难以寄托，我一再犹豫也只是白费功夫。

别人的丈夫离家还有回来相聚的时候，只有你一去从此无归期。

自你离家之后，镜子好久没再用过，已然满是灰尘。

对你的思念如水长流，何时才是尽头？

别诗二首

应玚（yáng）

【题解】

《别诗二首》是东汉末年诗人应玚所作的一组离愁诗，收录于《全魏诗》。

　　东汉末年开始进入瘟疫多发时期，应玚的好友先后沾染瘟疫过世，公元 216 年王粲去世，公元 217 年徐干、刘桢、陈琳三位好友同年去世。应玚既为好友的离世而悲痛，又为世事无常而感伤。更不幸的是，应玚自己也染上了瘟疫，自觉将不久于人世，遂创作了《别诗二首》，排遣离愁别绪。应玚创作本诗后不久，也因病离世。生命的脆弱，莫甚于瘟疫来临；生活的悲惨，莫过于战乱纷起；思想的凄苦，莫大于不得自由。应玚处在那个动荡、缺乏人道的年代，诸般辛酸皆尝了个遍，着实令人唏嘘动容。

　　这两首诗没有过多激昂与不忿之词，反多了些内敛和雅之气，格调平淡，自然无奇，读来却是血泪悲歌。

其一

【原文】

朝云浮四海，日暮归故山①。

行役怀旧土，悲思不能言②。

悠悠涉千里，未知何时旋③。

【注释】

①故山：此暗喻家乡。

②行役：因公务外出，此指身不由己的奔波。旧土：故乡。

③悠悠：遥远。旋：回还，归来。

【译文】

早晨云朵漂浮于浩瀚苍穹，到了日落后就重回它聚集之地。

（可人却难得如云那样常聚）在外常年奔波怀念故土，悲伤之情难以明言。

漫漫长途，跋涉千里；不知何时才能重返故里（与朋友相聚欢谈）。

【原文】

浩浩长河水，九折东北流①。

晨夜赴沧海，海流亦何抽②。

远适万里道，归来未有由③。

临河累太息，五内怀伤忧④。

【注释】

①九折：曲折很多，九是虚指。东北流：黄河"几"字型右下，经华北平原流向东北方的渤海。

②晨夜：日夜。沧海：此指渤海。抽：引出。

③远适：远行。由：因缘。

④累（lěi）：连续，重叠。太息：长声叹息。五内：指人的心、肝、脾、肺、肾五脏，此指内心伤怀。

【译文】

黄河之水浩浩汤汤，曲折地流向东北方向。

日夜奔流直入苍茫的渤海，渤海好像拥有巨大的引力使黄河难以止歇。

黄河奔腾东流去，从此再无回头时。

面对黄河一再长声叹息，内心充满了悲伤忧虑。

百一诗

应璩（yīng qú）

【题解】

《百一诗》是三国时期魏国诗人应璩所作，收录于《应休琏集》。

公元250年，应璩辞去侍中（宰相之一）返回故里。据说，应璩以前遇到过一个占卜师，占卜师预言他61岁时会看到一条白狗，这将会给他带来厄运。这年预言应验了，应璩为了避祸辞官回乡。公元 249 年，魏明帝曹叡死后，8 岁的曹芳即位，花花公子曹爽任大将军辅政。侍中应璩曾劝说曹爽："当下都吹捧你，把你比作周公，你可知晓百虑一疏的道理！"应璩这首《百一诗》，就是对曹爽的劝谏。果然就在这一年，司马懿发动高平陵之变，夺取了曹氏政权，将曹爽全家灭族。应璩对曹爽的规劝，也为自己带来祸端，虽然他极力避让，两年后还是被司马越杀死。

这首诗，作者先自污（说自己居下流之所），后自嘲（说自己无德无才徒有虚名），并且借用"宋人遇周客"的典故，极力放低姿态，通过行文巧妙反衬自己的人品与度量。本诗说理远超写景与抒情，是一种不太被认可的诗文风格。

【原文】

下流不可处，君子慎厥初①。

名高不宿著，易用受侵诬②。

前者隳官去，有人适我闾③。

田家无所有，酌醴焚枯鱼④。

问我何功德，三入承明庐⑤。

所占于此土，是谓仁智居⑥。

文章不经国，筐箧无尺书⑦。

用等称才学，往往见叹誉⑧。

避席跪自陈，贱子实空虚⑨。

宋人遇周客，惭愧靡所如⑩。

【注释】

①下流：大家都厌弃的地方或地位。处（chǔ）：居住，停留。厥初：好不容易开创出的，此指已经积累的好的德行与高尚情操。慎厥初：谨慎对待自己最初的行为，防微杜渐。

②名高：崇高的境界。宿：本义过夜，此引申为停留。著：高处。侵诬：侵犯污蔑。

③隳（huī）官：罢官，此是辞官。适：去，往，此用作"来"意。闾（lú）：家。

④酌醴（lǐ）：酌酒。焚枯鱼：烤、煮干鱼。

⑤承明庐：汉代及三国曹魏时，帝王在承明殿与朝臣商议政务，承明殿旁建有侧屋，供侍臣值班时休息，称承明庐。应璩先为侍郎，又升常侍，后晋侍中，参与枢要，故称"三入承明庐"。

⑥"所占于此土"两句：是来者对应璩隐居的质疑，既然毫无功德忝为高位，那么隐居之所，也就不是仁者、智者的居所了。

⑦经国：治理国家。筐箧（kuāng qiè）：竹枝所编的方形箱子。尺书：出使他国的国书。这两句是来者对应璩的质疑，内没有治国的才能，外没有延揽邦交的功绩。

⑧用等：凭什么，等是俗语，意同"何"。叹誉：赞叹称誉。

⑨避席：离开坐席，表示礼貌或敬意。贱子：对自己的谦卑称呼。

⑩宋人遇周客：此典故出自《阙子》："宋有愚人得燕石，以为大宝而珍藏之。后为周客所见，始知是寻常燕石，与瓦块无异。"意思是，愚者以为珍宝的东西，实际上在智者看来根本不值一提。靡：不知。所如：所往。

【译文】

众人所厌恶的地方是不可以居住的，有德行的君子当慎重自己的选择。

再高的境界也不能长久地享有很好的名望，那很容易被用来污蔑谗害。

前些日子我辞官闲居，有人来到我家拜访。

乡野居所没什么东西可以好招待的，只能就着烤鱼干酌饮。

（来客问我）"你有什么功劳德行，能够三次入朝参与枢要？"

"（又有什么高洁德行能够认为你）所居住的居所，就是仁者智者的所居之地？"

"你对内没有治理国家的谏章文略，对外没有持节延揽外国的功绩。"

"你凭什么被认为是有才能和学问的人，常常享受赞叹称誉？"

我离开坐席跪坐于旁陈述说："我这个卑微的人，的确是徒有虚名。"

愚者以为珍宝的东西，实际上在智者看来根本不值一提，我非常惭愧不知所往。

克官渡

缪袭

【题解】

《克官渡》是三国曹魏时期缪袭所作，是一篇为曹操歌功颂德的官样文章，见于《晋书》。

公元 199 年，袁绍集结精兵 10 万，欲南下侵袭曹操大本营许昌，曹操引军列于官渡，与袁绍对垒。公元 200 年初，袁绍派遣大将颜良、淳于琼等围困白马，曹操引军前往解围，斩杀颜良、文丑，重挫袁绍军锐气，随后还军官渡。曹操与袁绍的正面作战很不顺利，于是打算先退回许昌。荀彧劝说曹操："官渡之役，将是与袁绍的决战，至关重要。失利是暂时的，后面必有转机。"后来袁绍谋士许攸投降曹操，献计袭击袁绍的粮草基地乌巢，曹操亲率五千人奇袭乌巢，扭转了战局。袁绍军心动摇，自己逃亡河北，曹操率众掩杀，袁绍七八万人死于这场大战。缪袭由官渡大战而创作了《克官渡》这首诗。

这首诗运用倒叙的手法，辅以夸张的修辞，行文跌宕起伏、扣人心弦。

【原文】

克绍官渡由白马①，

僵尸流血被原野②。

贼众如犬羊，王师尚寡③。

沙埠旁，风飞扬，转战不利士卒伤，今日不胜后何望④？

土山地道不可当，卒胜大捷震冀方⑤。

屠城破邑，神武遂章⑥。

【注释】

①白马：古津渡名。在今河南省滑县北。由：从。公元200年，曹操先行解白马之围，从白马返回官渡。

②被（pī）：同"披"，覆盖。

③犬羊：此是对敌人的蔑称。尚：又，还，此处译为"却"。

④沙埠（duī）：即沙堆，埠同"堆"。

⑤土山：即筑墙，加固防御工事。地道：营地周围挖一圈深坑，防止敌人从地上或地下偷袭。冀方：指当时袁绍所控制的青、冀、幽、并四州。

⑥屠城：曹操对占领城池中的非战斗人员，的确有多次的大规模屠杀行为，但此处的"屠"应是"占领"之意。神武：英明威武（多用于帝王）。遂：于是。章：同"彰"，彰明。

【译文】

（曹操）解困白马之围后，还军官渡，击溃了袁绍，

敌军的尸首遍地，血流覆盖了疆场。

敌军数量众多如犬羊不可计数，我军却是兵力寡少。

沙场之上，朔风飞扬，连续几次战斗我军均告失利，兵士多有死伤，今日一战如不能胜利，后面的战局哪里还有指望？

（于是曹操下令）积极防御随后又主动出击，果然锐不可当；终于取得官渡大捷，震撼住了整个袁绍一方。

随着对袁绍故土的占领，曹公（曹操）的英明威武于是更加彰明。

古诗源卷七

晋诗

情诗

张华

《情诗》是西晋诗人张华所作的组诗，共五首，本诗是其中的第三首，收录于《昭明文选》。

公元291年，西晋首任皇帝司马炎死去，他的白痴太子司马衷即位，帝国的权力被司马衷的妻子贾南风皇后掌控。贾南风杀死执政大臣杨俊（司马炎的岳父），希望任命颇有人望的张华做宰相，张华出身庶族，根基不深，他不愿意做傀儡，几次推诿不过，最终赴任。但贾南风是个鼠目寸光的愚蠢妇人，她害死太子司马遹（yù），直接引发了八王之乱，赵王司马伦引兵杀入皇宫，发动政变，杀死贾南风，掌控帝国中枢，第一件事就是报私仇，逮捕了包括宰相张华在内的不与自己交好的大臣。张华反诘代表皇帝前来质询的官员张林，说："你们这是要陷害忠良是吗？"张林问道："你身为宰相，当初太子（司马遹）被废，你为何一声不吭？是何道理？"张华说："我上书劝谏了，不信你去查看存档。"张林说："劝谏不被听取，为何不辞职？"张华无语。张华等人全被诛杀三族。钟嵘评价张华的诗，说："儿女之情很多，雄韬大略或高情远志则很少。"张华被杀，也足见书生在政治漩涡中的悲剧。这首《情诗》，也以"儿女情"见长。

本诗情景交融，感深意重，以清风、明月为景，赋予全诗高洁雅致之气，艳而不俗，不失为传神佳作。张华诗，多以辞藻绮丽取胜，少起伏，凌空矫捷是其不足。

【原文】

清风动帷帘，晨月照幽房①。

佳人处遐远，兰室无容光②。

襟怀拥虚景，轻衾覆空床。

居欢惜夜促，在戚怨宵长。

拊枕独啸叹，感慨心内伤③。

【注释】

①晨月：早晨的月亮，暗指妻子彻夜未眠，望月怀人。幽房：闺房，"幽"字表静，隐含妻子的幽哀情感。

②佳人：此指丈夫。遐远：遥远的地方。兰室：即闺房。

③拊枕：轻拍枕头。啸叹：长叹。

【译文】

清风阵阵，拂动帷帘；清晨的月光，照进了幽静的闺房。

心爱的夫君去了远方；从此闺房之中的人啊，再无风采。

清冷的月色洒在心中的是痴情的虚影，衾被下的空床更显孤独无依。

一起欢聚时的夜晚是那么短促，离别独守的夜色又是那么漫长。

轻拍着枕头独自长叹，积郁难抒内心神伤。

明月篇

傅玄

【题解】

《明月篇》是西晋诗人傅玄所作的一首思愁诗，收录于《乐府诗集》。

这首诗所写的是，新婚女子乐中忧愁的心理变化。从看上去美好的皎洁月光，到灼灼朝日；从令人鼓舞的春蚕吐丝，到秋女衣裳；这些本是司空见惯的自然变化，却引起了她无尽的多愁善感。联想到自己的容颜终将衰老，担心丈夫开始喜欢上新的容颜，而作为那个年代的女子，对于这些不可控的变故，几乎是无能为力的，虽在新婚恩爱中，也难免伤感起来。

本诗运用比喻等手法，生动地描述了女子对丈夫的依赖，深刻地表达了女子的无可奈何和对未来的恐惧忧伤。思愁诗不同于写愁诗，往往是身在喜乐之中而抒发愁思，这是乐府诗的一种风格。卷二汉武帝刘彻的《秋风辞》中"欢乐极兮哀情多，少壮几时兮奈老何"及班婕妤所作《怨歌行》就是这一风格。另外在赋中也多见，如陶渊明的《闲情赋》中，"悲乐极以哀来，终推我而辍音。"

【原文】

皎皎明月光，灼灼朝日晖①。

昔为春蚕丝，今为秋女衣②。

丹唇列素齿，翠彩发蛾眉③。

娇子多好言，欢合易为姿④。

玉颜盛有时，秀色随年衰⑤。

常恐新间旧，变故兴细微⑥。

浮萍本无根，非水将何依。

忧喜更相接，乐极还自悲⑦。

【注释】

①皎皎、灼灼：均是"明亮"之意。晖：阳光。

②秋女：亦称"秋娘"，美丽的女子。

③丹唇（chún）：丹唇，"唇"同"唇"。素齿：即皓齿，洁白的牙齿。素：白色。翠彩：青绿色。发：来自。蛾眉：蚕蛾触须细长而弯曲，古时

女子的眉毛以此形状为美，常代指美女。

④娇子：少女。好言：善言，好话。欢合：结婚。

⑤盛：兴盛、繁盛。

⑥间：从中隔开。新间旧：喜欢新人而忘了旧人，即丈夫喜新厌旧。兴：兴起。

⑦更：交替。

【译文】

晚上皎洁的月光，清晨被日光取代。

昨日的春蚕丝，今日称为女儿家身上的秋衣。

女儿丹唇皓齿，蛾眉如黛。

婚前有诸多的好名声，婚后就容易日子平安。

容颜再好也有鼎盛的时候，秀色总会随着年长而衰减。

常常担心（丈夫）有了新人就忘却旧人，这样的变故很容易发生。

女子本就像那无根的浮萍，离开了水（丈夫的恩爱）又将依靠什么呢？

（想到这里）不禁忧喜交加，凡事往往欢乐到极处就是悲伤的开始。

吴楚歌

傅玄

【题解】

《吴楚歌》是傅玄所作的一首思慕诗，见于《玉台新咏》。

诗文开篇即说，佳人可见而不可会，想见佳人一面，如同登天（限层崖）。诗人笔锋一转，明为描写见佳人的不易，实则衬托佳人的高洁不俗，佳人如同玉、兰，住在幽静无喧嚣的山谷，住在清静不染凡尘的深野。诗人寄希望于"云为车""风为马"，可是至此再次陡转，云不可能如期而至，风也不能随心而起，到此突然没有了任何办法，于是思慕的愁绪如同乱麻，理也理不清了。

全诗布局巧妙，意、韵、律交融，不饰辞藻，无限情思却尽在其中。

【原文】

燕人美兮赵女佳，其室由迩兮限层崖 ①。

云为车兮风为马，玉在山兮兰在野 ②。

云无期兮风有止，思多端兮谁能理 ③？

【注释】

①"燕人美兮赵女佳"句：燕、赵为春秋战国时期今天河北一带的两个诸侯国。古诗句中有"燕赵多佳人"。迩（ěr）：近。限：阻隔，限隔。"其室由迩"：出自《诗经·东门之墠》："其室则迩，其人甚远"，意思是思慕佳人而难以得见。

②野：古音 yǎ。

③多端：头绪繁多。

【译文】

燕赵之地，女子容美而品佳；所居不远，又如同天涯。

唯有以云为车，以风为马，才能见到她；因为她如玉在幽山，如兰在深野。

可是云漂浮不定，风行止无常；使我思绪如乱麻，谁能理清这诸多烦恼？

赴洛道中作二首 ①

陆机

【题解】

《赴洛道中作》二首是西晋时期知名文学家陆机所作，见于《昭明文选》。

陆机是东吴上大将军（总执政大臣）陆逊的孙子、大司马陆抗的儿子。陆抗死后，陆机兄弟六人分担陆抗在西陵的防务。公元 280 年东吴灭亡，二十岁的陆机隐居在家，闭门勤学。公元 289 年，应召前往西晋帝国都城洛阳。陆机本不想前往，可是又担心遭到小人谗害（西晋时期，因言获罪，名士多无好下场），不得不与弟弟陆云离开家乡吴郡吴县华亭（今上海市松江区），前赴洛阳。在前往洛阳途中，陆机写下了《赴洛道中作》二首。第一首诗，作者写沿途所见风景，物由心生，重感伤入怀；第二首诗，虽依旧是沿途景物，但更多哀婉凄切之感，对自己的前途忧惧难安。

这两首诗，寄情于景，以景抒情，行文曲折委婉而又凝练流畅，格调清丽哀婉，悲楚动人，是陆机诗中的佳作。

其一

【原文】

总辔登长路，呜咽辞密亲 ②。

借问子何之？世网婴我身 ③。

永叹遵北渚，遗思结南津 ④。

行行遂已远，野途旷无人 ⑤。

山泽纷纡余，林薄杳阡眠 ⑥。

虎啸深谷底，鸡鸣高树巅。

哀风中夜流，孤兽更我前 ⑦。

悲情触物感，沉思郁缠绵。

伫立望故乡，顾影凄自怜。

【注释】

①洛：洛阳。

②总辔（pèi）：牵着缰绳。辔：驾驭马匹用的嚼子和缰绳。

③之：去，往。世网：本指社会上法律礼教、伦理道德对人的束缚，

此指畏惧于西晋司马氏的淫威，不得不动身前往洛阳。婴：纠缠。

④永叹：长叹。遵：遵从。渚：水中小洲。遵北渚：暗喻只能遵循北方洛阳政权的命令。遗思：怀念。结：郁结。津：指渡口。南津：暗指江东，原东吴之地。

⑤行行：不停地前行，类于"走了一程又一程"。

⑥纡（yū）余：迂回曲折的样子。纡：屈曲，曲折。林薄：交错丛生的草木，此借指隐居之所。杳（yǎo）：幽暗。阡眠：草木茂密貌。

⑦更：交替，此指野兽接连出现之意。

【译文】

提缰策马即将要远赴长路，哽咽着与亲戚朋友告别。

请问你这是要去往何方？时局纷杂身不由己，我也一片迷茫。

长叹一声遵循北方的命令，思念的愁绪郁结在了江东。

一程又一程渐行渐远，沿途狂野不见一人。

山泽迂回曲折，晚宿于林深茂密之所。

谷底传虎啸，高树闻鸡鸣。

凄风伴长夜，野兽过我前。

眼前的凄景触动我内心的伤感，离愁思绪再次淤积胸前。

伫立高处，久久地回望故乡；哎，只能顾影自怜。

其二

【原文】

远游越山川，山川修且广①。

振策陟崇丘，案辔遵平莽②。

夕息抱影寐，朝徂衔思往③。

顿辔倚嵩岩，侧听悲风响④。

清露坠素辉，明月一何朗⑤。

128

抚枕不能寐，振衣独长想⑥。

【注释】

①修且广：长而宽阔。

②振策：扬鞭策马。陟（zhì）：登上。崇丘：高丘、高山。案辔（pèi）：即"按辔"，谓扣紧马缰使马缓行或停止。遵：沿着。平莽：一马平川的地势。

③夕：傍晚。抱影：亦作"抱景"，守着影子，形容孤独。徂（cú）：往。衔思：心怀思绪。

④顿辔：驻马。

⑤清露：洁净的露水。素辉：白色的亮光。一何：多么。朗：明亮。

⑥振衣：本义为抖动衣服去除灰尘，此指披上衣服。

【译文】

长途跋涉穿山越水，路途依旧遥远漫长。

扬鞭策马登上高岭，歇息在一马平川的平原。

夜里形影相吊独自寂寞，晨起怀愁无奈向前。

收缰驻马临崖而立，侧听悲风呼啸而响。

晨露欲滴是那么清透，明月皎洁是那么清朗。

抚摸着枕头难以入眠，披上衣服独自长叹。

塘上行

陆机

【题解】

《塘上行》是陆机所作的一首乐府诗，见于《宋书·乐志》。

陆机与潘岳是"太康文学"（西晋立国后四十年间的文学界）的领军人物，南朝梁代钟嵘《诗品》中，将两人的诗作列为上品（第一等），并且说："陆（陆机）才如海，潘（潘岳）才如江。"可是在那个没有言论自由，动辄因言获罪的恐怖统治年代，学识并没有能够成为他们的护身符，相反成为他们的催命符。为了保命，陆机、潘岳两人都屈身投靠了贾谧（贾南风的侄子），贾南风激发了八王之乱被杀死，陆机畏馋畏讥日益谨慎，依旧没能避祸。八王之乱后期，司马颙专权胡为。公元303年司马颖起兵对抗司马颙，将20万大军交由陆机掌控。但司马颖的部将嫉妒陆机，并不服从他的指挥，导致被司马乂（八王之一）军队重创，死亡的尸体都堵在了当地的一条河流。陆机不会害人，但他遭到司马颖部众谗害。司马颖逮捕了陆机与弟弟陆云（曾经为周处指明人生方向）等人，陆机兄弟被诛杀三族。名满天下的陆机、陆云兄弟，连带自己的家人、亲戚，就这样结束了自己的一生。这首《塘上行》应该就是写作于这个时期。

这首诗中，诗人以江蓠自比以示自己好不足道，畏惧高处不胜寒，又从节气、时令的变化引发的繁华盛衰，联想到自己前途未卜的命运。由物及人，借物释论，天道不恒，人生无常，加重了对自己安危的担忧。全诗比喻鲜明，对偶工整。

《塘上行》是西晋诗人陆机创作的一首乐府诗。诗人以江蓠自比，诗的前十二句先简述江蓠卑微出身，再写它遭时而盛的过程，后写它末路的悲哀；后八句由物及人，借物发论，总结出变化是自然界的规律，人生也不可能永远圆满。全诗通篇用比，对偶句多，对仗工整，言辞旨意哀婉清丽。

【原文】

江蓠生幽渚，微芳不足宣 ①。

被蒙风云会，移居华池边 ②。

发藻玉台下，垂影沧浪渊 ③。

沾润既已渥，结根奥且坚 ④。

四节逝不处，繁华难久鲜⑤。

淑气与时殒，余芳随风捐⑥。

天道有迁易，人理无常全⑦。

男欢智倾愚，女爱衰避妍⑧。

不惜微躯退，恒惧苍蝇前⑨。

愿君广末光，照妾薄暮年⑩。

【注释】

①江蓠：古书记载的一种香草，陆机以此自喻。渚（zhǔ）：水中小洲。宣：散播。

②被蒙：蒙受。风云：时局变化，此指西晋灭东吴一事。西晋灭吴后，陆机、陆云兄弟从江东来到洛阳。华池：传说中的仙池，此指洛阳。

③发藻：发芽。玉台：天帝所居之所，此指洛阳的宫台。沧浪渊：碧波之潭。

④沾润：滋润。既：已经。渥（wò）：多，厚，即"优渥"之意。结根：扎根。奥：深。

⑤四节：四季。处（chǔ）：停留。繁华：即繁花。

⑥淑气：温和之气。余芳：残花。捐：抛弃。

⑦迁易：变化。人理：泛指一切人情事理。常全：长久保全。

⑧智倾愚：即"以智倾（倾轧）愚"。衰避妍：衰老但容颜如初。避：避开。

⑨微躯：谦辞，微贱的身躯。苍蝇：此指以谗言害人的小人。

⑩广：动词，扩大。末光：余光。薄：迫近。暮年：老年。

【译文】

江蓠生于水中小洲，些许芬芳不值得传扬。

风云变幻之中与君相遇，迁居到这华池之旁。

重新发芽于玉台之下，倩姿倒影在碧波之潭上。

滋润非常充沛，根植深入坚固。

可是四季交替一刻不息，繁花难以长久鲜艳。

温和的时节一过，百花随即凋零；一场秋风而来，仅存的残花也随风而去。

天道变迁，人事无常。

男人总希望自己的智慧胜过他人，女人总希望年长而容颜不变。

并非吝惜微贱之躯不肯隐退，只是惧怕小人谗害而不敢如此。

愿君能够扩大一点点光亮，照拂一下我这将老的残年。

猛虎行

陆机

【题解】

《猛虎行》是西晋知名文学家陆机创作的一首五言诗，见于《陆士衡集》。

这首诗创作于陆机生命中的最后时光，与上一首《塘上行》基本同一时期。自出仕以来，岁月蹉跎毫无所成，陆机心情郁抑。公元303年，司马颖任命陆机为主将，实际上陆机却无法节制部众，外有强敌逼迫，内有小人拆台，陷入两难局面。俯仰之间，深感愧疚，而自己耿介难移，其中的心酸、悲楚、彷徨无以纾解，于是写下了这篇《猛虎行》。

本诗是陆机摹拟乐府歌辞而作，诗文对仗工稳，语言圆润精凿，行文一波三折。

【原文】

渴不饮盗泉水，热不息恶木荫①。

恶木岂无枝，志士多苦心。

整驾肃时命，杖策将远寻②。

饥食猛虎窟，寒栖野雀林③。

日归功未建，时往岁载阴④。

崇云临岸骇，鸣条随风吟⑤。

静言幽谷底，长啸高山岑⑥。

急弦无懦响，亮节难为音⑦。

人生诚未易，曷云开此衿⑧。

眷我耿介怀，俯仰愧古今⑨。

【注释】

①盗泉：水名，在今山东省境内。孔子经过盗泉，厌恶其名，虽渴不饮。后用盗泉之水来形容不义所得。恶木：贱劣的树，在恶木之下休息，古人认为是对品行的玷污。

②整驾：整理车马，随时出发。肃：揖拜。时命：朝廷的命令。杖策：执鞭，此指策马前行。

③猛虎窟、野雀林：见卷三汉诗《猛虎行》。此处反用，说明饥不择食、寒不择衣的紧张局势。

④日归：时日消耗。岁载阴：即岁暮。

⑤骇：兴起。鸣条：随风摇动而发声的枝条。

⑥静言：沉静思考。岑（cén）：本义为"山小且高"，此指山顶。

⑦急弦：节奏急速的弦乐。懦响：柔弱萎靡的声音。亮节：高洁之士。音：心之声。"亮节难为音"是说忠贞耿介之士，多慷慨直言，难以附和上级的心意。

⑧曷（hé）：谁。衿（jīn）：胸怀。

⑨眷（juàn）：顾。耿介：正直。俯仰：出自《孟子·尽心上》："仰（抬头）不愧于天，俯（低头）不怍（愧）于人。"

【译文】

志士渴了也不饮盗泉之水，热了也不栖恶木之阴。

并非恶木没有枝叶阴凉可用，而是志士有自己的行为准则。

整理行装接受命令，策马前去远寻（敌人）。

（战局残酷，已经无法顾及什么了）饥不择食，寒不择衣。

时日一天天过去，转眼已是年底，可是依旧功业未建。

高云临崖而起，枝条随风悲吟。

静思于幽谷之底，长啸于高山之巅。

高亢弦乐无法奏出柔靡之音，高洁之士无法迎合悖心之言。

一生守诚实在不易，谁能开解我心中的郁闷？

（无法说服别人）只能独守自己的正直吧，真是有愧于天地今古。

悼亡诗（其一）

潘岳

【题解】

《悼亡诗》三首是西晋知名文学家潘岳为追悼亡妻所作。

潘岳是当时西晋文坛的领军人物，从小就容颜俊美，才质聪慧，被称作神童。潘岳的仪容俊美到了什么程度呢？他乘车外出一圈，收到的年轻女子扔给他的水果都可以开店了。潘岳 12 岁时，就被当时的大儒、扬州刺史杨肇看中，将他与自己 10 岁的女儿杨容姬定下了婚事。潘岳成人结婚后，与妻子琴瑟和鸣，幸福美满。公元 289 年，杨容姬病逝，潘岳自己正是仕途坎坷之时，愈发思念亡妻，遂写下了这首《悼亡诗》。妻子去世后，潘岳再未另娶。因为潘岳的悼亡诗三首全是悼念亡妻所作，此后"悼亡诗"成为专有名词，即只为悼念亡妻的诗作，而不再是对其他身份的人的悼念，可见潘岳这首诗的影响之大。但潘岳的人生异常不顺，出身名门一身才学却无出头之日，热衷政治却屡遭打压终至破家灭族。

《悼亡诗》三首尤以第一首传诵千古，虽笔端繁冗过于讲究华丽堆砌，但情感饱沛，感人至深。钟嵘《诗品》将潘岳的诗列为上品（第一等）。

【原文】

荏苒冬春谢，寒暑忽流易①。

之子归穷泉，重壤永幽隔②。

私怀谁克从，淹留亦何益③。

僶俛恭朝命，回心反初役④。

望庐思其人，入室想所历⑤。

帏屏无髣髴，翰墨有余迹⑥。

流芳未及歇，遗挂犹在壁⑦。

怅恍如或存，周惶忡惊惕⑧。

如彼翰林鸟，双栖一朝只⑨。

如彼游川鱼，比目中路析⑩。

春风缘隟来，晨霤承檐滴⑪。

寝息何时忘，沉忧日盈积⑫。

庶几有时衰，庄缶犹可击⑬。

【注释】

①荏苒（rěn rǎn）：（时光）流逝。谢：（花或叶子）脱落。流易：变换。

②之子：那个人，指妻子。穷泉：即九泉，指墓中。重壤：九泉之下。幽隔：即"阴阳两隔"之意。

③私怀：即"私念"，独自怀念妻子的情感。克：能。从：有"与……言说"之意。淹留：长久滞留，此指居家不出仕。

④僶俛（mǐn miǎn）：勉力。朝命：朝廷的任命。回心：改变心意。

初役：原来的职务。

⑤庐：房屋。其人：指亡妻。室：卧房。历：指亡妻以前的过往点滴。

⑥帏屏：帐帏、屏风，指代休息睡觉的内室。髣髴（fǎng fú）：依稀、仿佛的行迹。翰墨：本指笔和墨，常用作借指文章，这里是指亡妻的遗作。

⑦流芳：亡妻的气息。遗挂：逝者的遗物，如可以悬挂的衣衫等。

⑧怅恍（chàng huǎng）：恍忽。周惶：亦作"周遑"。意为彷徨，犹疑不定。忡（chōng）：焦虑不安。惊惕：惊惧。沈德潜注："周惶忡惊惕"五字，颇不成句法。

⑨翰林：鸟栖之林。沈德潜注："如彼翰林鸟"四语反浅。

⑩比目：鱼名。古人常用比目鱼来比喻恩爱伉俪，相比而行，不离不弃。

⑪缘：又，循。隙（xì）：同"隙"。霤（liù）：向下流之水。

⑫寝息：睡觉休息。这句是说睡眠也不能忘怀。盈积：众多的样子。这句是说忧伤越积越多。

⑬庶几：希望，但愿。庄：指庄周。庄缶（fǒu）：庄周的缶（打击乐器）。《庄子·至乐》记载，庄周的妻子过世后，惠子（庄周的好友）前去吊唁。庄周两条腿成八字形岔开着，击打着缶高声歌唱。惠子说："你太过分了吧，即便不悲伤，也不必这么高兴吧！"庄子说："人之生死，如四季更替，死者安卧于天地，我要为此哭泣，岂不可笑？"诗人用这个典故来希望自己能够豁达，反衬诗人陷于对妻子的一往情深而难以自拔。

【译文】

冬天悄然过去，春天慢慢来临；寒暑忽然之间就发生了转换。

她已经去往黄泉，与我阴阳两隔了。

怀念之情无人可以诉说，一味待在家里也没有什么益处。

强打精神遵从朝廷的任命，扭转心思要回到原来的职位上去了。

回头看着家园愈发思念亡妻，进入卧房冥想她以前生活的点滴。

（可是呀）卧房早已没有了妻子的音容笑貌，只留下她曾经的些许遗物。

她的气息从未曾离开，衣衫还挂在墙壁上。

恍惚之间她好像还活着，使我犹疑焦虑惊惧。

就像双栖双飞的林中鸟，如今只剩下孤单一只。

又像结对戏水的比目鱼，只剩下一条不停徘徊。

春风丝丝缕缕如从缝隙而来，屋顶的冰水在清晨就已经顺着屋檐滴落。

可是我的思念依旧郁结如初，即便睡觉的时候也不曾放下。

但愿这种思念会随着时间而消减吧，就像庄周击缶那样豁达。

杂诗

左思

【题解】

《杂诗》是西晋诗人左思所作的一首五言古诗，见于《昭明文选》。

左思相貌不佳，且有口齿之疾，但文采斐然，他最为传诵的作品就是《三都赋》，因为争相传抄，洛阳的纸张价格都被拉升了（成语"洛阳纸贵"的由来）。左思也有闹心的时候，因为长得难看，他到潘岳处游逛时，沿途女子们都向他吐口水，弄得他灰头土脸狼狈返家。司马衷前期，左思和陆机、潘岳等人依附贾谧，是"二十四友"的重要成员。但左思的抱负一生未能实现，贾谧被杀后，齐王司马冏召他做记室（七品文书），左思已经心灰意冷，没有就任。悲慨郁胸的左思，在这时写下了这首《杂诗》。

这首诗寄情于景，又时令变化而岁月流逝，进而感慨人生短暂几无所成的心境。全诗格调沉郁，语言质朴，行文遒健。钟嵘认为，左思的诗作在雄浑一格上胜过潘岳。

【原文】

秋风何冽冽，白露为朝霜①。

柔条旦夕劲，绿叶日夜黄②。

明月出云崖，皦皦流素光③。

披轩临前庭，嗷嗷晨雁翔④。

高志局四海，块然守空堂⑤。

壮齿不恒居，岁暮常慨慷⑥。

【注释】

①冽冽：寒冷状。

②柔条：柔嫩的枝条。劲（jìng）：强壮有力。

③云崖：云际。皦（jiǎo）皦：明亮。

④披轩：开窗。嗷嗷：鸟叫声。

⑤高志：高远的志向。局四海：四海虽大仍感到局促。块然：孤独状。

⑥壮齿：壮年，盛年，引申为一生最好的年华。岁暮：即暮年。

【译文】

秋风凛冽，夜间的露水早晨已结成冰霜。

（春日的）嫩枝一日日茁壮有力，绿叶却一天天老去变黄。

明月从云端露出，月光皎洁铺洒而下。

推开窗子看向庭院，清晨鸣叫的秋雁飞过天空。

高远的志向被四海局限，只能孤独守在家中。

最好年华总是不能长驻，暮年衰老才常常悲叹。

咏史八首（选二首）

左思

【题解】

《咏史八首》是左思早年所作的咏史组诗，共八首。

东汉时期的门阀政治，到了西晋进化为门第政治，即一个人是否做官，是否做高官，不看能力，只看出身。当时的社会分为士族和庶族，前者是世家大族，他们一生的工作就是做高官，广有田园，奴仆成群；庶族则只能做低级官吏，无论如何努力，除了造反自己做皇帝外，一辈子也无法进入庙堂参与枢要。左思即处在庶族的位置上，因此空有抱负而不得施展。公元 280 年西晋灭亡东吴后，左思来到了都城洛阳，可进了京城不等于进了庙堂，左思曾经在仕途上努力过，可最终碰壁而返，于是写下了《咏史八首》，抒发自己的无奈与悲慨。

本文节选的这两首诗紧扣史实，反映当时的社会，浑厚沉重，颇有建安文学遒劲之风。

其一

【原文】

弱冠弄柔翰，卓荦观群书①。

著论准过秦，作赋拟子虚②。

边城苦鸣镝，羽檄飞京都③。

虽非甲胄士，畴昔览穰苴④。

长啸激清风，志若无东吴⑤。

铅刀贵一割，梦想骋良图⑥。

左眄澄江湘，右盼定羌胡⑦。

功成不受爵，长揖归田庐⑧。

【注释】

①弱冠：二十岁。柔翰：毛笔，此指写作文章。弄：习学，左思少年时学习书法、鼓瑟均无所成，后受父亲激励，转而学习文章，故说弱冠之年才弄笔墨。卓荦（luò）：也作卓跞，超出寻常。荦：显著。

②过秦：即西汉贾谊所作《过秦论》。准：以……为准则。子虚：即西汉司马相如所作《子虚赋》。

③鸣镝（dí）：匈奴所制造一种响箭，此指代战争。镝：箭头。羽檄（xí）：古时军事急报，会插贴羽毛以表示紧迫。檄：即檄文，往往用于军事行动前，用以表明对敌方讨伐的缘由。

④甲胄（zhòu）：铠甲与头盔。胄：头盔。畴昔：从前。穰苴（ráng jū）：即田穰苴，世称司马（官职）穰苴，春秋时期齐国军事家。

⑤激：抑制，此为长啸之声与清风相抗激荡。东吴：即三国时东吴王国。

⑥"铅刀贵一割"句：铅刀虽不锋利，也希望能有一用。铅刀：铅质软，做刀也是废刀。一割：本义为铅刀只能使用一次就钝了无法再用了，此是反用，意为纵然只能用一次也希望派上用场。"铅刀贵一割"出自《后汉书·班超传》，后来"铅刀一割"成为成语。良图：完备的计划。

⑦眄（miǎn）：看。左眄：向左看，古时以东为左，东吴地处东南，故称左眄。江湘：长江。羌胡：盘踞在西北甘肃、青海一带的羌族。

⑧爵：禄位。田庐：家乡。

【译文】

弱冠之年才习学文章，自谓博览群书才华出众。

文章以贾谊的《过秦论》为模范，作赋以司马相如的《子虚赋》为蓝本。

边疆苦于战事频发，告急的军报飞驰京城。

我虽不是将士，然司马穰苴的兵法也多有览读。

放声长啸，足以与清风激抗；志向纵横，东吴不在话下。

铅刀虽钝，期望能有一用；梦想未践，早已良谋在胸。

左向灭东吴，右出平西胡。

功成不图赏，安然田园居。

其二

【原文】

郁郁涧底松，离离山上苗①。

以彼径寸茎，荫此百尺条②。

世胄蹑高位，英俊沉下僚③。

地势使之然，由来非一朝④。

金张藉旧业，七叶珥汉貂⑤。

冯公岂不伟，白首不见招⑥。

【注释】

①郁郁：繁盛的样子。涧底松：此指庶族寒门子弟。离离：懒散疲沓的样子。

②彼：指上句中的"山上苗"。径寸茎：直径一寸粗细的茎。径：直径。荫：遮蔽。此：指上句中的"涧底松"。

③世胄：世家子弟。胄：后世子孙。蹑（niè）：本义踩踏，此用作登（高位）。英俊：此为才能之人。下僚：低级的官职，与前文"高位"相对。

④地势：本指地形高低，此指身世出身。非一朝：由来已久。

⑤金张：即金日磾（dī）和张汤。金日磾是西汉敛财专家，张汤是西汉著名的酷吏，两人讨好刘彻均得到重用，并且他们的后代也多人做官。七叶：七代。珥（ěr）貂：古代高官头冠插貂尾，此指金日磾和张汤的后

代均是贵官显宦。珥：插。

⑥冯公：即冯唐，他素有才能却生不逢时，九十多岁了还只是个郎官闲职，在文艺作品中被视作怀才不遇的典型代表，与武将李广并列。伟：卓越。不见招：不被重用。见：被。

【译文】

青松峭拔，无奈生于谷底；幼苗孱弱，奈何立于山巅。

（于是乎）一寸粗细的树苗，竟然遮蔽了百尺高松。

高门世家子弟（一出生就）盘踞高位，寒门庶族英才屈居下流。

这样的无奈是各自的出身所致，由来已久非朝夕之间了。

金、张两家子弟凭借金日磾和张汤昔日的功劳，七代人均是高官显贵。

冯唐的才能何尝不卓越，可皓首年迈也不见被重用。

杂诗十首（其一）

张协

【题解】

《杂诗十首》是西晋文学家张协所作，收录于《昭明文选》。

张协小时就已才华出众，长大后任职低级官吏。八王之乱后，张协历任中书侍郎等职。后回家隐居，以吟咏自娱。

钟嵘《诗品》中，将张协的诗作定为上品（第一等），与其兄张载、其弟张亢、陆机、陆云、潘岳、潘尼、左思并称。

【原文】

秋夜凉风起，清气荡暄浊①。

蜻蜋吟阶下，飞蛾拂明烛②。

君子从远役，佳人守茕独③。

离居几何时，钻燧忽改木④。

房栊行无迹，庭草萋以绿⑤。

青苔依空墙，蜘蛛网四屋。

感物多所怀，沉忧结心曲。

【注释】

①荡：涤荡。暄浊：闷热烦浊之气。

②蜻蛚（qīng liè）：即蟋蟀。

③君子：丈夫。役：因公外出。茕（qióng）独：孤独。

④钻燧：即钻木取火。

⑤房栊（lóng）：即窗棂，此指代房屋。

【译文】

秋夜凉风徐拂，清爽取代了闷浊。

蟋蟀在台阶下吟鸣，飞蛾绕烛而飞。

丈夫忙于公务去了远方，只留下妻子独守寂寞。

已经忘记离别了多久，只记得取火的木头已换了许多。

屋内毫无生气，庭院杂草丛生。

青苔挂满了墙壁，蛛丝布满了房屋。

外物的变化牵动我的心绪，深深的忧思郁结于苦闷的心胸。

感旧诗

曹摅（shū）

【题解】

《感旧诗》是西晋诗人曹摅所作，收录于《昭明文选》。

曹摅是曹操从弟之子，曹魏大将军曹休的曾孙。公元249年，司马懿父子发动高平陵政变，控制了曹魏政权，驱杀曹氏皇族宗亲，曹摅在血缘上离曹操一脉已远，且不掌兵，得以幸免，在当时的恐怖统治之下，相比也胆战心惊。但这首《感旧诗》中，曹摅表现出了难能的品质，如屈原所说的"举世皆浊我独清"，他从皇族一脉到江山易主，见惯了人情冷暖，身在困蒙，昔日的门客离他而去，可他依旧"素丝"不改。

全诗语言质朴无华，意蕴凝重深刻，耐人寻味。

【原文】

富贵他人合，贫贱亲戚离。

廉蔺门易轨，田窦相夺移①。

晨风集茂林，栖鸟去枯枝。

今我唯困蒙，群士所背驰②。

乡人敦懿义，济济荫光仪③。

对宾颂有客，举觞咏露斯④。

临乐何所叹，素丝与路歧⑤。

【注释】

①廉蔺：即廉颇与蔺相如。廉颇失势时，他的门人纷纷离他而去，待他重新得势，门人又簇拥而回，故说"门易轨"。田窦：即田蚡（fén）与窦婴。两人都是汉武帝刘彻时候的外戚大臣，屡屡相争，最后丞相窦婴被杀，田蚡成为丞相。

②困蒙：处境窘困。背驰：离我而去。

③敦：注重。懿义：美好的情谊。济济：庄敬之貌。济：通"斋"，庄敬。荫：本义遮蔽，此指满脸庄敬之意。光仪：容颜。

④有客：即《周颂·有客》，是周王设宴为微子饯行时所唱的乐歌。举觞：举杯饮酒。觞：酒器，类于今天的酒杯。露斯：即《诗经·小雅·湛露》："湛湛露斯，匪阳不晞。"后用"露斯"指代《诗经·小雅·湛露》，表示友情深重。

⑤素丝：本义是没有上色的丝，此用作对清廉的赞誉。路歧：又作

"路岐"，岔路。

【译文】

富贵时候他人聚集，贫贱之时众叛亲离。

廉、蔺门前车马改道，田、窦两家相互夺移。

晨风集于茂密树林，栖鸟离开干枯树枝。

今日的我处境窘困，众士全部背我而去。

乡人待我深情厚谊，庄敬之貌遮住容仪。

对着亲朋高颂《有客》，举起酒杯咏唱《湛露》。

面对舞乐为何叹息？只为白丝还有路岐。

杂诗

王赞

【题解】

《杂诗》是西晋文学家王赞所作的一首五言思归古诗，见于《昭明文选》。

这首诗内容上可分为三节，前四句为第一节，边疆服役结束，归心似箭；中间四句为第二节，诉说离家之苦；最后四句为第三节，抨击政府不顾民心。

全诗语言率真，行文或以景抒情，或问答表意，顺序铺述中又间或用典，最后从思归转化到对不顾民心的政府的抨击。

【原文】

朔风动秋草，边马有归心①。

胡宁久分析，靡靡忽至今②？

王事离我志，殊隔过商参③。

昔往鸧鹒鸣，今来蟋蟀吟④。

人情怀旧乡，客鸟思故林。

师涓久不奏，谁能宣我心⑤？

【注释】

①朔风：北风，寒风。

②胡宁：何以，为何。分析：分离。靡靡：逐渐。

③王事：朝廷的公事。国家的事牵系住我的心，使我不得顾私事，以至于殊隔久远。离：背离。殊隔：相隔甚远。商参：参星和商星，参星居西方，商星（又名辰星）居东方，出没各不相见，常用来比喻彼此隔绝不能相见。

④鸧鹒（cāng gēng）：即黄鹂，也作"仓庚"。

⑤师涓：春秋时期卫国人，是当时著名的音乐家。师涓曾演奏靡靡亡国之音，被晋国音乐大师师旷禁止后，从此再不弹奏靡靡之音。这里用来指代西晋帝国政府失去了道义责任。

【译文】

北风吹动着秋草，引起了边疆战马的归家之心。

何以长久离家，日复一日就到了今天（这个地步）？

公事（使我不停奔波）总是与我

的意愿背离，与家人长久分离不得相见。

昔日来时黄莺啼鸣，而今岁暮蟋蟀悲鸣。

羁旅之人怀念故乡，远飞之鸟思念故林。

师涓的曲子早已无人弹奏了，谁能排解我心中的忧愁？

答傅咸

郭泰机

【题解】

《答傅咸》是西晋诗人郭泰机创作的一首五言诗，见于《昭明文选》。

傅咸与郭泰机都是西晋时期的文人，但傅咸的社会地位高于郭泰机。贾南风鼓动汝南王司马亮发动政变杀死杨骏后，司马亮接手任太宰。司马亮为笼络人心，大肆封爵，仅授侯爵的就有 1081 人。御史中丞傅咸抗议说："真是咄咄怪事，国家动乱竟有千人封侯，那以后还有谁不希望国家陷入动乱呢？"但傅咸的声音已经无法挽救在绝路上奔跑的西晋政权。傅咸曾写过一首《赠郭泰机诗》，诗中小序说："河南郭泰机，寒素后门之士。不知余无能为益，以诗见激切可施用之才，而况沉沦不能自拔于世。余虽心知之，而未如之何。此屈非复文辞所了，故直戏以答其诗云。"傅玄的这首诗已经亡佚，这首小序大意是说：郭泰机看得起我，希望我能提携他，我虽知道他的心意，可实在无能为力。郭泰机收到傅咸的诗信，就写了这首《答傅咸》，埋怨傅咸推诿，不肯施以援手。

这首诗通体用喻，形象贴切，读来心酸之中又颇有妙趣。

【原文】

皎皎白素丝，织为寒女衣①。

寒女虽妙巧，不得秉杼机②。

天寒知运速，况复雁南飞③。

衣工秉刀尺，弃我忽如遗④。

人不取诸身，世士焉所希⑤？

况复已朝餐，曷由知我饥⑥！

【注释】

①皎皎：明亮。织为：织就，裁成。寒女：指代寒门士子。

②秉杼机：操控织布机，喻指缺乏施展才能的机会。秉：持、握。杼（zhù）机：织布机。

③运速：时令变化快。况复：何况。

④衣工：制作衣服的工匠，喻当权者。我：裁衣剩下的边角料，这是诗人以布喻己。忽：轻视。如遗：如同忘记。

⑤诸：之于。希：期盼。

⑥已朝餐：指自己已经进食。"况复已朝餐，曷由知我饥"：此两句是说，傅咸自己饱暖就不管我饥寒的滋味。这是在怨怪傅咸不帮助自己。

【译文】

明亮洁白的蚕丝，可以织就贫寒之家女儿的衣衫。

贫寒之家的女儿虽然技术娴熟，但不得掌控织机的机会。

天气寒冷即应知道时令变化之快，何况秋雁南飞耳目可见。

裁缝手执刀尺裁制衣裳，将我丢弃一旁再也不会想起。

人若没有相同的经历，又怎么会产生相同的感受？

况且人家已经饱暖，有什么理由来惦念我的饥寒！

古诗源 卷八

晋诗

扶风歌①

刘琨

【题解】

《扶风歌》是西晋诗人刘琨所作的一首五言诗，收录于《昭明文选》。

公元 306 年，西晋皇族的八王之乱进入疯狂的第二阶段，刘琨被任命为并州（大致相当于今山西）刺史。此时的西晋帝国已经风雨飘摇，穷奢极欲且毫无担当的西晋中央政权，在八王之乱中丧失了权威，而发了疯病的西晋司马氏皇族，连年不断地自相残杀。西晋帝国内部民不聊生，外有北方五胡民族虎视眈眈。这年深秋，刘琨从都城洛阳出发，前往并州晋阳（今山西太原）上任。沿途所见，或是宣布对立的五胡割据，或是凄惨不忍目视的百姓，昔日的百姓大批逃亡，所存不及十之一二。刘琨在自己的国家内赴任，还需冲杀过层层敌寇，对时局忧患忠愤，于是写下了这首《扶风歌》，表达对腐败透顶的西晋政府的不满。

全诗脉络清晰，言辞恳切，形象鲜明，基调悲慨。

【原文】

朝发广莫门，暮宿丹水山②。

左手弯繁弱，右手挥龙渊③。

顾瞻望宫阙，俯仰御飞轩④。

据鞍长叹息，泪下如流泉⑤。

系马长松下，发鞍高岳头⑥。

烈烈悲风起，泠泠涧水流⑦。

挥手长相谢，哽咽不能言⑧。

浮云为我结，归鸟为我旋⑨。

去家日已远，安知存与亡⑩？

慷慨穷林中，抱膝独摧藏⑪。

麋鹿游我前，猿猴戏我侧。

资粮既乏尽，薇蕨安可食⑫？

揽辔命徒侣，吟啸绝岩中⑬。

君子道微矣，夫子固有穷⑭。

惟昔李骞期，寄在匈奴庭⑮。

忠信反获罪，汉武不见明⑯。

我欲竟此曲，此曲悲且长⑰。

弃置勿重陈，重陈令心伤⑱！

【注释】

①扶风：郡名，郡治在今陕西泾阳县。

②广莫门：即西晋都城洛阳的北门。丹水山：即丹朱岭，在今山西高平北，丹水发源于此，故称丹水山。

③繁弱、龙渊：分别是古时的良弓名和宝剑名。

④顾瞻：回视。宫阙：皇宫。飞轩：有走廊的房舍。"俯仰御飞轩"句：宫阙飞檐笼罩着廊宇，隐喻西晋中央政权对全国还能有效统治，但实际上是在暗喻西晋帝国已然分崩离析。

⑤据鞍：跨坐马鞍上。

⑥发鞍：卸下马鞍。

⑦烈烈：象声词，风声。泠泠（líng）：清冷。

⑧谢：辞别。

⑨结：集结。旋：盘旋，徘徊。

⑩去家：离开家。

⑪穷林：深林。摧藏（zàng）：极度伤心。"藏"字的读音，有歧义，一是读 cáng，摧藏即为摧伤之意；二是读 zàng，摧藏为极度伤心之意。

⑫资粮：钱粮。薇蕨：野菜，嫩芽可以食用。

⑬徒侣：随行人员。绝岩：绝壁。

⑭道微：即穷途。夫子：指孔子。固有穷：儒家认为，君子应当信守道义，当社会混乱，道义不被视作价值观念时，君子就会遇到前途无路的穷困。穷：并非财物寡少，而是理想遭遇挫折，一时看不到方向。

⑮李：指西汉武帝刘彻时的将军李陵，他是飞将军李广的嫡长孙。諐（qiān）期：约定期限，却失信未至。諐：通"愆"，耽误，错过。公元前99年，李陵请命以五千步卒，协助大将军李广利出击匈奴。刘彻命将领路博德协助李陵。路博德不想帮助李陵，他给刘彻上书说，希望李陵暂时不出击，等到明年春天再出发，并映射这是李陵的意思。刘彻大怒，下诏痛斥李陵说："你本应该九月就出击，如今时间一到，你却胆怯不敢发兵。"諐期是刘彻给李陵的罪名。李陵战败诈降匈奴，见本书卷二汉诗"李陵与苏武诗三首（其一）"题解。

⑯不见明：没有高明的见识。

⑰竟：演奏完毕。

⑱重陈：再次陈述，此指再弹此曲。

【译文】

清晨从都城洛阳广莫门出发，晚间驻宿在丹水山。

左手执弯弓，右手挥宝剑。

回头望宫城，宫阙飞檐笼罩着廊宇。

跨坐于马鞍之上不禁叹息，一时泪落如泉涌。

一路之上，或歇息于长松下；或歇息于高山巅。

烈烈北风阵阵寒，泠泠流水出冷涧。

挥手长别都城去，悲戚哽咽难复言。

浮云集结，如我忧虑沉郁；归鸟盘旋，如我彷徨难前。

离家越来越远，也不知此去是否还能生还。

在深林中难抑悲慷，也只能抱膝独自神伤。

小鹿从眼前悠闲而过，猿猴在身边嬉戏。

（而我却没有这番闲情逸致）钱粮已经用光，又老又韧的薇蕨如何做得了干粮？

（唉）抓起缰绳，招呼一声随从继续上路；在悬崖峭壁中吟唱。

君子之道已经不行于当世，即便孔子也有穷途之时。

从前，汉武帝刘彻以李陵推诿延迟为名，命其出击匈奴；终于逼迫李陵陷入绝境而投降。

李陵本是忠信之人，反而被诛灭三族；刘彻的所谓英明，也不过是徒有虚名。

我想弹奏完这支曲子，无奈曲子太过悲伤且又太长。

搁置一旁吧，不再弹奏了；再次弹奏，只会令我更加心伤！

重赠卢谌

刘琨

【题解】

《重赠卢谌》是西晋诗人刘琨所作的一首述志五言诗，见于《刘越石集》。

公元 310 年，汉赵（匈奴政权，五胡十六国之一）攻陷西晋帝国都城洛阳，卢谌前往并州，投靠刘琨。刘琨是卢谌的姨父。公元 315 年，逃亡长安的西晋皇帝晋愍帝司马邺封刘琨为司空（一品荣誉官衔）、并州都督，刘琨任命卢谌为从事中郎（侍从官）。公元 316 年，汉赵大将石勒进攻并州，刘琨作战失利，并州丢失。卢谌随刘琨逃亡蓟城（今北京市），投靠鲜卑段部左贤王、幽州刺史段匹磾。段匹磾明面上与刘琨结拜为兄弟，实则随时都想除掉刘琨。公元 318 年，段匹磾将刘琨投入狱中。刘琨知道自己处境的凶险，写下了《赠卢谌》，希望卢谌设法营救。不知卢谌没有明白刘琨的用意，还是胆小（卢谌评价自己，说"禀性短弱"，即性格懦弱、浅薄且无能），只是以普通之词酬和。在这种情况下，刘琨写下了这首《重赠卢谌》。同年，刘琨被段匹磾杀害。卢谌投往辽西段末杯（鲜卑族人）。

刘琨乃西晋之英杰，为东晋名士之楷模。在并州军事失利之后，刘琨投奔鲜卑人段匹磾，与段匹磾歃血为盟，共同匡辅晋室。不料因儿子刘群得罪段匹磾，遂陷缧绁。刘琨被段匹磾所拘后，知道自己已无生望，在万念俱灰之时，曾写诗激励卢谌。然而，卢谌的答诗并未体会刘琨的诗意，只以普通之词酬和。于是，刘琨再写了这首"托意非常，摅畅幽愤"的诗歌以赠之，其创作时间约在晋元帝大兴元年（公元 318 年）。

《重赠卢谌》是晋司空、并州刺史刘琨的诗作，此诗是一首悲壮苍凉的英雄末路、志士受困的述志诗。诗中多借典故向友人倾诉了胸怀大志而无法实现的遗憾和忧愤，抒发了自己为国出力的志愿和事业经受挫折的痛苦，揭示了个体生命在绝境中的悲哀与求生的欲望。其主旨是激励卢谌设法施救，与自己共建大业。全诗采用以实带虚的笔法，其口气明是直陈胸臆，又暗中照应着"赠卢"，在吐露心曲的同时对友人进行劝勉，责己劝人，句句双关，具有寓意深长、婉而有味的特点。

【原文】

握中有悬璧，本自荆山璆①。

惟彼太公望，昔在渭滨叟②。

邓生何感激，千里来相求③。

白登幸曲逆，鸿门赖留侯④。

重耳任五贤，小白相射钩⑤。

苟能隆二伯，安问党与仇⑥？

中夜抚枕叹，相与数子游⑦。

吾衰久矣夫，何其不梦周⑧？

谁云圣达节，知命故不忧⑨？

宣尼悲获麟，西狩涕孔丘⑩。

功业未及建，夕阳忽西流。

时哉不我与，去乎若云浮⑪。

朱实陨劲风，繁英落素秋⑫。

狭路倾华盖，骇驷摧双辀⑬。

何意百炼刚，化为绕指柔⑭。

【注释】

①悬璧：楚地产的美玉（名悬黎）做成的璧。璧：玉质服饰装饰品，平圆而中有小孔。荆山璆（qiú）：即指春秋时期，楚国人卞和从荆山所得和氏璧。璆：美玉。这两句是称赞卢谌的话。

②惟：思。太公望：即姜尚，世称姜太公。姜尚在渭水垂钓，周文王以为大贤，与他同车而返。叟：老头。

③邓生：即邓禹，东汉光武帝刘秀手下的第一功臣（云台二十八将之首）。刘秀在河北起事时，非常不顺，甚至萌生了退出河北的念头，这时

候邓禹投靠刘秀，并助刘秀打开了局面。感激：兴奋激动。

④白登：山名，在今大同东，此指"白登之围"一事。公元前200年，汉高祖刘邦出兵迎敌匈奴，被困白登山七天七夜，后来陈平用计贿赂匈奴单于的夫人，才得以解脱。曲逆：即曲逆侯陈平。鸿门：地名，在今陕西临潼东，此指"鸿门宴"一事。公元前206年，刘邦前往鸿门拜见项羽，项羽的部众想要借机杀死刘邦，幸亏张良多方布置，刘邦才幸免而归。留侯：即张良，封爵留侯。这两处典故是隐喻刘琨自己的处境，希望卢谌能仿效陈平、张良。

⑤重耳：即晋文公姬重耳。五贤：即赵衰、狐偃、贾佗、先轸、魏犨，晋献公晚年受娇妻骊姬的蛊惑，残害亲子，上面五人跟随重耳逃难，不离不弃。重耳回国即位后，他们又辅佐重耳治国。小白：即齐桓公姜小白。相：以……为宰相。射钩：箭头射中衣钩，这是管仲射杀小白的典故。公元前685年，小白与公子纠争抢时间都想早一步回国即位，公子纠的谋士管仲设计，在小白的必经之路上搭箭射杀。结果箭头射中小白的衣钩。小白即位后，听从鲍叔牙的话，不计前嫌，任用管仲为宰相。

⑥隆：使……兴盛。二伯：晋文公和齐桓公，二人都是春秋五霸之一，五霸亦称五伯。党：同党，指重耳重用五贤。仇：管仲与小白的射钩之仇。

⑦数子：前文提及的英才，姜尚、邓禹、陈平、张良、五贤、管仲。

⑧"吾衰"二句：感叹自己无力解困。这两句用典出自《论语·述而》："子曰：'甚矣！吾衰也，久矣，吾不复梦见周公。'"

⑨圣：最高的道德。达节：不拘泥小节而合乎道义。知命故不忧：《周易·系辞》："乐天知命故不忧。"这两句隐喻诗人不甘心就这样死去。

⑩宣尼：即孔子，汉成帝时追谥孔子为褒成宣尼公。获麟、西狩：公元前481年冬，鲁哀公于鲁国西部狩猎，捕获麒麟。孔子认为，荒淫乱世

而出现神兽，难以接受，因而悲伤（孔子认为，只有盛世麒麟才能出现）。

⑪与：等待。云浮：时光如云飘散，形容时光如梭般流逝。

⑫朱实：红色的果实。陨：掉落。

⑬华盖：华丽的车盖（车载大伞）。辀（zhōu）：车辕。

⑭何意：何故。绕指柔：柔软可以绕指。

【译文】

手握着的悬黎玉璧，是由荆山的美玉雕琢而成。

周文王的大贤名臣姜尚，以前不过是渭水岸边钓鱼的老人。

邓禹兴奋激动，不远千里追随刘秀（帮助刘秀成就功业）。

刘邦不幸被困白登，幸有陈平献计得以解脱；鸿门宴上，幸赖张良多方布置才侥幸逃离险地。

重耳归国，重用五位贤才；小白即位，不念管仲旧恶。

若如同重耳、小白那样有平抚天下的大志，又怎会拘泥于个人的恩怨（而区别对待贤能之人）？

每每夜深之时，独自抚枕嗟叹；希望生在与诸子同样的时代。

我已经年老体衰，为何还久久梦不到周公？

谁说最高的道德就是合乎道义而不必拘泥小节，（谁说）乐天知命就可以再无忧虑？

孔子听闻乱世出麒麟而悲伤，因神兽的出现而哭泣。

可叹我功业一无所成，生命却已如夕阳西下。

时光匆匆不待我，倏忽而过如浮云。

红果熟透随风落，繁花深秋乱飘零。

路途狭险，华车倾覆；车辕折断，宝驹惊骇。

百炼之铁何等刚硬，想不到如今竟柔软得可以绕指。

停云（并序）

陶潜

【题解】

《停云》是南朝东晋、刘宋之际文学家陶潜所作的四言诗，见于《陶渊明集》。

公元 403 年，大将军桓玄（桓温之子）废黜了东晋王国皇帝，建立楚王国。但这个贪财、只会虚张声势的公子哥儿，最终被平民出身的将领刘裕击败。公元 404 年春，刘裕引兵夺取京口（今江苏镇江）、广陵（今江苏扬州），重新夺回都城建康（今江苏南京）。桓玄逃经浔阳（今江西九江），挟晋帝走江陵（在今湖北江陵）。这几年的动荡中，陶潜母丧在老家守制，这首《停云》诗，就是创作于此时。

全诗分为四章，抒发了因乱世而不能与亲友相聚的思念，以比兴的手法与复沓的章法，表达了深切思念之情。

其一

【原文】

《停云》，思亲友也。罇湛新醪①，园列初荣②，愿言不从③，叹息弥襟④。

霭霭停云，濛濛时雨⑤。

八表同昏，平路伊阻⑥。

静寄东轩，春醪独抚⑦。

良朋悠邈，搔首延伫⑧。

【注释】

①罇（zūn）：同"樽"，酒杯。湛（zhàn）：盈满。醪（láo）：本是浊酒，古人酿酒技术比较原始，酿酒原材料的残余夹杂酒中。这里用作醇酒。

②初荣：初开的花朵。

③愿：思念。言：语助词，无意义。从：顺心。

④弥：满。

⑤霭霭：云雾密集。停云：云聚集不散。濛濛：形容微雨细而密。时雨：即春雨。时：时令。

⑥八表：又作"八荒"，指极远之地，此是"漫天"之意。伊：助词，无实义。阻：阻塞。

⑦寄：居留。轩：带窗的廊屋。独抚：独自持有，此指独自饮酒。

⑧悠邈：遥远。搔首：即挠头。延伫（zhù）：翘首张望等待。悠邈、延伫都是形容等待朋友的焦急心态。

【译文】

《停云》这首诗，是为思念亲友所作。酒杯满盈新酿的醇酒，春园花朵初绽，可惜我的愿望不曾实现，愁绪满怀。

阴云密布集结不去，春雨蒙蒙断续连绵。

漫天昏暗，道路阻断。

独自来到东轩静坐，持杯独饮春酒。

好友都在遥远之地，搔头翘首张望也是白搭。

其二

【原文】

停云霭霭，时雨濛濛。

八表同昏，平陆成江①。

有酒有酒，闲饮东窗。

愿言怀人，舟车靡从②。

【注释】

①平陆：平地。

②靡（mǐ）：本义为无、没有，此引申为"不能"。

【译文】

阴云密布集结不去，春雨蒙蒙断续连绵。

漫天昏暗，道路阻断。

还好家中有酒，能够独饮东窗。

思念的好友身在远方；道路阻断，舟车不能通行。

其三

【原文】

东园之树，枝条载荣①。

竞用新好，以怡余情②。

人亦有言，日月于征③。

安得促席，说彼平生④。

【注释】

①东园：园圃。载：开始。

②"竞用新好"句：意为春色满园，争奇斗艳。怡情：愉悦心情。

③于：语助词，无实义。征：本义为"行"，此指时光易逝。

④促席：坐位挨得很近，形容交好。宋代以前，没有高脚椅凳，都是席地而坐，每人一块地席。说：同"悦"。彼：语助词，无实义。平生：此指平时的志趣。

【译文】

园圃之内的树木，枝条已经繁盛。

满园春色争奇斗艳，足以愉悦我的心情。

人们常说，日月如梭一晃而过。

何时才能好友促席，畅谈平日的志趣呀。

其四

【原文】

翩翩飞鸟，息我庭柯①。

敛翮闲止，好声相和②。

岂无他人，念子实多③。

愿言不获，抱恨如何④！

【注释】

①柯：树枝。

②敛翮（hé）：收拢翅膀。闲止：安静。相和（hè）：互相鸣叫应和。

③子：古时对男子的尊称。

④如何：奈何。

【译文】

飞翔的鸟儿舒展羽翼，栖息在我庭院的树枝上。

它们收拢翅膀，安逸休息；彼此鸣叫，相互应和。

并非再无他人，只是与你的情意更难割舍。

思念而不得见，空抱憾恨无可奈何！

归园田居五首（选二首）

陶潜

【题解】

《归园田居》是陶潜的组诗作品，共五首（本文节选其一、其三两首），收录于《陶渊明集》。

公元405年，陶潜为母守丧三年期满后，已经四十岁了。陶渊明认为，纵然四十岁还默默无闻，也不足为惧，再度出仕为官。可是他本性又崇尚田园生活，加上东晋上层政治腐败透顶，只顾自己荣华享受而丝毫不顾民众嗷嗷待哺，陶潜出任刘裕的参军三月后，再次辞官归故里，终生不再出仕。陶潜做彭泽县令时，郡守派督邮到彭泽巡视，下属要陶潜穿戴整齐前去迎接。陶潜鄙视说："岂肯为了五斗米（当是陶潜的俸禄），向乡里小人弯腰！"遂辞职回家。陶潜回家闲居的日子里，写下了《归园田居》组诗。

陶潜对田园风光的垂爱，与当时"清谈"的社会氛围格格不入，因此陶潜的诗歌在当时并没有人重视，但陶潜清新自然的诗格，为南北朝时期的诗坛带来一缕清风。本诗，无论意蕴或行文言辞，无不清丽雅致，自然浑成。

其一

【原文】

少无适俗韵，性本爱丘山①。

误落尘网中，一去三十年②。

羁鸟恋旧林，池鱼思故渊③。

开荒南野际，守拙归园田④。

方宅十余亩，草屋八九间。

榆柳荫后檐，桃李罗堂前⑤。

暧暧远人村，依依墟里烟⑥。

狗吠深巷中，鸡鸣桑树颠。

户庭无尘杂，虚室有余闲⑦。

久在樊笼里，复得返自然⑧。

【注释】

①少：成年以前。适俗：适应世俗。韵：禀性。

②尘网：世俗的束缚，人在世俗如鱼在网，故称"尘网"。此指自己的仕途之心。三十年：虚指，陶潜为官13年，"三十年"是为适应诗歌韵律，也是对自己在仕途上荒废光阴的夸张用词。

③羁（jī）鸟：笼中鸟。池鱼：池中鱼。羁鸟、池鱼均被束缚，不得自由，向往旧林、故渊。

④守拙（zhuō）：固守愚拙，不学巧伪。儒家曾子—孟子一派认为，于人而言，道德要比智力更重要（荀子一派认为智力重要），修养道德是"道（根本）"，发掘智力是"术（末节）"。陶潜守拙，是不与昏暗的社会合污，即便被认为不懂生存之道，也秉持操守不移。

⑤荫（yìn）：遮蔽。罗：排列。

⑥暧（ài）暧、依依：隐约之状。墟里：村庄。

⑦户庭：庭院。虚室：空室。

⑧樊（fán）笼：鸟兽的笼子，此指身受束缚的官场。樊：藩篱。返自然：回到田园。

【译文】

自小就没有适应世俗的禀性，满心所爱尽是丘山自然。

后悔进入官场仕途，活活耽误了我十三年。

笼中之鸟顾念曾经栖身之林，池中之鱼渴望曾经游弋之渊。

我决定在南山野外开辟荒地，依着本性回去耕种田园。

方正的宅院周边十余亩地，另有草屋八九间。

屋后高大的榆树、柳树荫蔽着后檐，桃李春华秋实于屋前。

远远望去，村庄隐约可见；不时飘起袅袅炊烟。

走近后，深巷中传来几声狗叫；公鸡在桑枝上打鸣，震动枝条颤颤。

靠近庭院，院子一尘不染；望向居室，更显心旷神闲。

身在樊笼太久了，今天终于返回了自然。

其三

【原文】

种豆南山下，草盛豆苗稀①。

晨兴理荒秽，带月荷锄归②。

道狭草木长，夕露沾我衣③。

衣沾不足惜，但使愿无违④。

【注释】

①南山：指庐山南麓。

②兴：起。荒秽：杂草。带月：此处省略主语，"天空带月"。荷（hè）：肩扛。

③狭：狭窄。夕露：傍晚的露水。

④但使：只要。

【译文】

在南山辟地种上了豆子；可是啊，野草倒比豆苗还茂盛。

清晨起来下地锄草，直到月亮挂空才扛起锄头回家。

狭长的小路两旁尽是野草，野草上的露水打湿了我的衣裳。

打湿了衣裳算不得什么，只要所做的事情不违背自己的心愿。

桃花源诗（并序）

陶潜

【题解】

《桃花源诗（并序）》是陶潜的代表作之一，收录于《陶渊明集》。

公元 420 年，刘裕废黜了东晋王朝最后一任皇帝，建立刘宋政权。这个时期的政权更迭，没有任何一方具备道德基础，即都是上层政治血腥暴戾，下层施政鱼肉百姓。在这样漫无边际的黑暗之中，陶潜即便隐居也无法不受时局的影响。出于对社会黑暗的不满，诗人对自己的向往之地提出了设想，这就是这篇《桃花源诗（并序）》。

此文借武陵渔人行踪这一线索，把现实和理想境界联系起来，通过对桃花源的安宁和乐、自由平等生活的描绘，表现了作者追求美好生活的理想和对当时现实生活的不满。

这首《桃花源诗（并序）》，采用散文（序言）与诗歌两种形式结合而成。

【原文】

晋太元（东晋孝武帝的年号）中，武陵（郡名）人捕鱼为业。缘（沿着）溪行，忘路之远近。忽逢桃花林，夹岸（两岸）数百步，中无杂树，芳草鲜美，落英（初开的花）缤纷。渔人甚异之。复前行，欲穷（穿越）其林。

林尽水源，便得一山，山有小口，仿佛若有光。便舍船，从口入。初极狭，才（只）通人。复行数十步，豁然开朗。土地平旷，屋舍俨然（整齐），有良田美池桑竹之属（类）。阡陌（田间小路）交通（交错相通），鸡犬相闻。其中往来种作，男女衣着，悉（全）如外人。黄发垂髫（老人小孩），并（都）怡然（愉悦）自乐。

见渔人，乃大惊，问所从来（从哪里来），具（俱）答之。便要（邀请）还家，设酒杀鸡作食。村中闻有此人，咸来问讯（打探消息）。自云（说）先世避秦时乱，率妻子邑人（同乡）来此绝境，不复出焉，遂与外人间隔。问今是何世，乃（竟）不知有汉（东、西汉），无论（更别说）魏晋（曹魏、西晋、东晋）。此人一一为（对他们）具言（详说）所闻，皆叹惋。余人各复延至其家，皆出酒食。停数日，辞去。此中人语（告诉）云："不足（不必）为（向）外人道也。"

既（已经）出，得其船，便扶向路（来时之路），处处志（标记）之。及郡下（武陵郡），诣（禀明）太守，说如此（所见所闻）。太守即遣人随其往，寻向所志，遂迷，不复得路。

南阳刘子骥，高尚士（隐士）也，闻之，欣然规（计划）往。未果，寻（不久）病终（病死），后遂无问津者。

嬴氏乱天纪，贤者避其世①。

黄绮之商山，伊人亦云逝②。

往迹浸复湮，来径遂芜废③。

相命肆农耕，日入从所憩④。

桑竹垂余荫，菽稷随时艺⑤；

春蚕收长丝，秋熟靡王税⑥。

荒路暖交通，鸡犬互鸣吠⑦。

俎豆犹古法，衣裳无新制⑧。

童孺纵行歌，班白欢游诣⑨。

草荣识节和，木衰知风厉⑩。

虽无纪历志，四时自成岁⑪。

怡然有余乐，于何劳智慧⑫？

奇踪隐五百，一朝敞神界⑬。

淳薄既异源，旋复还幽蔽⑭。

借问游方士，焉测尘嚣外⑮。

愿言蹑清风，高举寻吾契⑯。

【注释】

①嬴（yíng）氏：即秦始皇嬴政、秦二世胡亥父子。天纪：即天道，此指秦帝国的残暴，使它丧失民心。

②黄绮：汉初商山四皓中之夏黄公、绮里季的合称，此指代贤人。伊人：指桃源山中人，指代普通百姓。云：语助词，无实义。逝：离去。

③往迹：来时的痕迹。湮（yān）：埋没。

④相命：互相打招呼。肆：勤劳。从：归。所憩：家。

⑤菽（shū）：豆类。稷（jì）：谷类。艺：种植。

⑥靡（mǐ）：没有。王税：田赋。

⑦暧（ài）：遮蔽。

⑧俎（zǔ）豆：俎和豆，古时祭祀或宴会用以盛肉类食品的器皿，此指代礼仪。衣裳（cháng）：上衣为称衣，下衣称裳，此指代服装。

⑨童孺（rú）：小孩子。纵：尽情。班白：须发花白，指代老人。班：通"斑"。诣（yì）：玩耍。

⑩节和：节令和顺，此指春来。风厉：寒风迅疾，此指冬季来临。

⑪纪历：历法。成岁：成为一年。

⑫余乐：不尽之乐。于何：何必。

⑬五百：五百年，从秦末动乱到晋太元中的五百年。敞：露出。

⑭淳：朴实敦厚。薄：凉薄，不厚道。旋：很快。幽蔽：消失不见。

⑮游方士：即序言中提及的刘子骥之类，如同徐霞客一样的旅游家文人。尘嚣：尘世。

⑯蹑（niè）：踩。清风：此指高洁的品格。契（qì）：契合，指志同道合的人。

【译文】

东晋太元年间，有个武陵郡人，以打鱼为生。一天驾舟顺着小溪前行，为了打鱼也不顾路程远近了。突然眼前出现一片桃花林，小溪两岸数百步遍是桃花，没有一棵杂树，绿草鲜艳，花朵怒放。打鱼人甚是惊奇。他继续往前行船，想要穿过桃花林。

穿过桃花林，来到了溪水的源头，看到了一座山，山有个小的洞口，里面隐约传出了光亮。打鱼人下船上岸，从那个小洞口走了进去。刚开始，洞口狭窄，只能通过一人。又往前走了数十步，突然开阔明亮起来。土地平阔，房屋井然有序，还有肥沃的田地、清美的池塘，以及种植的桑麻竹林之类。田地道路交错，传来鸡犬之声。再看忙于耕作的人，男女的穿着，均与这里之外世人无二。小孩老人，无不悠然自乐。

这里的人看到打鱼人，大吃一惊，问他从哪里来，打鱼人详细回答。他们便邀请打鱼人到家里，摆酒杀鸡做饭。村中的其他人听说来了个外人，纷纷前来打探消息。他们自己说，祖上为了躲避秦帝国的贪暴，率领一家老小连同乡人来到这个与世隔绝之地，从此再也没有出去过。打鱼人问他们现在是什么年代，他们竟然不知道有两汉帝国，更别说曹魏和两晋了。打鱼人一一详细言说外面的事情，他们无不惊奇感叹。此后，村里的人家都邀请他到家里做客，设宴款待。过了数日，打鱼人辞别。这里的人对他说："这里的一切，就不必再让外面的人知道了。"

打鱼人出来后，寻到了小舟，沿着来时的路返回，沿途标记记号。来到武陵郡治所，将桃花源所见禀告了太守，如此这般说了一遍。太守遂派人跟随打鱼人前往寻找，沿着以前做下的标记，竟然迷了路，再也没找到通往桃花源的路。

南阳刘子骥，是个知名的隐士，听说了这件事后，兴致勃勃地计划前往探寻。还没等起程，他就病死了，从这以后，再也没有探听寻找前往桃花源道路的人了。

秦氏父子暴虐无道失民心，才德之人不愿为其效力纷纷隐居。

贤人隐居于商山，百姓也躲避离开（来到了桃花源）。

他们来时的痕迹被湮没；来时的道路也已败坏，杂草丛生。

（在桃花源里）他们相互扶持，辛劳耕作；太阳落山，便回家休息。

桑竹繁盛，浓密成荫；各类作物，按时耕种。

春天养蚕收蚕丝，秋来收粮无税赋。

荒草遮蔽了道路，鸡犬之声相闻。

他们一直秉持古朴的礼仪，衣服着装也不同于外界的新鲜款式。

在这里小孩子尽情歌唱，老人悠闲安养。

草木萌发则预示春天到来，林木凋零则预示寒冬将至。

虽然没有记载年月的历法，可是四季更替就是一年呀。

无忧无虑欢乐无穷，何必非要费心思去识记年月呢？

他们的踪迹已经隐藏了五百年了，孰料这片神仙天地竟被外界探知了。

他们的厚重与外界的凉薄早已不同，（他们不愿与外界相通，因此）转眼又隐藏得无影无踪。

那些旅游家们，岂能探测到尘世之外的仙境。

我要脚踏清风，高飞寻觅我的知己。

游仙诗

郭璞

【题解】

《游仙诗》是东晋著名诗人郭璞创作的一首五言古诗。

郭璞是游仙诗的祖师。游仙诗的内容大致有三个类型：游仙、咏仙、慕仙。游仙诗的兴起，源于三国、两晋至南北朝时期"清谈"的社会氛围。自三国至南北朝的政权，大都采取恐怖统治，知识分子，尤其是高级知识分子动辄以莫须有的罪名被杀死，甚至整个家族被屠杀。生活在这种高压的氛围之中，知识分子纷纷崇尚坐而论道的"清谈"。而在文艺创作上，则将精力投向了飘缈的、远离政治的"游仙诗"。于是，隐居成为当时时髦的话题。但清谈也好，游仙也罢，人总还得吃饭的，可没有几个人真愿意像陶潜那样自己去种地，所以大部分文人所谓的"隐居"，也不过是游弋于官场尽力避免招惹是非的无奈罢了，郭璞即是这种情形。东晋权臣王敦要从武昌起兵对抗中央，让郭璞为他占卜，郭璞回答："不会成功。"王敦怀疑他故意诅咒自己，阴森森地说："那你看我寿命还有多长。"

郭璞回答："你若是起兵，大祸就在眼前；若是现在停下来，寿命就还长久。"王敦怒极，问："那你知道自己的寿命吗？"郭璞说："就在今天中午。"随后，王敦将他杀死。修仙之人，却死于政治纷争，悲哉！

本诗以典论今，阐明心志，脉络清晰，诗人自身的困顿与矛盾心理，在诗中毫无隐讳，既深知世道艰险、心怀隐遁之志，又不主动脱离官场远避政局。钟嵘认为郭璞诗少列仙之趣，沈德潜则认为这是钟嵘过分贬低了。

【原文】

京华游侠窟，山林隐遁栖①。

朱门何足荣？未若托蓬莱②。

临源挹清波，陵冈掇丹荑③。

灵溪可潜盘，安事登云梯④。

漆园有傲吏，莱氏有逸妻⑤。

进则保龙见，退为触藩羝⑥。

高蹈风尘外，长揖谢夷齐⑦。

【注释】

①京华：京师。游侠窟：游侠活动的居所。窟：某一类人聚居的居所。隐遁：隐居生活，远离尘嚣。

②朱门：古时王侯高贵之家以红漆漆门，泛指富贵人家。未若：不如。托蓬莱：寄身修行。蓬莱：传说东海之上的仙山。

③挹（yì）：舀水。陵冈：山岗。掇：拾。丹：指丹芝，又叫赤芝。丹荑：初生的赤芝，吃了可以延年益寿。

④灵溪：水名。潜盘：隐居盘桓。登云梯：仙人以云为梯，登云升天，故称登云梯，此指与世隔绝。

⑤漆园吏：指庄周。庄周曾在漆园这个地方做官，楚威王听说了庄周

的大名，请他为相，庄周拒绝，认为做官是对自己的玷污，故称"傲吏"。莱氏：指老莱子，道家传说人物，身份存疑。老莱子遁世，又接受了楚王的高官厚禄。他的妻子问他："你吃人家酒肉，受人官禄，这就是受人所制了。受人所制，还能免于灾祸吗？"老莱子遂隐居而去。逸妻：有避世隐居之志的妻子。

⑥进：求仙。保：获取。龙见（xiàn）：羽化成仙，此指避开祸患，一生周全。退：置身世俗。触藩：公羊以角抵篱笆，结果羊角卡在篱笆中，进退不得。羝（dī）：年轻力壮的公羊。

⑦高蹈：隐居。风尘：尘世间。谢：辞。夷齐：即伯夷、叔齐。周武王讨伐昏君商纣，建立西周王朝。伯夷、叔齐不接受周武王的行为，认为他以臣弑君为不道。两人逃亡首阳山，不吃西周王朝土地上的食物，活活饿死。诗人不赞同他们两人这种完全与世隔绝、毫不通融的隐居方式。

【译文】

京城喧嚣之地，是游侠聚居之所；山林幽静之野，是隐者修行之所。

尘世富贵，何足为荣？不如寄身蓬莱，潜心修行。

渴了手捧清波而饮，饿了采摘仙芝而食。

灵溪即是潜心隐居之所，不必非要寻找与世隔绝之所。

庄周也曾为小吏（这不过是他的隐居方式，所以楚王许他高官），他拒绝进一步的仕途；老莱子听取妻子建议，弃官而去（也是一种隐居）。

保持求仙修行之心，才能远离祸患，周全一生；热衷世俗钻营，则像公羊抵住篱笆，落得个进退两难（家破人亡）。

隐居于尘世之外，但不必像伯夷、叔齐那样与世隔绝。

古诗源卷九

晋诗

饮酒二十首（选二首）

陶潜

【题解】

《饮酒二十首》是陶潜所作的一组五言诗，收录于《昭明文选》。

《饮酒二十首》并非陶潜饮酒或酒后消遣之作，而是借酒为题。表达了对历史、对现实、对生活的感想和看法，表现了作者高洁傲岸的道德情操和安贫乐道的生活情趣。

全诗意深隽永，情理一体，清新自然，行文舒展，是最为脍炙人口之作。

其五

【原文】

结庐在人境，而无车马喧①。

问君何能尔，心远地自偏②。

采菊东篱下，悠然见南山③。

山气日夕佳，飞鸟相与还④。

此中有真意，欲辨已忘言⑤。

【注释】

①结庐：建造房屋。人境：尘世间。

②君：诗人自谓。远：远离尘世喧嚣。偏：僻静之处。

③悠然：安然悠闲。南山：指庐山。

④日夕：傍晚。相与：结伴。这两句是说傍晚山色秀丽，飞鸟结伴而还。

⑤此中：隐居的生活。真意：即人生真谛，人生的最高境界。

【译文】

家院建在闹市之中，可门前却无交往应酬的车马喧闹。

问我如何能够做到这样的？内心不趋炎附势，所住的居所自然也就可以僻静了。

东边篱笆墙下采摘菊花；悠然抬头，恬静的南山即可收入眼帘。

夕阳西下，山中云蒸霞蔚；成群的飞鸟结伴而还。

人生的真谛就在这样的生活之中；想要仔细品味时，又不知该怎么说了。

其二十

【原文】

羲农去我久，举世少复真①。

汲汲鲁中叟，弥缝使其淳②。

凤鸟虽不至，礼乐暂得新③。

洙泗辍微响，漂流逮狂秦④。

诗书复何罪？一朝成灰尘⑤。

区区诸老翁，为事诚殷勤⑥。

如何绝世下，六籍无一亲⑦。

终日驰车走，不见所问津⑧。

若复不快饮，空负头上巾⑨。

但恨多谬误，君当恕醉人⑩。

①羲农：即伏羲氏与神农氏，传说伏羲、神农时代，社会清明，民风淳朴。去：离开。真：敦厚质朴的社会风气。

②汲（jí）汲：急切追求。鲁中叟：即孔子，孔子是鲁国人。弥缝：补救。春秋后期，社会秩序开始混乱，孔子穷其一生呼吁建立道德秩序社会。

③凤鸟：即凤凰。古人认为凤凰、麒麟是祥瑞鸟兽，一旦出现就预示盛世来临。"礼乐暂得新"句：孔子之时，西周王室式微，规范人行为的礼乐也流失，后经孔子订正流传下来。

④洙、泗：鲁国的水名，在今山东曲阜，孔子曾在那里教授弟子。辍（chuò）：终止。微响：即"微言之声"，微言即精要之言。漂流：岁月流逝。逮（dài）：及至，到。狂秦：狂暴贪虐的秦帝国。

⑤灰尘：此指"焚书"一事。秦始皇嬴政采取李斯的建议，焚烧全国的诗书。古时史学、诗学、文学、哲学不分家，所以这次焚书，除了秦国自己的史书、占卜算卦的书、医书、种植书籍外，几乎都付之一炬了，这是中国文化的一次浩劫。

⑥区区：仅仅（数量少）。诸老翁：西汉时，为了还原秦始皇烧掉的诸子百家书籍，饱学之士如辕固生、韩婴等人，凭着记忆重新述写。为事：做事。

⑦绝世：指东汉灭亡。六籍：指儒家六经，即《易》《诗》《书》《春秋》《礼》《乐》。

⑧驰车走：忙于追名逐利。走：奔跑。所问津：问路的人，此指寻求内心觉悟之途与社会所行正道的人。

⑨快饮：痛饮，畅饮。头上巾：陶潜自制的过滤酒的纱巾，用时可以滤酒，不用时扎在头上作头巾。

⑩但：只。恨：遗憾。多谬误：多有不当之处，这是陶潜无奈的激愤之语。

【译文】

伏羲神农时的盛世已经距离我很久远了，看看当今世道已无那时的质朴。

鲁国那个智慧老人急切追求改变，穷其一生补救道德的沦丧。

盛世虽然没有来临，规范人们行为的礼乐总算得以保存。

（可惜孔子逝世后）他的微言大义也无人继承；岁月如浮萍失去了方向，一直到狂暴贪虐的秦帝国。

诗书有什么罪过？竟然一把火烧成了灰烬。

全仗汉初的那几个大儒老翁，呕心沥血才将诗书传诵下来。

东汉灭亡至今，没有一人再喜欢六经了。

熙熙攘攘皆为名利奔走，启迪人心、匡扶正道却无人

关心。

（唉，算了吧）我还是畅饮自己的酒吧，莫要辜负了我头上滤酒的头巾。

只是遗憾词不达意多有谬误，想必您也会原谅我这个喝醉了的人吧。

咏荆轲①

陶潜

【题解】

《咏荆轲》是陶潜创作的一首咏怀言志五言古诗，收录于《陶渊明集》。

陶潜生活的后期，正值东晋与南朝刘宋政权交替前后，社会底层百姓面临中央政权的败坏、穷奢极欲地主贵族的盘剥、割据势力引发的战乱，以及上述种种带来的繁重的赋税和各种徭役。诗人的隐居只是不愿同流合污与自保，可这并不能改变社会分毫，于是创作了这首《咏荆轲》。这首诗赞颂了壮士荆轲西行刺秦的壮举，表达此时陶潜面对社会问题的解决主张，希望出现一个除暴安良的英雄，荡涤社会黑暗，还百姓清明。

这首诗在用笔上详略相宜，形象刻画鲜明，基调悲壮激昂，在以平淡、自然风格著称的陶潜诗中别具一格，与《咏三良》《咏二疏》构成陶潜最为著名的三首咏史诗。

【原文】

燕丹善养士，志在报强嬴②。
招集百夫良，岁暮得荆卿③。
君子死知己，提剑出燕京④；
素骥鸣广陌，慷慨送我行⑤。
雄发指危冠，猛气冲长缨⑥。

饮饯易水上，四座列群英 ⑦。

渐离击悲筑，宋意唱高声 ⑧。

萧萧哀风逝，淡淡寒波生 ⑨。

商音更流涕，羽奏壮士惊 ⑩。

心知去不归，且有后世名。

登车何时顾，飞盖入秦庭 ⑪。

凌厉越万里，逶迤过千城 ⑫。

图穷事自至，豪主正怔营 ⑬。

惜哉剑术疏，奇功遂不成 ⑭。

其人虽已没，千载有余情 ⑮。

【注释】

①荆轲：姜姓，庆氏，又称庆卿、荆卿、庆轲，卫国人，战国后期著名刺客。秦国灭赵后，东下攻燕，燕太子丹设计，委派荆轲入秦行刺。公元前 227 年，荆轲西行入秦，燕太子丹、高渐离（荆轲好友）在易水送别荆轲。众人皆知，无论行刺成功与否，荆轲必将一去不还，场面十分悲壮。后荆轲行刺失败，被杀。

②燕丹：即燕国太子，名丹，战国时燕王喜之子。士：此为门客中的侠士。战国时期，山东六国贵族多有畜养士的风气。从春秋后期开始，士逐渐职业化，有文士、策士、侠士等。报：报复。强嬴（yíng）：强横的秦王嬴政。强：强横。战国时期，秦国采用法家公孙鞅变法，对内以酷法严苛对待百姓，对外依仗武力任意屠杀，秦国崇尚阴谋诡计，从外国国王到作战将领，随意欺骗扣押，六国给秦国起了个名字"虎狼"。

③百夫良：以一敌百的勇士。荆卿：即荆轲。卿是尊称。

④死：为……而死。燕京：燕国的京城蓟城（今北京）。

⑤素骥：白马。广陌：大道。

⑥雄发：犹怒发。指：顶起。危冠：高高的帽子。缨（yīng）：绳，此指帽带。

⑦饮饯：饮酒送行。易水：故水名，今河北省西部，源出易县境，入南拒马河。

⑧渐离：即高渐离，荆轲好友，音乐家，荆轲刺秦，高渐离击筑送行，后来行刺秦王未果而死。筑（zhù）：古时弦乐器，形似琴。宋意：燕太子丹蓄养的勇士。

⑨淡淡：水波荡漾。

⑩商音：古代乐调有五音，宫、商、角、徵（zhǐ）、羽，商音凄凉。羽奏：即"奏羽"，弹奏羽音。羽音悲壮激越。

⑪"登车何时顾"句：义无反顾之意。飞盖：飞驰的车子。盖：车盖，代指车。

⑫凌厉：气势迅猛。逶迤（wēi yí）：曲折行进。

⑬图穷：即"图穷匕见"。荆轲将匕首藏于地图卷轴中，地图展至尽头，荆轲抓匕首刺嬴政。事自至：行刺一气呵成。豪主：强横的君主，指嬴政。怔（zhèng）营：惊吓之中，不知所以。

⑭剑术疏：剑术不精，此处是指准备工作不精细，匕首太短，而秦王不容许荆轲距离他太近，这是荆轲刺秦前没有考虑好的。遂：竟。

⑮其人：指荆轲。没（mò）：通"殁"，死。余情：不尽的豪情。

【译文】

燕太子丹常常蓄养门客侠士，为的就是要刺杀强横的嬴政。

四处召集百人敌的勇士，终于寻得了荆卿。

君子重义气，以死报知己；提起宝剑就出了燕京。

白色的骏马在大道上嘶鸣，众人悲壮为他送行。

同仇敌忾，人人头发直立顶起高高的帽子；蓬勃之气直欲冲断帽带。

易水河畔饮酒践行，四座之上尽是精英。

高渐离击筑悲歌，宋意亢声相和。

秋风萧瑟，阵阵肆虐；易水荡漾，片片寒波。

悲伤的商音引得众人悲啼，激越的羽音又激起荆轲的斗志。

心知此去将再无生还，只为留名于后世。

义无反顾登车而去，马车飞驰直奔秦宫。

气势迅猛横越万里，曲折前行纵穿千城。

图穷匕见一气呵成，强横的嬴政还在那里发懵。

可惜呀匕首太短，竟然功败垂成。

荆轲早已不在人世，可是他的豪情流传千古。

游西池

谢混

【题解】

《游西池》是东晋诗人谢混所作的一首山水五言古诗。

谢混是东晋太傅谢安之孙。谢混生活于东晋至刘宋过渡时期，当时的诗坛风气以玄言诗为盛，玄言诗以诗说理，远离现实，一派颓废之风。谢混是山水诗歌的先驱，他的《游西池》就是代表作。

全诗以游览山水为主线，感慨盛时常有、盛景常在，而人生却无法重返少年时意气风发的光阴，语言绮丽清新，"景昃鸣禽集，水木湛清华"是其中的名句。

【原文】

悟彼蟋蟀唱，信此劳者歌①。

有来岂不疾，良游常蹉跎②。

逍遥越城肆，愿言屡经过③。

回阡被陵阙，高台眺飞霞④。

惠风荡繁囿，白云屯曾阿⑤。

景昃鸣禽集，水木湛清华⑥。

褰裳顺兰沚，徙倚引芳柯⑦。

美人愆岁月，迟暮独如何⑧？

无为牵所思，南荣戒其多⑨。

【注释】

①蟋蟀唱：即《诗经·国风·蟋蟀》，是一首劝人勤勉的诗歌。劳者歌：即《诗经·国风·伐檀》(《韩诗外传》注为《诗经·小雅·伐木》)，是一首反应百姓艰辛劳作的诗歌。

②有来：岁月。良游：畅游。蹉跎：虚废光阴。

③城肆：城内的街道。

④回阡：曲折的道路。陵阙：山陵和城阙。

⑤惠风：和风。繁囿：繁茂的园囿。曾阿：连绵起伏的山陵。

⑥景昃（zè）：太阳偏西。清华：景物清丽。

⑦褰裳（qiān cháng）：撩起下裙。沚：水中小块陆地。徙倚：迂回，徘徊。柯：草木枝茎。

⑧愆（qiān）：错过，耽误。

⑨南荣：即"南荣（复姓）趎（chú）"，他是庚桑楚的弟子。据传庚桑楚是老子的弟子，深得老子真传，主张无为。

【译文】

明白了《诗经·国风·蟋蟀》的寓意，也搞懂了《诗经·小雅·伐木》的蕴意。

只是时光飞逝，自己却总因为忙碌而错失畅游的时机。

（这次我要趁时畅游）安闲自如穿过城内大道，（一路上感慨）希望这样的闲暇能够常有。

一路曲折，出了城阙，在山陵下前行；站立于高台，眺望碧空飞霞。

和煦之风吹拂着苑囿繁盛的草木，白云驻足于连绵山巅。

风景胜人，不觉已是日暮，飞鸟彼此鸣叫着返回巢穴；水清木华，景色清丽。

提起衣摆，踩着溪水中的小石；抓着横生的树枝，迂回蹚水向前。

青春之时（忙于俗务）错过了这样美好的时光，待到老年（即便有时间游玩）又哪里能有力气畅游？

不要再被世俗凡务羁绊了，（这样的道理）庚桑楚已经给南荣趎说过很多了。

酌贪泉赋诗①

吴隐之

【题解】

《酌贪泉赋诗》是东晋诗人吴隐之所作的一首五言古诗。

吴隐之家境贫寒，却以清廉著称。公元420年，吴隐之出任广州刺史，听闻当地有一山泉，名曰"贪泉"，饮贪泉水的人，都会变得贪婪无度。吴隐之对人说："心无贪欲，怎么会因为一口水，就改变心志，成为贪婪之人？"他特地前往贪泉，一边取水一边吟唱，所吟唱之歌即是这首《酌贪泉赋诗》。吴隐之喝下贪泉水，泰然赴任。在广州刺史任上，力行廉洁，勤政简朴，从广州离任时，小船上仅有简单的行装。

全诗言简意赅，质朴无华，使用对比手法直抒胸臆。

【原文】

古人云此水，一歃怀千金②。

试思夷齐饮，终当不易心③。

【注释】

①贪泉：泉水名，在今天的广东省佛山市南海区石门。古人以物言志，厌恶"贪泉"之名，以渴不饮贪泉之水为气节。"盗泉"亦是如此。

②歃（shà）：饮。

③夷齐：即伯夷、叔齐。周武王讨伐昏君商纣，建立西周王朝。伯夷、叔齐不接受周武王的行为，认为他以臣弑君为不道。两人逃亡首阳山，不吃西周王朝土地上的食物，活活饿死。易：改变。

【译文】

古人提到这贪泉之水，总说只要喝上一口就被迷乱心智，而只想贪财。

假如让伯夷、叔齐二人喝下这贪泉水，相信他们必定不会改变其心志。

陵峰采药触兴为诗

帛道猷

【题解】

《陵峰采药触兴为诗》是东晋南北朝时期和尚帛道猷所作的一首玄言诗，见于《高僧传》。

帛道猷生活的时代是我国历史上的黑暗时期之一，门第政治之下，人才晋用不是以才能品行为准，而完全看门第出身。在这样的社会大背景下，帛道猷采药过程中，将所见纳入诗歌，结合内心所感，写成这首诗正是《陵峰采药触兴为诗》，劝人归隐山林，远离那个无道的社会。

全诗由远及近，通过对景物的逐层描写，展示出上古遗风的纯朴山民和安逸宁静的"世外"景象。

【原文】

连峰数千里，修林带平津①。

云过远山翳，风至梗荒榛②。

茅茨隐不见，鸡鸣知有人③。

闲步践其径，处处见遗薪④。

始知百代下，故有上皇民⑤。

【注释】

①修林：高大的树林。带：环绕。平津：大道。

②翳（yì）：遮蔽。荒：田野。荒榛（zhēn）：草木丛生，荒芜。

③茅茨（cí）：茅草屋顶，此指房屋。

④闲步：漫步。遗薪：烧剩下的柴火。

⑤始知：这才知道。上皇：上古时期的君主。

【译文】

山峰连绵数千里，高大的树林遮掩住了道路。

阴云飘来遮蔽了高大的远山，凄风袭来繁盛的草叶枯萎凋落。

茅舍隐藏于山中看不见，传来阵阵鸡鸣才知晓山里住着人家。

顺着小路漫步前行，随处可见新打的柴草。

（走了这一遭）这才知道，在今天这样（不好）的社会中；尚有先古时期淳朴的人存在。

泰山吟①

谢道韫

【题解】

《泰山吟》是东晋时期女诗人谢道韫所做的一首玄言诗，收录于《艺文类聚》。

谢道韫是东晋宰相谢安的侄女，素来被称赞与汉代的班昭、蔡琰等齐名，成婚之时，嫁与书法家王羲之的次子王凝之。谢道韫可谓名门才女，谢安为他挑选王凝之为夫婿，可是婚后谢道韫对王凝之不满意。谢道韫苦着脸回到娘家，谢安不解，问道："王凝之不是个庸才，你还有什么不满意的？"谢道韫说："谢家一族中，叔父辈有谢安、谢据，兄弟中有谢韶、谢朗、谢玄、谢渊，个个都很出色，没想到天地间，还有王凝之这样的人！"王凝之迷恋五斗米教，孙恩反叛时，他不积极备战，反而闭门祈祷。谢道韫屡劝无果，最终孙恩攻打进来，王凝之与女儿被杀死。谢道韫手持兵器带领家兵杀敌，无奈被擒。孙恩没有难为她，将她送回会稽。谢道韫从此寡居，面对外面争斗不断的战乱，萌发了隐居的想法，写下了这首《泰山吟》。

这首诗大笔如椽，虽是女子诗作，却有一股阳刚之气，运用丰富的联想手法，表达对与世无争生活的向往。

【原文】

峨峨东岳高，秀极冲青天②。

岩中间虚宇，寂寞幽以玄③。

非工复非匠，云构发自然④。

器象尔何物？遂令我屡迁⑤。

逝将宅斯宇，可以尽天年⑥。

【注释】

①吟：诗体名。

②峨峨：（形容山）高大峭拔。东岳：泰山。

③岩：山崖。间（jiàn）：分隔。虚宇：天地。寂寞：清静，寂静。

④云构：泰山的体态、气势。发：出于。

⑤器象：泰山的整体形象。屡迁：情绪多次改变。

⑥逝：通"誓"。宅宇：房屋。天年：人的自然寿命。

【译文】

泰山雄伟峻拔，清秀之姿直冲云霄。

（它的躯体魁梧高纵）横隔于天地之间，（偏又含蓄内

敛）沉着无语安于静寂。

（它的雄姿）并不是人世间的工匠可以雕琢，完全是出于自然。

它的气象究竟何物才能比拟呀？直让我为之连番眷恋。

我要将它作为我的居所，与它相伴安享天年。

三峡谣

佚名

【题解】

《三峡谣》是魏晋时期的民间歌谣，出自《水经注》。

《乐府诗集·杂歌谣辞·巴东三峡歌》注引郦道元《水经注·江水》说："其中有滩，名曰黄牛。江水湍急迂回，连行了两昼夜，回头还能望见黄牛滩，因此行者唱到：'朝发黄牛，暮宿黄牛。三朝三暮，黄牛如故。'"沈德潜选编《古诗源》时，将"暮宿黄牛"更为"暮见黄牛"。唐代诗人李白过此，作诗曰："三朝上黄牛，三暮行太迟。三朝复三暮，不觉鬓成丝。"

这四句短诗，写尽驾舟迂回三峡江水的辛苦。

【原文】

朝发黄牛，暮见黄牛 ①。

三朝三暮，黄牛如故。

【注释】

①黄牛：又称"黄牛峡""黄牛滩"，在今湖北宜昌西北，因中有巨石形似黄牛而得名。暮见：《水经注》作"暮宿"。

【译文】

早晨从黄牛滩出发，到了日暮还没有走出这里。

就这样行船连续三天，黄牛滩还在眼前。

安东平①

佚名

【题解】

《安东平》是魏晋南北朝时期流传民间的乐府歌辞，收录于《乐府诗集》。

其一

【原文】

凄凄烈烈，北风为雪②。

船道不通，步道断绝③。

【注释】

①安东平：即安东平定。古曲名，又称《东平刘生歌》。

②凄凄：凄寒。烈烈：象声词，风声。北风为雪：北风吹来大雪。

③船道：即水路。步道：即陆路。

【译文】

凄寒的北风呼呼作响，吹来漫天大雪。

大雪纷飞，江河结冰，航船不通；大雪铺地，道路淹没，车马难行。

其二

【原文】

吴中细布，阔幅长度①。

我有一端，与郎作裤②。

【注释】

①吴中：吴地中部，今苏州太湖一带。细布：细软的棉布。阔幅：即宽幅，指布匹的宽度。长度：长。

②一端：即半匹布。古时布帛成匹，从两端向里卷起，一端即半匹布。

吴中所产的细软棉布，够宽又够长。

我有半匹，与郎君做裤子。.

其三

【原文】

微物虽轻，拙手所作 ①。

余有三丈，为郎别厝 ②。

【注释】

①微物：价值轻的礼物，送礼者的自谦之词。拙手：笨拙的手，"手艺不精，万勿嫌弃"之意，亦是自谦之词。

②别厝（cuò）：告别安厝。厝：停放灵柩待葬。

【译文】

些许礼物虽不贵重，是我亲手所做。

还剩下三丈，为你送丧时使用。

其四

【原文】

制为轻巾，以奉故人 ①。

不持作好，与郎拭尘 ②。

【注释】

①制为：制作成。轻巾：汗巾，手帕。奉：奉送。故人：旧交；前夫。

②不持：不用，此处有"不值得用来"之意。作好：讨好。拭尘：擦拭灰尘。

【译文】

制作成汗巾，送给故人。

不用来向你讨好，用来为你擦拭灰尘。

其五

【原文】

东平刘生，复感人情①。

与郎相知，当解千龄②。

【注释】

①东平：今山东东平，两汉时，均曾设立过"东平王"。刘生：刘姓的年轻人。刘生生平不详，在南朝齐、梁之时就有传说，说他锄强扶弱、豪放不羁，也有说他是受命自主征战的大臣，是天子近臣。复感：也感应。人情：人之常情。

②相知：彼此相交，感情深厚。古诗中，常用"相知"语青年男女的感情。千龄：千年。

【译文】

东平刘生（那样的人），也能感应人之常情。

与君的感情，千年不移。

古诗源卷十

宋诗

邻里相送至方山①

谢灵运

【题解】

《邻里相送至方山》是南朝刘宋诗人谢灵运创作的一首五言诗，收录于《谢康乐集》。

谢灵运是东晋、刘宋时期知名的山水诗人，才华横溢，被称作大谢（谢朓为小谢）。公元420年，刘裕立宋代晋后，谢灵运出任一些闲散官职，但谢灵运认为自己不仅有才华，而且还有经纬天地的政治才能，因此时常愤愤不平。公元422年，17岁的贪玩少年刘义符即位，徐羡之主政。谢灵运以为自己有机会进入权力核心圈，异常活跃。可是很快受到徐羡之排挤，被驱赶出京城，到永嘉（今浙江永嘉）任太守。谢灵运郁郁寡欢，不理政事，一心游玩山水，不论到了哪里，均吟诗作赋记述。这首《邻里相送至方山》就是谢灵运任永嘉太守时所作。

这首诗体现了谢灵运山水诗的特点，刻画细腻、形象，运用比兴手法，情景交融自然。沈德潜评价谢灵运诗时说："陶诗合下自然，不可及处，在真在厚。谢诗追琢而返于自然，不可及处，在新在俊。"足见谢灵运作诗遣词造句的功力。全诗分为三层意思，前四句为第一层，诉说接到任命，惜别；中间四句为第二层，继续诉说内心的不情愿，命令难为，违心上路赴任；最后六句为第三层，是与友人的勉励。

【原文】

祇役出皇邑，相期憩瓯越②。

解缆及流潮，怀旧不能发③。

析析就衰林，皎皎明秋月④。

含情易为盈，遇物难可歇⑤。

积痾谢生虑，寡欲罕所阙⑥。

资此永幽栖，岂伊年岁别⑦。

各勉日新志，音尘慰寂蔑⑧。

【注释】

①方山：在今江苏南京（当时东晋都城建康）东南，山下有码头与水路相通，为时人送别之场所。

②祇（zhī）役：奉命任职。祇：恭敬。皇邑（yì）：京城，指刘宋都城建康。瓯越：秦汉对浙江瓯江流域一带的称呼，永嘉郡就在这里。

③解缆：解下固定船的缆绳，此指开船。及：本义是赶得上，此为顺（水）。怀旧：念念不忘、难以割舍。

④析析：象声词，风过树林发出的响声。就：靠近。

⑤含情：这里指怀旧之情。盈：满。"遇物难可歇"句：沿途所见勾起愁思，久久不息。

⑥积痾（kē）：积年旧病，即常年久病。痾：病。谢：绝。生虑：为生计谋虑。阙：同"缺"。

⑦资：借。此：指永嘉郡。幽栖：幽僻之所栖息，此指隐居于此，这是谢灵运遭受排挤之后的激愤之言。岂伊：难道。伊：语助词，无实义。

⑧日新：一日比一日更新。新：思想上除旧去污、更进一步之意。音

尘：音信。寂蔑（miè）：冷清孤单。

【译文】

我奉命离开京城前去赴任，希望在那瓯越蛮荒之地能够得以安适。

解下系船的缆绳准备出发，可是对故人思念难舍迟迟不愿动身。

穿越析析作响的凋败的树林，望着清寒的秋月。

思绪化为满怀哀伤，沿途所见更使我伤悲难抑。

病得久了就索性不再考虑生计了，心中无欲又怎会感到不足呢？

借永嘉这个地方永远隐居算了，难道在这个时候离开还真有心思去做官呀。

希望我们越来越好吧，时常与我来信以慰藉我的孤独。

游赤石进帆海①

谢灵运

【题解】

《游赤石进帆海》是谢灵运创作的一首五言古诗，收录于《谢康乐集》。

这首诗是谢灵运在永嘉太守任上所作，全诗游赤石是引子，而扬帆出海才是归宿。全诗分为三层，前六句为第一层，表述了"倦游"的心态；中间六句为第二层，从"倦游"的原因到出海的志向；最后六句为第三层，通过鲁仲连与公子牟的对比，表达了诗人放弃虚名的追逐，避祸隐居的念头。

全诗绮丽工巧，语言张力沛盈，被视为山水诗中的佳作。

【原文】

首夏犹清和，芳草亦未歇②。

水宿淹晨暮，阴霞屡兴没③。

周览倦瀛壖，况乃陵穷发④。

川后时安流，天吴静不发⑤。

扬帆采石华，挂席拾海月⑥。

溟涨无端倪，虚舟有超越⑦。

仲连轻齐组，子牟眷魏阙⑧。

矜名道不足，适己物可忽⑨。

请附任公言，终然谢天伐⑩。

【注释】

①赤石：山丘名，在永嘉郡内。帆海：一说为永嘉郡内地名，一说为"入海扬帆"。

②首夏：初夏。清和：清爽和煦。"首夏犹清和，芳草亦未歇"句：是说永嘉的初夏依旧清爽和煦，因为没有酷热骄阳，所以花草还是繁盛如春。

③水宿（sù）：在水边过夜。淹晨暮：分不清晨光与夜色。阴霞：即云霞。屡兴没：云霞去了又来，来了又去。诗人游玩已经多日。

④周览：遍览。倦瀛壖（yíng rú）：倦怠了陆地上的山水。瀛：本义为海，此指永嘉郡山水之"水"。壖：即蠕动，此指步行游览。陵：山。穷发：本义为不毛之地，此指看惯了失去了新意，兴致阑珊。

⑤川后、天吴：都是古代传说中的河神。安流、不发：河水平静无波澜之意。

⑥扬帆、挂席：都是张起船帆行船之意。石华、海月：都是海生贝类动物名，可食用。

⑦溟（míng）涨：即大海。溟即溟海，传说中的北海。涨即涨海，指南海。端倪（ní）：边际。虚舟：即轻舟。超越：轻而快。

⑧"仲连轻齐组"：鲁仲连推却齐王的封赏。鲁仲连是战国时期的名

士，他设计帮助田单夺取聊城，齐王要封他官职，鲁仲连逃往海上躲避。

组：本义是系官印的丝带，泛指官印。"子牟眷魏阙（què）"句：魏国公子牟隐居于海上，可心却在都城。魏阙：魏国都城。

⑨矜名：即虚名。道不足：即不足道。适己：安适自得。

⑩附：遵从。任公言：即太公任所说的话。《庄子·山木》中说，孔子困于陈国、蔡国之间时，忍饥挨饿。这时有个叫大公任的人来探望他，给孔子讲了一番大道理：笔直的树木先被砍伐，甘甜的井水先被饮光，所以孔子所追求的仁义道德只会给自己招来祸患。这是庄子道家与孔子儒家的分歧，他们对如何治理社会观念不同。终然：寿终。谢：避免。天伐：本义指天灾，此指非自身因素导致的外来祸患。

【译文】

（永嘉的山里）虽是初夏却依旧清爽和煦，花草不受骄阳灼烤而繁盛如春。

晚间在水边住宿，这里暮色晨光无法分清；云霞来了又去，去了又来。

遍览山水已觉怠倦，何况这里的山水早已（看遍）没了新意。

川后控制着溪流静淌，天吴压制着池塘无波（谢灵运在此映射自

己的不满）。

我要扬帆海上，去采食石华和海月。

大海浩瀚无边无际，可我有轻舟便捷迅疾。

（当年）鲁仲连粪土诸侯远遁海上，公子牟身在海上却眷念朝堂。

虚名是不足道的；只要吻合自己的内心，什么都可以抛弃。

我遵从太公任的话，远避是非周全余生。

斋中读书①

谢灵运

【题解】

《斋中读书》是谢灵运创作的一首五言古诗，收录于《谢康乐集》。

谢灵运在永嘉太守任上时间仅仅一年，却多有诗赋，这首《斋中读书》就是他在永嘉书斋读书的心得之作。从政则劳累且有风险，务农则辛苦而又薄收，感慨世事艰难，不如学习庄周的豁达。这不仅是谢灵运的选择，亦是那个时代大多士族子弟的无奈感叹。

全诗委婉凝沉，平和切情，非有亲身经历不能成此诗。

【原文】

昔余游京华，未尝废丘壑②。

矧乃归山川，心迹双寂寞③。

虚馆绝诤讼，空庭来鸟雀④。

卧疾丰暇豫，翰墨时间作⑤。

怀抱观古今，寝食展戏谑⑥。

既笑沮溺苦，又哂子云阁⑦。

执戟亦以疲，耕稼岂云乐⑧。

万事难并欢，达生幸可托⑨。

【注释】

①斋：谢灵运永嘉太守任上时的书斋。

②京华：东晋都城建康（今江苏南京）。废：忘记。丘壑：泛指山水。

③矧（shěn）乃：何况是。心迹：内心和行事。双寂寞：即无心做事，也无事可做。

④诤讼：争论，此引申为志同道合友人之间的长谈阔论，类于唐代刘禹锡《陋室铭》中所说的"谈笑有鸿儒"。

⑤丰暇豫：多闲暇安逸。翰墨：笔墨，代指文章诗赋。时间作：此为一挥而就。

⑥怀抱：指双手捧在怀中的书。观古今：从书中看古往今来。戏谑：谈笑。

⑦沮溺：指长沮和桀溺两人，长沮、桀溺并不是他们的实际姓名。长沮和桀溺避世隐居，以农耕务田为业。他们不赞同孔子的政治主张，应该是诸子百家中农家一列。哂（shěn）：讥笑。子云阁：即"子云跳阁"。子云是指西汉辞赋大家扬雄，子云是他的字。王莽建立"新朝"政权后，刘棻（fēn）献符瑞讨好，结果被流放。当时扬雄在天禄阁（中央图书馆）校书，看到官差，以为是来抓自己，就从天禄阁跳了下去，差点摔死。

⑧执戟（jǐ）：宫廷侍卫官，此泛指官吏。

⑨达生：此指《庄子·达生》篇，强调超然物外的处世态度。

【译文】

昔日在京城附近游览的时候，就没有落下山山水水。

如今我身在山水之间，却意兴阑珊提不起精神。

房舍空静无友人畅谈之声，庭院空寂唯有鸟雀偶尔光临。

卧病反而更多闲暇安逸，心有所想挥笔而就。

看书中古往今来，增添不少茶余饭后的笑料。

既不取长沮、桀溺甘受低贱之苦，又不齿扬雄仓皇跳阁。

做官会心身疲惫，耕种也算不得乐事。

万事难两全，唯有超然物外寄托心愿吧。

五君咏五首·阮步兵①

颜延之

【题解】

《五君咏》是南朝诗人颜延之所作的组诗，共五首，颜延之诗作中的佳品，见于《宋书》。

颜延之性格直爽，这样的性格，在南北朝时期的官场罕见。南朝刘宋文帝刘义隆时（公元426年），颜延之任兵步校尉。当时，刘湛任侍中（宰相），殷景仁任尚书仆射（宰相），两人权倾朝野，颜延之时常扬言："治理天下就应与天下贤达商量，难道是一个人就能应付得了的？"因此颜延之受到了压制，于是他直接对刘湛说："我的官职、名位都不得升迁，这是你在捣鬼吧？"时人见颜延之这么生猛，就送了一个绰号给他，叫作"颜彪"（姓颜的那个彪子）。刘湛于是更加忌恨颜延之，不时谗害他。颜延之被排挤出京，出任永嘉太守（谢灵运遭排挤时，也出任过此职）。颜延之出任永嘉太守，内心怨愤可想而知，于是写下了《五君咏》，分别歌咏阮籍、嵇康、刘伶、阮咸和向秀五人（这五人都是"竹林七贤"中人）。本诗《五君咏五首·阮步兵》是第一首，歌咏阮籍。

阮籍是三国时期曹魏诗人、竹林七贤之一，曾任步兵校尉，世称阮步兵。阮籍后半生正值司马懿父子夺取曹魏政权、实行高压恐怖统治时期，他不得不谨慎避祸。具体表现，平素言行不臧否人物，诗歌全是隐晦之作，唯恐稍有不慎招来杀身之祸。可是因为阮籍诗作过于隐晦，后人很难理解他诗中的真意，不得不像猜谜一样费神。颜延之距离阮籍不过150年的时间，已经很难读懂阮籍诗歌了（但颜延之依旧是最早读懂阮籍诗的人）。

这首诗明为歌咏阮籍，实际也寄托了诗人自己的愁思，在刻画阮籍一生的同时，也是在描述自己。汤惠休说颜延之诗"极尽雕琢之词"，钟嵘说颜延之诗"喜欢用典故"，这些都体现在这首《五君咏五首·阮步兵》诗中，词汇虽多新造，却无一不有来历。

【原文】

阮公虽沦迹，识密鉴亦洞②。

沉醉似埋照，寓辞类托讽③。

长啸若怀人，越礼自惊众④。

物故不可论，途穷能无恸⑤？

【注释】

①五君：指阮籍、嵇康、刘伶、阮咸、向秀五人。阮步兵：即阮籍，他曾做过步兵校尉，所以称他为阮步兵。

②阮公：阮籍。沦迹：隐藏心迹。沦：沉沦，引申为隐藏。识密：见识严密。鉴洞：即"洞鉴"，洞察之意。魏明帝曹叡死后，大将军曹爽辅政。曹爽召阮籍为参军，阮籍了解曹爽只是个草包，不是可以共事之人，遂称病推辞。不多久，高平陵之变，曹爽被司马懿灭族。

③埋照：收敛才智不外露。寓辞：托物言志，寄物抒情。阮籍的诗赋，尤其是他的八十二首《咏怀诗》，无不是"寓辞"之作，以极隐晦的手法表明心迹。托讽：托物讥讽。

④长啸：阮籍少时前往苏门山拜访一位隐士，阮籍滔滔不绝，隐士不发一语。阮籍长啸一声，高亢嘹亮，隐士依旧微笑不语。阮籍下山后，听闻山间出来一声长啸，声如凤鸣，知是隐士回应。怀人：怀念知音。越

礼：不循常礼，与世俗相违。阮母去世，阮籍醉酒两腿叉开，坐在床上。阮籍的嫂嫂回娘家，阮籍为嫂子践行，并送她到大道上。世人认为，母丧不悲，男女不别，是有违孝道礼仪的，阮籍耻道："礼法岂是为我辈所设！"阮籍的行为，的确让时人惊骇不已。

⑤物故：已经故去的人。不可论：不臧否人物，实际上在司马氏高压恐怖政策之下，已经不容许评价人物了。途穷：无路可走，无处可去，多指思想或精神被束缚，不得自由。无恸：即"不恸"，"恸"是极其悲哀、大哭之意。"途穷能无恸"句：司马氏政权实行恐怖统治，牵制言论自由，虽然阮籍也已经不敢评论人物、谈论时事了，可是思想、精神真正被束缚到窒息之时，又怎能不悲哀恸哭？结尾这句，回应了开头的"阮公虽沦迹"，将阮籍的真实性格与人格诠释了出来。

【译文】

阮籍公虽然刻意隐藏心迹，可他见识非凡、洞察透彻。

动辄以沉醉掩饰才智，诗作也是寄志于物不露痕迹。

长啸一声就算是怀念知音了，不循常礼之处更是惊世骇俗。

人物、时事固然已经不能评论了；可思想、精神被束缚到窒息之时，又怎能不悲哀恸哭？

古诗源卷十一

宋诗

答灵运①

谢瞻

【题解】

《答灵运》是南朝刘宋诗人谢瞻所作的一首五言古诗，见于《昭明文选》。

谢瞻六岁能文，与谢灵运关系非常要好。谢瞻生性沉稳谨慎，谢灵运性急好言，谢瞻多次规劝于他。

这首诗由景及事，由事及情，词意浓厚，情感深切。

【原文】

夕霁风气凉，闲房有余清②。

开轩灭华烛，月露皓已盈③。

独夜无物役，寝者亦云宁④。

忽获愁霖唱，怀劳奏所诚⑤。

叹彼行旅艰，深兹眷言情⑥。

伊余虽寡慰，殷忧暂为轻⑦。

牵率酬嘉藻，长揖愧吾生⑧。

【注释】

①灵运：即谢灵运，南北朝时期诗人。

②霁（jì）：雨水停止。风气：天气。闲房：空寂的房屋。余清：雨后的清凉尚存。

③轩：窗。华烛：华美的烛火。皓：此指月光。盈：满（院）。

④独夜：独处的夜晚。物役：外物役使。寝：卧室。宁：安宁，安静。

⑤愁霖：谢灵运所作的《愁霖诗》。愁霖：连日不息的雨天让人发愁。劳：慰劳。奏：奉上，此指谢灵运给诗人来信。

⑥行旅：旅途。此时应是谢灵运遭受排挤、远赴永嘉出任太守之时。眷言：即眷顾。言：语助词，无实义。语出《诗经·小雅·大东》："眷言顾之，潸焉出涕。"

⑦伊余：我。伊：语助词，无实义。语出《诗经·邶风·谷风》："不念昔者，伊余来塈。"殷忧：忧伤。

⑧牵率：草率。酬：回赠。嘉藻：佳作。长揖：古时礼节，双臂环抱，双手叠合高举过头，身体挺直，然后双臂、手前拜而下，上身前弓。吾生：对同辈或下辈的爱称。

【译文】

夜里淫雨停息，晴空传来阵阵清凉；空寂的房室之内，尚存雨后的清爽。

推开窗户，灭掉蜡烛；月挂当空，皓光满园。

一人独处的夜晚，再无俗务烦扰；卧室中的人，亦觉时光静好。

忽然得到灵运堂弟的《秋霖》诗，他实心记挂我作诗问候。

既为你的路途坎坷而叹息，也深谢你对我牵挂的心意。

我虽然依旧惦记你，但忧伤之情终得稍缓。

潦草之作回复你的华篇盛意，只能长揖谢罪了。

捣衣①

谢惠连

【题解】

《捣衣》诗是南朝刘宋诗人谢惠连所作的一首五言古诗，见于《玉台新咏》。

谢惠连是谢灵运的族弟，十岁能文，谢灵运称赞他的诗说"即便张华（见卷七·晋诗）再生，也无法改动一个字"。唐代诗人李白在他的《春夜宴从弟桃花园序》中，说："兄弟们个个才华出众，都有谢惠连的才情。而我咏诗，却不如谢灵运。"可见谢惠连诗歌的轻灵飘逸。谢惠连因为私行有亏，没怎么出仕为官，直到公元430年出任彭城王刘义康的法曹参军，三年后病逝，年仅二十七岁。

谢惠连的诗虽没有谢灵运诗精妙犀利发人深省，但也不失灵性，尤其是遣词造句的雕琢功夫，不亚于谢灵运，因此谢惠连的才气在当时就已扬名天下。这首《捣衣》诗受到钟嵘的一再赞誉，以为"警策"。全诗体现一个"美"字，人美，服饰美，做工也美，最终汇集成读者心中的形象，内秀外芳，这种对人物铺垫塑造的手法，也符合从《诗经》开始的一贯手法。语言富艳，行文多用对偶。

【原文】

衡纪无淹度，晷运倏如催②。

白露滋园菊，秋风落庭槐。

肃肃莎鸡羽，烈烈寒螀啼③。

夕阴结空幕，宵月皓中闺④。

美人戒裳服，端饰相招携⑤。

簪玉出北房，鸣金步南阶⑥。

櫩高砧响发，楹长杵声哀⑦。

微芳起两袖，轻汗染双题⑧。

纨素既已成，君子行未归⑨。

裁用笥中刀，缝为万里衣⑩。

盈箧自余手，幽缄俟君开⑪。

腰带准畴昔，不知今是非⑫。

【注释】

①捣衣：把织好的布帛，铺在平滑的砧板上，用木棒敲敲打打使其柔软熨帖，再将布料浸水后反复捶打、清洗。

②衡纪：即玉衡星（北斗七星之一），常用来借指北斗星。晷（guǐ）运：太阳运行，喻指光阴。倏：迅疾。

③肃肃：象声词，鸟、虫翅膀振动的声音。莎鸡：类似于蟋蟀之类的昆虫。烈烈：象声词。寒螀（jiāng）：即秋蝉。

④夕阴：傍晚阴晦的气象。宵月：夜晚的月亮。中闺：闺房。

⑤戒：准备。端饰：整理服饰。招携：招呼同行。

⑥簪玉：即玉簪。鸣金：金玉首饰清脆作响。簪玉、鸣金：指代前文所说的美人。

⑦檐：屋檐。砧：古时捣衣，将布料浸湿，用木棍反复捶打，以去尘污。捶打布料时，衣服下面所垫的平面的硬物叫作"砧"，有石质的，有木质的。楹：高宅大房前有廊，支撑廊的柱子即称作"楹"。杵：捣衣用的木棍，也称棒槌。哀：声音尖厉。

⑧微芳：轻轻喘息口吐香气。题：本义额头，此指双鬓。

⑨纨素：白色的细绢。

⑩笥（sì）：一种方形竹器，可以盛饭或衣物。

⑪箧（qiè）：小箱子。幽缄：封存。俟（sì）：等待。

⑫准：依据，比照。畴昔：先前，以前。

【译文】

北斗星转个不停，光阴流转快得就像拿鞭子催赶着似的。

园中的秋菊挂满了露水；秋风吹过庭院，槐树叶落纷纷。

莎鸡肃肃作响，秋蝉迎风鸣唱。

傍晚夜色如幕弥漫而下，皓月当空拂照着闺房。

美人正准备着衣裳，整理着服饰相互招呼。

她们走出了北房，走下了台阶来到庭院。

房檐高纵，砧响连连；楹柱长长，杵声烈烈。

挽袖露皓腕，微汗着双鬓。

素帛已然完好，心上人远征尚未归来。

拿起剪刀潜心裁制，为心上人细密缝制衣服。

满满一箱的衣服都是出自我手，仔细盖好等到你回来开启。

腰带是按照以前的尺寸做的，也不知是不是还合适。

北宅秘园①

谢庄

【题解】

《北宅秘园》是南朝刘宋诗人谢庄所作的一首五言古诗。

谢庄诗有两种不同风格，一是堆砌辞藻的繁密之作，多为侍宴诗作；二是飘逸清雅之作，这首《北宅秘园》便是此类代表作。

这首诗的具体创作年代已不详。前四句，描写黄昏住雨之后，夕阳、清风、秘园三种形态景物的交融；中间四句，落笔在秘园，凸显秘园在余日渐落之时的幽静；最后两句，抒发情感，携友弦酒游憩。

【原文】

夕天霁晚气，轻霞澄暮阴②。

微风清幽幌，余日照青林③。

收光渐窗歇，穷园自荒深。

绿池翻素景，秋槐响寒音④。

伊人傥同爱，弦酒共栖寻⑤。

【注释】

①北宅秘园：谢庄的园邸，位于建康（今江苏省南京市）城内。

②霁（jì）：雨水停止。晚气：日暮。轻霞：淡霞。澄：使清明，此为映亮之意。

③幌（huǎng）：指帷幔。余日：残阳。青林：苍翠的树林。

④素景：即"素影"，月亮在池水中的倒影。景：同"影"。寒音：凄凉之声。

⑤傥（tǎng）：同"倘"，倘若之意。同爱：志趣相投。栖寻：休息，游玩。

【译文】

雨止夕阳出，已然暮色苍茫；淡淡的霞光照亮了余云。

清风拂动着帷帐，落日映照着青林。

太阳下沉，窗子渐渐暗了下来；穷园之内，更显幽深。

月光倒映在荡漾的池水，秋槐发出阵阵凄寒的声音。

倘若伊人与我有共同的志趣，当一同弦歌对酒同游同栖。

代出自蓟北门行①

鲍照

【题解】

《代出自蓟北门行》是南朝刘宋诗人鲍照所作的一首五言古诗，收录于《鲍参军集》。

鲍照被认为是南北朝时期文学的佼佼者，与颜延之、谢灵运合称"元嘉三大家"，与北周庾信并称"鲍庾"。鲍照在游仙、山水、咏史、拟古等不同风格的诗作上都表现突出，但也有人认为鲍照是内容空虚、追求辞藻浮艳的梁陈宫体诗的先驱。

这首诗从军情急报开始写起，通过大幅渲染，烘托出军人戍边的英壮悲慷，是南北朝时期边塞题材诗歌的名篇。鲍照并没有在边塞生活过，他却写出了极为成功的边塞诗歌，这得益于他善于借鉴和超高的天赋。

【原文】

羽檄起边亭，烽火入咸阳②。

征师屯广武，分兵救朔方③。

严秋筋竿劲，虏阵精且强④。

天子按剑怒，使者遥相望⑤。

雁行缘石径，鱼贯度飞梁⑥。

箫鼓流汉思，旌甲被胡霜⑦。

疾风冲塞起，沙砾自飘扬⑧。

马毛缩如猬，角弓不可张⑨。

时危见臣节，世乱识忠良⑩。

投躯报明主，身死为国殇⑪。

【注释】

①代：拟，模仿之意。蓟：古时燕国京都，在今北京。

②羽檄（xí）：古时军事急报，会插贴羽毛以表示紧迫。檄：此指军报。边亭：边地的驿亭，此泛指边疆。烽火：边疆告警的烟火，古时以此来传递军情。咸阳：战国时秦国都城，借指京城。

③征师：征发部队。屯：驻兵防守。广武：地名，今山西山阴县。朔方：汉代郡名，在今内蒙古河套。

④严秋：肃杀的秋天。筋：弓弦。竿：箭支。虏阵：敌人的阵容。

212

虏：古时对游牧民族的称呼之一。

⑤"使者遥相望"句：传递军情和下达命令的驿卒络绎不绝。

⑥雁行（háng）：大雁飞行时的队形，此借喻兵士队列整齐有序。鱼贯：鱼先后相接，借喻兵士行动有序、纪律严明。飞梁：凌空飞架的桥梁。

⑦箫鼓：两种乐器，借指军乐。汉思：对家国的思念。旌（jīng）甲：旗帜和盔甲。被：同"披"。胡霜：胡地的霜露，暗喻汉军已进入胡地。

⑧冲塞：要冲之塞，即要塞。沙砾（lì）：沙子与碎石。

⑨缩：蜷缩。猬：刺猬。角弓：以牛角做的强弓，泛指弓。"马毛缩如猬，角弓不可张"句：反衬边地的酷寒。

⑩时危：即危时，危急时刻。识：辨别。

⑪投躯：献身。国殇（shāng）：抗击外侵、保卫家国牺牲之人。

【译文】

军情急报从边疆传来，战争爆发的消息带进了京城。

王师迅速集结，屯兵广武；兵分几路，援救朔方。

寒秋干燥，弓强箭锐；胡虏军容，精干强悍。

（两军相持不下）天子握剑震怒，传递命令的驿卒络绎不绝前往

边地。

汉军奇袭，沿着山石小路如雁阵前行；接连穿过山涧桥梁，鱼贯而过。

箫鼓军乐流淌悠悠乡思，战旗甲胄屹立酷寒冰霜。

疾风激荡着要塞，沙石扬起于沙场。

（极度严寒）战马蜷缩，马毛如刺猬向外张扬；强弓僵硬，已然无法拉开。

危急时刻方见臣子节操，乱世之中才识忠义良才。

不惜生命，只为报答明主；不求苟活，只为保卫家园。

梅花落

鲍照

【题解】

《梅花落》是鲍照创作的一首乐府诗，收录于《鲍参军集》。

鲍照 23 岁时出仕为官，但他出身寒族，屡受门第政治的压制，在这样的心情下写了这首《梅花落》，以表达内心对只重出身、不重才能的社会的不满。

这首诗以梅花自喻，通过对梅花孤冷傲立特性的描述，引出诗人不屑于与恶俗合污的志趣。

【原文】

中庭多杂树，偏为梅咨嗟①。

问君何独然？念其霜中能作花，露中能作实②。

摇荡春风媚春日，念尔零落逐风飚，徒有霜华无霜质③。

【注释】

①中庭：庭院。咨嗟：赞叹。

②君：即诗人自己。作花：开花。

③尔：即前文所说的"杂树"。霜华：即霜花，指前文"霜中能作花"。华：通"花"。霜质：指梅花抗寒的本性，喻指人不向恶俗低头的高洁品质。

【译文】

庭院中有不少杂树，却偏偏对梅树情有独钟。

请问你为何会单单青睐梅树？只因为它能在冰霜中开花，在寒露中结果实。

杂树在风和日丽的春日里摇曳生姿，可一旦寒风来临，就随风凋零，因为它们徒有在寒风中开花却无耐寒的本性。

题书后寄行人①

鲍令晖

【题解】

《题书后寄行人》是南朝刘宋时期女诗人鲍令晖所作的一首五言古诗，见于《玉台新咏》。

鲍令晖是著名诗人鲍照之妹，颇有才情。鲍照曾经对刘宋孝武帝刘骏说："臣妹才自亚于左棻，臣才不及太冲尔。"（左棻是左思的妹妹，当时才女）可见鲍令晖诗才出众。钟嵘说鲍令晖的诗"文笔峭拔，清新奇巧，尤以拟古诗为最"。这首《题书后寄行人》可分为两层：前一层写离愁，后一层写盼归。

全诗语言简朴，行文不用对偶等语句，言不及情而情意自现。

【原文】

自君之出矣，临轩不解颜②。

砧杵夜不发，高门昼常关③。

帐中流熠耀，庭前华紫兰④。

物枯识节异，鸿来知客寒⑤。

游用暮冬尽，除春待君还⑥。

【注释】

①题书后寄行人：《乐府诗集》作《自君之出矣》，还有作《寄行人》。

②君：夫君。临轩：临窗。轩：窗。解颜：欢颜。

③砧杵（zhēn chǔ）：指捣衣石和棒槌，此指代捣衣。不发：不做。高门：高宅大院的院门。

④帐中：帷幔之中。熠（yì）耀：光彩，此指代灯光。华：同"花"，用作动词，开花。紫兰：观赏植物。

⑤物枯：植物凋零。识：辨识。鸿：大雁。客寒：冷冻之人。

⑥暮冬：晚冬。尽：穷尽，完毕。

【译文】

自从夫君离家之后，临窗之时便再无欢颜。

夜晚不再捣衣，大门昼夜关闭。

卧房明灯长亮，庭院紫兰花开。

树木凋零，方知时节变换；大雁南归，心念夫君寒冷。

暮冬快快过去，待到春来等待夫君回还。

长相思

吴迈远

【题解】

《长相思》是南朝刘宋诗人吴迈远所作的一首乐府诗，收录于《乐府诗集》。

吴迈远性情狂傲，时常自夸的同时还不忘鄙视嘲笑别人。作诗偶得佳语，就高呼："曹子建（曹植）算什么！"（曹植是公认的建安文学的领袖、核心）后来刘宋明帝刘彧召见了他，一番聊天之后，刘彧对人说："吴迈远这个人，除了能写点文章，无一可取。"刘宋末年，桂阳王刘休范叛乱，吴迈远为刘休范起草檄文。刘休范兵败，吴迈远被杀。

这首诗以时间为轴，送丈夫远行，继而刻画妻子的思绪与挂念，最后是期盼回还的等待。牵挂之远，思绪之长，时空之久，将情感主线铺陈得婉转切人。

【原文】

晨有行路客，依依造门端①。

人马风尘色，知从河塞还②。

时我有同栖，结宦游邯郸③。

将不异客子，分饥复共寒④。

烦君尺帛书，寸心从此殚⑤。

遣妾长憔悴，岂复歌笑颜⑥。

檐隐千霜树，庭枯十载兰。

经春不举袖，秋落宁复看⑦。

一见愿道意，君门已九关⑧。

虞卿弃相印，担簦为同欢⑨。

闺阴欲早霜，何事空盘桓⑩？

【注释】

①造：往，到。门端：门前。

②河塞：黄河一带，或更往北的地方。南北朝大致以黄河下游分界，故而黄河以北就是南朝的塞外了。

③同栖：指丈夫。邯郸：今河北邯郸。

④不异：无差别。客子：游于他乡之人。

⑤尺帛书：亦作"尺素书"，指书信。纸张普及以前，古人写信或文章，通常用长一尺的绢帛，故称为尺帛书或尺素书。"尺素书"，见"卷三·汉诗·饮马长城窟行"。殚：尽。

⑥遣：致使。妾：妻子谦称。

⑦举袖：抬手。宁：岂。

⑧道意：意愿。"君门已九关"句：君已在九关之外，诉说与丈夫相见之难，凸显相思之深。"君门"出自《九辩》："君之门以九重。"本义是君王的宫门，此指丈夫。

⑨虞卿：即虞信，卿是他的官爵，战国时期赵国邯郸人。担簦（dēng）：负伞跋涉，指代身份低微的人。簦：古时的伞。虞卿先前身份低微（担簦），后来见到赵孝成王被拜为上卿，故称虞卿。后来为了拯救魏相魏齐，他抛弃爵位与卿相官职离开赵国，与魏齐从小路逃往魏国。诗人在此将虞卿的事例逆向复述，是规劝丈夫效仿虞卿，弃官归家。

⑩盘桓：徘徊逗留。

【译文】

清晨门外大道上走过一个远行客，他行色匆匆从门前经过。

看他的装束与人马怠倦，知道是从北方边地而回。

想到我的夫君，为了谋任差事去了邯郸。

他的远途与这个远行客应是并无差别，饱受饥寒之苦。

烦请客人回程时给我带去书信一封，带去我的挂念。

自从夫君离去，我就憔悴不堪；再没有欢歌笑颜。

树枝挂霜遮蔽了房檐，十载的兰花枯萎于庭院。

春天不忍摘花，秋来萧索更不忍多看。

一见到他就转告我的心意，仕途艰险多多珍重。

虞卿放弃相位，（到最终反不如）平平淡淡与家人欢聚。

今年的秋霜要来得更早，究竟为了何事徘徊逗留还不回还？

赠范晔诗①

陆凯

【题解】

《赠范晔诗》是南北朝时期北魏诗人陆凯所作的一首五言古诗，见于《昭明文选》。

陆凯是鲜卑族人，陆姓是北魏鲜卑政权汉化过程中取用的汉姓。陆凯生卒年份不详，但应是主要在公元471—499年（北魏孝文帝拓跋宏在位）期间。范晔生于公元398年，卒于公元445年，南北朝时期最为著名的史学家，前四史之一《后汉书》的作者。于是，这首诗就产生了两个疑问，第一个疑问是：陆凯在北方，范晔在江南，这首诗应该是范晔赠给陆凯，而不是陆凯赠给范晔。第二个疑问是：陆凯身在北魏为官，从未到过江南；范晔则在刘宋为官，从未到过北方；且北魏与刘宋是敌对国，那么两人有可能保持如此亲密的朋友关系吗？一切都没有定论，但这首《赠范晔诗》诗就这样神奇地传诵了下来。我们依旧采用旧有的说法，即这首诗是陆凯赠送给范晔的，但诗歌的背景就很难说清了。

这首诗语言简洁，构思精巧，格调古朴而不失情趣。

折梅逢驿使②，

寄与陇头人③。

江南无所有，

聊赠一枝春④。

【注释】

①南朝刘宋盛弘之《荆州记》："陆凯与范晔交善，自江南寄梅花一枝，诣长安与晔，兼赠诗曰：'折花（梅）逢驿使，寄与陇头人。江南无所有，聊赠一枝春。'"明代杨慎在《升菴诗话》反驳说："南北朝范晔与陆凯相善，凯在江南寄梅花一枝诣长安与晔，且赠一诗云云。按晔为江南人，陆凯代北（今河北蔚县）人。当是范寄陆耳，凯在长安，安得梅花寄晔乎？"唐汝谔与杨慎意见相同，他在《古诗解》中说："晔为江南人，陆凯代北人，当是范寄陆耳。"

②逢：遇到。驿使：驿站传递公文的驿卒。

③陇头：即陇山，在今陕西陇县西北。

④聊："略胜于无"之意，姑且。一枝春：指梅花，人们常常把梅花作为春天的象征。

【译文】

折一枝梅花交与北去的驿卒，

托他捎给陇山的好友。

江南也没什么可送的，

就送一支梅花与你吧。

怨诗行

汤惠休

【题解】

《怨诗行》是南朝刘宋诗人汤惠休创作的一首乐府诗，收录于《乐府诗集》。"怨诗行"同时还是曲调名，是晋代乐府利用曹植《七哀诗》创作而成。

汤惠休生卒年份不详，大致生活于南朝刘宋期间，早年出家为僧，被称作"惠休上人"。后因诗才出名，经徐湛之（刘宋开国皇帝刘裕的外孙）举荐，刘宋孝武帝刘骏命他还俗，进入官场。汤惠休的诗歌存世 11 首，诗风华丽自然，富有民歌气息，多写儿女之情，以这首《怨诗行》最为闻名。

【原文】

明月照高楼①，含君千里光。

巷中情思满，断绝孤妾肠。

悲风荡帷帐，瑶翠坐自伤②。

妾心依天末，思与浮云长③。

啸歌视秋草，幽叶岂再扬④？

暮兰不待岁，离华能几芳⑤？

愿作张女引，流悲绕君堂⑥。

君堂严且秘，绝调徒飞扬⑦。

【注释】

①"明月照高楼"句：汤惠休这首诗是仿曹植《七哀诗》所作，《七哀

诗》首句即是"明月照高楼"。

②瑶翠：美玉和翡翠，这里是指自己。

③依天末：与天际相接，即远至天边之意。

④啸歌：长啸歌吟，此指代秋风呼啸。

⑤离华：离枝的花。华：同"花"。

⑥张女引：曲调名称，音悲。

⑦绝调：美妙的乐曲。

【译文】

明月洒照在高高的闺楼；月光倾洒千里，满是对你的思念。

愁绪如同月光铺满道路，我却只能在这里孤独断肠。

悲风吹乱了帷帐，帐中人独坐神伤。

我对你的挂念远接天际，我对你的思念如浮云远长。

秋风呼啸摧残草木，落叶入泥哪里还能再度飞扬？

兰花将枯，匆匆不待岁月；离枝花瓣，还能芬芳几时？

弹一曲《张女引》，希望它能将我的悲伤传递到你的房中。

可是你的房子严实又私密，再好的曲子也不过白白飞扬。

古诗源卷十二

齐诗

玉阶怨

谢朓

【题解】

《玉阶怨》是南齐诗人谢朓所作的一首五言古诗，收录于《乐府诗集》。

谢朓出身名门，与谢灵运同出自陈郡谢氏，祖母是史学家范晔的姐姐，母亲为刘宋文帝刘义隆的女儿长城公主。谢朓小时即才气外露，时人将他与谢灵运并称，称作"小谢"（谢灵运被称"大谢"）。公元 495 年出任宣城（今安徽宣州）太守，后因告发岳父王敬则谋反，被举为尚书吏部郎。公元 499 年，被构陷死于狱中。

这首诗短小隽永，音律和谐，言辞凄婉，诗格苍凉，沈德潜说此诗"竟是唐人绝句，在唐人中最为上者"。

【原文】

夕殿下珠帘 ①，流萤飞复息 ②。

长夜缝罗衣 ③，思君此何极 ④。

【注释】

①夕殿：傍晚时的宫殿。

②流萤：飞舞的萤火虫。息：停止。

③罗衣：轻软绸帛制成的衣服。

④何极：没有穷尽。

【译文】

夜幕降临，殿门口的珠帘已经放了下来；飞舞的萤火虫，飞来飞去最后也休息了。

漫漫长夜，缝制衣服以派遣思绪；可对你的思念，哪里有个尽头。

晚登三山还望京邑①

谢朓

【题解】

《晚登三山还望京邑》是谢朓的代表作，其中"余霞散成绮，澄江静如练"被视作千古名句。诗作收录于《谢宣城集》。

谢朓是"竟陵八友"之一，跟随王萧子隆（齐武帝萧赜第八子）前往荆州。萧子隆对谢朓的文采非常欣赏，引来王府长史王秀之的嫉恨，谢朓被诏还京。暴君萧昭业（齐武帝萧赜嫡长孙）即位后，"竟陵八友"之一的王融被处死，萧子隆不久也忧惧死去。公元 494 年萧鸾政变后，自己做了皇帝，次年谢朓出任宣城太守。谢朓虽然意识到此时政治的凶险，可是依旧不舍殿堂的风光，在这样的心情下，写下了这首《晚登三

山还望京邑》。

这首诗一如这时期的山水诗，前文写景，后文抒情。全诗虽因缺乏远大志趣的支撑而张力屡弱，但胜在景物裁剪的功力，诗文清丽而不失情韵自然。

【原文】

灞涘望长安，河阳视京县②。

白日丽飞甍，参差皆可见③。

余霞散成绮，澄江静如练④。

喧鸟覆春洲，杂英满芳甸⑤。

去矣方滞淫，怀哉罢欢宴⑥。

佳期怅何许，泪下如流霰⑦。

有情知望乡，谁能鬒不变⑧！

【注释】

①三山：山名，在今江苏南京西南方。还（huán）望：回望。京邑：即南齐都城建康（今江苏南京）。

②"灞（bà）涘（sì）望长安"句：王粲《七哀诗》有"南登霸陵岸，回首望长安"诗句（见"卷六·魏诗·七哀诗三首"）。"河阳视京县"句：借用潘岳典故，潘岳初入仕被授予河阳县令（今河南焦作与河南洛阳交接），但潘岳志不在此，他更希望入值中枢，他身在河阳心在京城，故而"视京县"。京县：此指当时都城洛阳。

③飞甍（méng）：即飞檐，房檐上翘，似房脊之翼，故称飞甍。甍：屋脊。

④绮：上有华丽纹理的绸帛。澄江：清澈的江水。练：白绢，白绸。

⑤杂英：繁花。芳甸：芳草鲜美的原野。

⑥方：将。滞淫：长期滞留。怀：思念。

⑦佳期：此指归期。怅：惆怅。流霰（xiàn）：飞落的雪粒，多用以形容落泪。

⑧鬒（zhěn）：浓密的黑发。

【译文】

王粲南下时在霸陵久久回望长安，潘岳在河阳时念念眺望洛阳。

夕阳映射在高挑欲飞的房檐，斑斓多彩；京城楼阁高低华丽，历历在目。

晚霞绮丽犹如锦缎，江水清澈如同白练。

群鸟喧腾聚集于春水小洲，繁花怒绽盛开于鲜美草甸。

我将要去那远方长期滞留了，真怀念曾经的欢舞歌宴。

内心惆怅，不知何时才是归期；愁容满面，不禁泪落如霰。

思乡之人日夜遥望故乡，（如此伤感）怎能不发白稀疏！

秋夜

谢朓

【题解】

《秋夜》是谢朓创作的一首五言闺怨古诗，收录于《谢宣城集》。

南北朝诗人谢朓以山水诗著称，而《秋夜》却是一首闺怨诗，深刻地描写闺中怀人那种难以驱遣的愁思。诗中虽只写"南邻""北窗""西户"三个方位名词，却有隐却了"东落"之意，让人体会到独守空房、苦对四壁、孤寂迫人之感。依窗凝望北方，那轻轻的垂帘却阻隔着远在万里的亲人，百般煎熬唯有无穷思忆。谢朓对唐代浪漫诗人李白影响极大。李白的诗中也常见谢朓所写物象，如"长安一片月，万户捣衣声""玉阶生白露，夜久侵罗袜"就共用了谢朓《秋夜》中"捣衣""阶""露"，所以清人王士禛《论诗绝句》说李白"一生低首谢宣城"。

【原文】

秋夜促织鸣，南邻捣衣急 ①。

思君隔九重，夜夜空伫立 ②。

北窗轻幔垂，西户月光入。

何知白露下，坐视阶前湿。

谁能长分居，秋尽冬复及。

【注释】

①促织：蟋蟀。捣衣：把织好的布帛铺在平滑的砧板上，用木棒敲打使其柔软熨帖，再将布料浸水后反复捶打、清洗。

②九重：遥远。伫立：长时间站立。

【译文】

秋夜清寒，蟋蟀嘶鸣；南邻忙碌，捣衣声急。

与君相隔千里，思绪难抑；孤夜漫漫，独立凝望。

北窗放下青纱帐，西窗又投下月光来。

怎么知道已经下了露水？前堂下的台阶已然打湿。

秋去冬来年复一年，谁能如此长久分离？

巫山高①

王融

【题解】

《巫山高》是南齐诗人王融所作的一首五言古诗，收录于《乐府诗集》。

王融是东晋宰相王导六世孙，庐陵太守王道琰之子。公元 491 年，因一篇《曲水诗序》，辞藻富丽，名噪一时，后入竟陵王萧子良幕府，为"竟陵八友"之一，与沈约、谢朓等人志趣相投。这首《巫山高》即是在公元 492 年，王融与沈约、谢朓、刘绘等人同时所作。

诗文大笔洒逸，意境空灵，多彩纷呈，一展六朝华彩的审美情趣。

【原文】

想像巫山高，薄暮阳台曲②。

烟霞乍舒卷，猿鸟时断续③。

彼美如可期，寤言纷在瞩④。

怃然坐相思，秋风下庭绿⑤。

【注释】

①巫山高：乐府曲调名。巫山：名山，位于重庆市和湖北省交界处，其中神女峰以秀丽闻名。

②阳台：此指幽会之所。

③烟霞：雾气云霞。乍：正。舒卷：云雾舒展、卷缩。猿鸟：此指猿啼与鸟鸣。

④美：美人。寤（wù）言：对面而语。瞩：注视。

⑤怃然：怅然。

【译文】

那高耸的巫山；暮色朦胧，楚王与神女相会。

云霞正变幻舒卷，猿啼鸟鸣时断时续。

就如同已经与神女相遇，对

面交谈如在眼前。

（可惜这只能出现在梦中）怅然空相思，秋风吹过绿色的庭院。

别诗

张融

【题解】

《别诗》是张融所写的五言古诗，见于《隋书·经籍志》。

张融出身世族，言行诡怪狂放。张融擅长行草，对自己的书法非常得意。一次萧道成（南齐高帝）对他说："你的书法有骨力，但无二王（王羲之、王献之）的笔法。"张融则说："是啊，是啊，二王没有我的骨力。"张融时常嗟叹："不恨我没能见识古人的风采，只是遗憾古人没有见识我的风姿。"

这首诗所写是离愁，短短四句诗通过白云、清风、苍松、孤台、明月景物的变化，引发起伏的情感，隐喻清绝的人物品质。

【原文】

白云山上尽①，

清风松下歇。

欲识离人悲，

孤台见明月。

【注释】

①尽：消失。

【译文】

白云在山巅消失，

清风在松林止息。

要想知道什么是离愁别绪，

看那月光之下、孤台之上的一片空寂就可知晓。

游太平山①

孔稚珪

【题解】

《游太平山》是南齐诗人孔稚珪创作的一首五言古诗，见于《艺文类聚》。

孔稚珪在当时文坛享有盛名，在萧道成幕府中时，和江淹一起掌管公文信札往来。豫章王萧嶷死后，他的儿子请孔稚珪和当时的文坛巨擘沈约一起为亡父写作碑文，可见孔稚珪在当时的地位与文采。孔稚珪最擅长的是骈体文，其中最著名的当属《北山移文》。孔稚珪的诗文则略显平庸，钟嵘《诗品》中将其诗文列为下品（最末等）。该诗应是公元492年，诗人携友人同游太平山时所作。

全诗仅四句，多用对比衬托的手法，以景物喻人品，语言精奇新颖。

【原文】

石险天貌分②，

林交日容缺③。

阴涧落春荣④，

寒岩留夏雪⑤。

【注释】

①太平山：在会稽余姚（今属浙江），东晋以来有不少名士隐居于此，南朝时期就已是名胜。

②石险：山石险峻。天貌：天空。

③交：交错。日容：日光。

④阴涧：背阴的山涧。春荣：春天的花。

⑤留夏雪：留至夏季的雪。

【译文】

山势峭拔险峻，直插云霄，苍穹亦被它分隔开来，

密林交错，浓荫遮蔽了阳光。

（虽是盛夏）阴僻的山涧依旧春花盛开，

（而）冰冷的岩石上还留存着积雪。

梁诗

逸民①

萧衍（南梁武帝）

【题解】

《逸民》是南朝南梁皇帝萧衍所作的一首四言古诗，见于《艺文类聚》。

萧衍是南北朝时在位时间最长、寿命最长的皇帝，"竟陵八友"之一。南梁时，门第政治继续发展，世家大族，奴仆动辄数百上千，他们的田庄动辄数千顷，土地就那么多，地主占多了，百姓的日子可想而知。萧衍却又开始在佛教事业进行了大笔的投入，从公元529年开始，他先后三次走进同泰寺不出，每次都是政府拿钱将他赎回来，每次的费用都是一亿万钱，都是百姓的血汗钱。他说："周公、老子、孔子都是如来弟子，可惜他们修行之路过于拘泥，所以只能在人间行善，不能脱离凡胎成神。"萧衍对佛、道两教的痴迷，使他对隐世生活羡慕不已，也正是因为有这样的思想，他写下了这首《逸民》。

这首诗以物喻人，运用排比的手法描写隐民生活，意蕴含蓄、深远。

【原文】

如垅生木，木有异心②。

233

如林鸣鸟，鸟有殊音 ③。

如江游鱼，鱼有浮沉。

巖巖山高，湛湛水深 ④。

事迹易见，理相难寻 ⑤。

夜夜曲

沈约

【题解】

《夜夜曲》是南朝齐梁间文学巨擘沈约所作的一首五言古诗，收录于《乐府诗集》。

沈约在齐、梁两代官场顺遂。萧衍称帝前，沈约多次劝萧衍做皇帝。在经过一次深入细致的劝进之后，萧衍对范云（与沈约、萧衍同为"竟陵八友"中人）说："以往与沈约没少见面，却没有发现他有什么高明的地方。今日一谈，令人刮目相看，当真才智纵横，不是凡品。"沈约官至尚书令，公元513年去世时，享年七十三岁，在那个屠刀与瘟疫并行的年代，这着实不易。沈约是齐、梁文坛领袖，刘勰著作《文心雕龙》就是经他的推荐名闻四海。沈约在史学、文章、诗歌、文学评论等方面都有建树，诗歌注重精密、工整、声律、对仗。

这首诗语言凝练，刻画形象立体鲜明，层次鲜明、情节递进自然。因为沈约的这首诗，"夜夜曲"成为了乐府诗的一支固定曲名。

【原文】

河汉纵且横，北斗横复直①。

星汉空如此，宁知心有忆②？

孤灯暧不明，寒机晓犹织③。

零泪向谁道，鸡鸣徒叹息④。

【注释】

①河汉：银河。纵且横：银河横纵转向，喻指时间流逝。下文"横复直"，亦是此意。

②星汉：银河，此指代满天星斗。

③暧（ài）：昏暗。寒机：寒夜中的织机。

④零泪：流泪。道：诉说。

【译文】

银河纵横转换，北斗横竖移位。

星斗无心只知道转动（任凭时光流逝），又怎能明白我心中的挂念？

孤灯昏暗不明；房屋内织机声响，直到破晓时分。

满腔辛酸泪又能与何人诉说，在阵阵鸡鸣声中独自叹息。

新安江至清浅深见底贻京邑同好①

沈约

【题解】

《新安江至清浅深见底贻京邑同好》是沈约所写的一首五言古诗，收录于《乐府诗集》。

公元 494 年，沈约出任宁朔将军、东阳太守，由都城建康（今江苏南京）赴东阳（今浙江金华）上任。新安江是自建康赴东阳的必由之路，这首诗就是沈约途中所作。

沈约作诗，一向注重声律、对仗，这首《新安江至清浅深见底贻京邑同好》也体现了他一贯的主张。

【原文】

眷言访舟客，兹川信可珍②。

洞澈随清浅，皎镜无冬春③。

千仞写乔树，百丈见游鳞④。

沧浪有时浊，清济涸无津⑤。

岂若乘斯去，俯映石磷磷⑥。

纷吾隔嚣滓，宁假濯衣巾⑦？

愿以潺湲水，沾君缨上尘⑧。

【注释】

①新安江：即钱塘江的上游段，发源于安徽黄山休宁，向东流经休宁、歙县入浙江。沈约自建康（今江苏南京）赴任东阳（今浙江金华）太守，经过新安江。

②眷言：回顾。

③洞澈：清澈透明。皎镜：水面平静如镜。

④写：描绘。见（xiàn）：显露。游鳞：游鱼。

⑤沧浪：水名，一说为汉水别称。"沧浪有时浊"句：出自《孟子·离娄》："沧浪之水清兮，可以濯吾缨；沧浪之水浊兮，可以濯吾足。"济：济水，常与浊河（黄河）并举，用以比喻品行廉正，出自《战国策·燕策》："齐有清济浊河。"

⑥岂若：何如。

⑦嚣涬（zǐ）：纷扰尘世。假：借。

⑧潺湲（chán yuán）：水流慢。

【译文】

回顾友人到舟中拜访之时，这新安江还真是珍奇。

江水清澈见底，水面四级都平静如镜。

江边树木高千仞，百丈江底见游鱼。

沧浪之水有时浑浊，清澈的济水也有干涸失去渡口的时候。

不如乘船而去，俯身看奇石掩映水中。

一身俗务的我如今远离尘世喧嚣，何须再用这江清水濯洗衣巾？

就用这轻缓的流水，带去你帽缨上仅存的一点尘埃吧。

别范安成①

沈约

【题解】

《别范安成》是沈约创作的一首五言别离古诗，收录于《玉台新咏》。

范安成，即范岫，曾为安成内史，故称范安成。范岫是沈约好友，年长沈约一岁。两人都有少年丧父、生活艰辛的经历，青年时候又多次一同共事。后来，范岫赴任安成（今江西安福）内史（郡守），沈约以这首《别范安成》相赠送别。

全诗言辞简明，顺畅自然，情感深切，诗人从少年与衰暮两个层面诉说对待别离的不同心境，凸显不忍别离的情感。沈德潜评价说："一片真气流出，句句转，字字厚，去《十九首》不远。"

【原文】

生平少年日，分手易前期②。

及尔同衰暮，非复别离时③。

勿言一樽酒，明日难重持④。

梦中不识路，何以慰相思⑤？

【注释】

①范安成：范岫，沈约好友。南齐时，范岫曾出任安成内史，故称范安成。

②生平：平生。易：以……为易。前期：对将来的预期，即再会之期。

③及：与。衰暮：晚年。非复：不再。

④重（chóng）：再。

⑤"梦中不识路"句：梦中前去寻找相会，没找到路。《昭明文选》李善注引《韩非子》："战国时张敏思念朋友高惠，梦中往访，中途迷路而返。"

【译文】

人生少年时，纵然分别也

会认为很容易再次相会。

如今你我一同年老，不再像年少时的分别了。

就不要再推却这杯酒了，往后我们共同举杯的日子怕是更难得了。

只怕想念你的时候梦中寻你都不认识路，那又该如何慰藉对你的思念呢？

伤谢朓①

沈约

【题解】

《伤谢朓》是沈约所作的一首五言悼亡古诗，收录于《玉台新咏》。

公元 499 年，萧遥光（齐明帝萧鸾的侄子）谋反，派人拉拢谢朓。谢朓虽不认为暴君萧宝卷是个好东西，但也不愿意屈从萧遥光。最终谢朓受到谗害，被萧宝卷杀死，年仅 36 岁。谢朓冤死（见"卷十二·齐诗·玉阶怨"）令沈约极为哀伤，写下了这首《伤谢朓》。

这首诗格调悲慨，文情并茂，言辞浅易而意蕴深远。

【原文】

吏部信才杰，文峰振奇响②。

调与金石谐，思逐风云上③。

岂言陵霜质，忽随人事往④。

尺璧尔何冤，一旦同丘壤⑤。

【注释】

①谢朓：南齐杰出诗人，详见"卷十二·齐诗·玉阶怨"。

②吏部：指谢朓，他曾为尚书吏部郎。文峰：文词造诣高。

③调（diào）：音调。金石：指钟磬等乐器奏出的乐声。思：才思。

④陵霜质：即傲霜的本质，指谢朓威武不屈的品质。人事：动乱，即

萧遥光阴谋篡权一事。

⑤尺璧：直径可达一尺的玉璧，极为宝贵，此指代谢朓人才难得。

【译文】

尚书吏部郎谢朓的确是一代英才，他的文词造诣当真不同凡响。

他的诗文音律铿锵如金石，才思过人直追云霄。

哪曾想这样不畏霜寒的人，卷入了争乱而突然辞世。

你文才如尺璧却无辜蒙冤，一朝被构陷命归黄泉。

折杨柳

萧绎

【题解】

《折杨柳》是南梁元帝萧绎所作的一首五言古诗，收录于《乐府诗集》。

萧绎是南梁开国皇帝武帝萧衍第七子，侯景之乱，萧衍死去后，南梁陷入分裂，萧绎在湖北江陵称帝，成为南北朝时期的暴君之一。在消灭了兄弟叔侄这些竞争对手后，公元 554 年，他觉得可以与西魏一决高下了。西魏宰相宇文泰惊叹道："上天要毁灭一个人，谁也救不了他。"西魏攻破西陵，萧绎投降。投降前，萧绎杀死牢狱中的 7 千多囚犯，焚烧了所藏珍本书籍 14 万卷。投降西魏后，萧绎被杀。萧绎自幼聪明好学，书法、绘画、诗歌无一不精，可谓学识渊博。只可惜，学识不能与见识同，知识不等于智慧。

《折杨柳》是古曲名，辞悲曲哀，情凄意惶，最初以吟唱出征居多，后来也开始用于离别思绪。这首《折杨柳》，通过巫峡、杨柳点出异客思乡的主题脉络，继而通过寒夜猿啼，表现了游子思乡的感人真情。

【原文】

巫山巫峡长，垂柳复垂杨 ①。

同心且同折，故人怀故乡 ②。

山似莲花艳，流如明月光 ③。

寒夜猿声彻，游子泪沾裳 ④。

【注释】

①巫山：名山，位于重庆市和湖北省交界处，其中神女峰以秀丽闻名。这段长江流经区域，被称作三峡。巫峡：长江三峡之一，因巫山而得名。垂柳、垂杨：泛指柳树，古诗中多用来表思亲。

②"同心且同折"句：与心上人折枝离别。

③山：指巫山。流：指长江。

④声彻：叫声不绝。

【译文】

巫山巫峡沿途路长，垂垂杨柳引我思乡。

与心上人折枝别离后，漂泊游子如何不思念故乡。

巫山起伏如莲花明艳，长江水清如明月皎洁。

寒夜中猿啼声声，哀鸣不绝；羁旅中游子泪落，打湿衣裳。

古诗源卷十三

梁诗

望荆山①

江淹

【题解】

《望荆山》是南梁诗人江淹所作的一首五言古诗，见于《昭明文选》。

江淹历经南朝宋、齐、梁三代，是当时知名的诗人。江淹少小家寒好学，六岁能诗，二十四岁时被任命为巴陵王国左常侍，这首《望荆山》就是这时候所创作。江淹仕途顺遂，历经三朝，官职越来越高，官位越来越稳，受封醴陵侯。但江淹官位越来越高的同时，他的文章诗作却鲜有佳品，后人由他而造了一个成语，叫作"江郎才尽"。江淹作宣城太守罢官回家途中，在冶亭住宿，晚间梦见一男子自称郭璞（见"卷八·晋诗·游仙诗"），对江淹说："我的笔在你这里放了许久了，今日我要取回去啦。"江淹伸手一摸，果然有一支五彩笔。郭璞将五彩笔取回后，江淹从此就再也没有写出过好文章。时人即说，江淹的才华已经没了。还有一个版本说，江淹梦见的是张协（见"卷七·晋诗·杂诗十首"）。其实，真实的原因更可能是江淹故意隐藏锋芒，在动辄因言获罪的恐怖年代，江淹这么做更多是为了自保。公元 505 年，江淹去世，享年六十二岁，南梁武帝萧衍甚至为他素服致哀，赠钱三万、布五十匹，并谥号"宪伯"。江淹的结局，在当时是极为罕见的喜剧结尾。

这首诗，前八句写景，详细描写了楚地的萧瑟秋景，后六句抒发秋景萧瑟所引发的感伤。诗中言辞清丽舒畅，多用对句。

【原文】

奉义至江汉，始知楚塞长②。

南关绕桐柏，西岳出鲁阳③。

寒郊无留影，秋日悬清光④。

悲风挠重林，云霞肃川涨⑤。

岁晏君如何，零泪染衣裳⑥。

玉柱空掩露，金樽坐含霜⑦。

一闻苦寒奏，再使艳歌伤⑧。

【注释】

①荆山：山名，在今湖北境内。

②奉义：本义为遵循道义，此指遵奉朝廷命令。楚塞：楚国北疆的边塞，此指荆山。春秋战国时期，江汉地区为楚国的腹地，楚国是疆土大国，纵横很广，故说"楚塞长"，这里形容荆山长。

③南关：指荆山南端。桐柏：即桐柏山，位于河南与湖北交界地带。西岳：指荆山西峰。鲁阳：即鲁阳关，在今河南省鲁山县西南。其实，荆山与桐柏山、鲁阳关并不靠近，这里诗人运用了夸张手法，凸显荆山气势远大。

④无留影：没有留下行迹。

⑤挠：屈，此为"吹弯"之意。肃：萧索。

⑥岁晏：年根底。君：指建平王刘景泰。公元466年，江淹因受广陵县令郭彦文牵连，被抓入狱。江淹为自己申冤，刘景素看到江淹的辩解书后，遂即将他释放。

⑦玉柱：玉制的弦柱，弦柱位于琴瑟等弦乐器两端，用来固定琴弦。

此指代琴乐。掩露：遮掩不露面，此指琴瑟乐器久置不用。樽：酒杯。

⑧苦寒：指曹操所作《苦寒行》，此曲描写路途艰苦的情景。艳歌：即古乐府《艳歌行》的简称，楚地传统曲牌之一，多言女子优雅脱俗与轻歌曼舞的美好意境。

【译文】

奉命出任巴陵，来到了江汉；这才知道荆山又长又险。

南端远绕桐柏，西端远伸鲁阳。

清寒郊野没有飞鸟踪迹，秋日悬空散出清冷的寒光。

凄厉大风吹完了重重树林，云霄萧索俯瞰着江水沉浮。

临近年终越发思君不知如何才好，泪水滑落打湿了衣裳。

琴瑟久置不用已然蒙尘，酒已辍饮空空金樽闪着寒光。

听过《苦寒行》，再听《艳歌行》则更加心伤。

班婕妤咏扇

江淹

【题解】

《班婕妤咏扇》是江淹所作的一首乐府诗，收录于《玉台新咏》。

这是一首以班婕妤为题材的乐府诗。自西汉班婕妤作《怨歌行》（见"卷二·汉诗·怨歌行"），"团扇诗""纨扇诗"等以纨扇为题材，吟咏哀怨之思的诗作就开始流行，汉魏、东吴、东晋、宋、齐、梁、陈不乏这样的作品，直到清代时，纳兰性德亦有《木兰词·拟古决绝词柬友》："人生若只如初见，何事秋风悲画扇。"江淹之时，已经距离班婕妤400余年，纨扇也有很大的发展，不仅扇子形状有了不同，扇面之上也开始有了山水鱼鸟等修饰。

这首诗以扇喻人，叹息红颜才女班婕妤冷落、消寂的命运。

【原文】

纨扇如团月，出自机中素①。

画作秦王女，乘鸾向烟雾②。

彩色世所重，虽新不代故③。

窃愁凉风至，吹我玉阶树④。

君子恩未毕，零落在中路⑤。

【注释】

①纨扇：细绢制成的团扇。机：织机。素：即素绢，白色生绢。

②秦王女：即秦穆公的女儿弄玉（人名）。乘鸾：乘坐凤凰离去，喻指成仙。故事出自《列仙传》："秦穆公时，有人名为萧史，善于吹箫。秦穆公女儿弄玉非常欣赏萧史，秦穆公便将弄玉许配给萧史为妻。一天早晨，两人乘坐凤凰飞走了。"这个传说形成了一个成语，叫作"弄玉吹箫"。烟雾：烟雨薄雾，此喻指轻薄的纱绢。

③彩色：即色彩。世所重：即为世人所珍贵。虽：即使，纵然。不代：不能取代。

④窃愁：暗自伤愁。

⑤君子：此用扇子主人指代汉成帝刘骜，班婕妤是他的妃子，先被宠爱，后遭冷弃。零落：流落，此指被抛弃。中路：途中，此指人在而情无了。

【译文】

纨扇团团如同圆月；制作扇面的洁白素绢，织机刚刚织就。

扇面上画有秦王之女弄玉的故事，她与心上人乘坐凤凰化仙而去。

纨扇的色彩深受世人珍爱，纵然有了新的也不忍放手旧扇。

私下里扇子却惴惴不安，唯恐一旦秋风来袭；吹动御阶前的树木凋零。

即便君子恩情未了，扇子也因无所用处而被扔下了。

陶征君潜田居①

江淹

【题解】

《陶征君潜田居》是江淹所作五言古诗，收录于《杂体诗三十首》。

这首诗是江淹摹拟陶潜田园诗所作，风格、用词、语态都与陶潜诗极为逼真。因为过于逼真，它长期被当作是陶潜的诗作，甚至被当作《归园田居》的第六首。沈德潜评价这首诗说："深得陶潜清逸之风。"公元502年，江淹任散骑常侍、左卫将军，封为临沮县开国伯。江淹对子弟说："我本出身寒微，不料如今富贵，人生当知足，知足方能常乐。我如今已身在福贵，心却向往田园寻常日子。"这首《陶征君潜田居》正是江淹心境的体现。

【原文】

种苗在东皋，苗生满阡陌②。

虽有荷锄倦，浊酒聊自适③。

日暮巾柴车，路暗光已夕④。

归人望烟火，稚子候檐隙⑤。

问君亦何为？百年会有役⑥。

但愿桑麻成，蚕月得纺绩⑦。

素心正如此，开径望三益⑧。

【注释】

①陶征君潜：即征君陶潜。征君：汉代以来，实行"征辟"制度，即中央政府直接任用官吏，不接受政府任命而隐居或闲居在家的人被称为征君。

②东皋：水边向阳高地，此指田园。

③荷锄：扛锄头，指代田间劳作。自适：悠闲自得。

④巾柴车：即"给柴车披巾"，意思是支起简陋的车棚。

⑤檐隙：屋檐下。

⑥役：劳作。"问君亦何为？百年会有役"句：同于陶潜诗"问君何能尔？心远地自偏。"（见"卷九·晋诗·饮酒二十首"其五）

⑦桑麻：泛指农作物或农事。

⑧素心：本心。开径：本义为开辟道路，此指交往之道。三益：即直（耿直）、谅（包容、宽容）、多闻（博学多闻），此借代良友。出自《论语·季氏》篇。"开径望三益"句：语意类于唐代刘禹锡《陋室铭》中所说的"谈笑有鸿儒，往来无白丁"。

【译文】

在东皋耕作庄稼，禾苗长满了田园。

虽然也有耕作的辛苦，但是闲暇一杯浊酒也不失悠闲之乐。

日暮时分支起简易的车棚驱车回家，一路上光线逐渐昏暗下来。

远远就看到家宅升起了袅袅炊烟，进门即见孩子们已经在屋檐下翘首等待。

问我这样劳作是为了什么？人这一辈子总是要从事劳作的呀。

只希望桑麻都有个好长势，蚕忙时节能有个好收成。

我的本心就是这样啊，希望有志趣相投的好友与我比邻而居。

赠张徐州稷①

范云

【题解】

《赠张徐州稷》是南梁诗人范云所作的一首五言古诗，见于《昭明文选》。

范云（451—503）少小机智，才思敏捷，善于作文，下笔立就，从不打草稿，以至于当时有人怀疑他是预先构思好的。出任零陵内史（太守）

时，使百姓能安居乐业。出任始兴内史时，郡内民风彪悍，郡守如不如他们愿，要么赶走要么杀死。范云到始兴境内后，用恩德来安抚他们，郡内的百姓都称赞他是神明。公元 500 年，范云升迁为假节、建武将军、平越中郎将、广州刺史，被当地豪族控告，被召回京城下狱。后遇大赦，免于受罚闲居京郊。张稷这年七月出任北徐州刺史，临行前，张稷不顾议论，登门拜望范云。两人虽没有见面，范云对张稷对自己危难之时不离不弃很是感激，于是写下了这首《赠张徐州稷》。

这首诗运用夸张和对比相结合的手法，言辞温婉切情。

【原文】

田家樵采去，薄暮方来归②。

还闻稚子说，有客款柴扉③。

傧从皆珠玳，裘马悉轻肥④。

轩盖照墟落，传瑞生光辉⑤。

疑是徐方牧，既是复疑非⑥。

思旧昔言有，此道今已微⑦。

物情弃疵贱，何独顾衡闱⑧？

恨不具鸡黍，得与故人挥⑨。

怀情徒草草，泪下空霏霏⑩。

寄书云间雁，为我西北飞⑪。

【注释】

①张徐州稷（jì）：即"徐州（刺史）张稷"，此时张稷出任北徐州刺史，古人有以官职代人的习俗。

②田家：诗人自称。樵采：打柴，文词而已，并非真的打柴。

③还闻：回来以后听闻。款：叩。

④傧（bīn）从：随从。珠玳（dài）：珠玉与玳瑁，形容服饰华贵，此

暗喻张稷身份高贵。"裘马悉轻肥"句：意思是来拜访的人都身着昂贵的轻软皮袍，跨乘肥壮的骏马。出自《论语》："乘肥马，衣（穿）轻裘。"悉：全，都。

⑤轩盖：马车上华丽的伞盖。墟落：村落。传瑞：符节，用以证明官员身份的印信、依仗等。

⑥徐方牧：即徐州刺史（张稷），东汉末年为平乱黄巾军，新设立的地方官，相当于唐朝的节度使。诗文中，牧守、太守、刺史指的是同一个官职。

⑦思旧：即怀旧。微：少。

⑧物情：世情。疵（cī）贱：卑贱。衡闱（wéi）：福贵人家大门为两扇，穷贱人家大门为一扇独门。此指代贫居之所。

⑨具鸡黍（shǔ）：杀鸡作黍招待客人。

⑩草草：忧伤之态。霏（fēi）霏：挥洒，飞扬。

⑪西北飞：诗人身在建康（今江苏南京），张稷在徐州任上，徐州在建康西北方。

【译文】

一早去山里打柴，日暮时分才回到家里。

刚进家门就听童子说，有客人前来拜访。

来人都佩戴珠玑，着轻裘乘肥马。

华车轩盖照亮了村落，车马仪令蓬荜生辉。

我猜想来客应是徐州刺史，继而越发肯定不再怀疑。

（为什么坚定不移？这是因为）虽说念及旧情是传统，可是坚守这样美德的人在今天已经不多了。

当下的世道是嫌贫贱爱富贵，我一落魄之人怎会有如此身份高贵的人前来拜访？（想来只有张稷了）

只恨未能杀鸡作黍招待好友，与好友推杯换盏酣饮畅谈。

遗憾悔恨之情令我忧伤不已；泪水空洒，落入尘埃。

如今作信一封交与云中的鸿雁，请为我带给西北方的好友。

别诗

范云

【题解】

《别诗》是范云所作的一首五言古诗。

这首短诗胜在言辞、情趣自然而成，而构思又新颖绝妙。一东一西，一来一往，一雪一花，无刻意雕琢，偏偏如神来之笔，将聚短离长的主题无痕迹地道出。

【原文】

洛阳城东西，

长作经时别①。

昔去雪如花，

今来花似雪。

【注释】

①经时：历时许久。

【译文】

你我同住在这洛阳城，一东一西而已，

却总是长时间别离不得相见。

去冬分别时，雪片如梅花，

今春再相逢，梨花白如雪。

出郡传舍哭范仆射①

任昉

【题解】

《出郡传舍哭范仆射》是南梁诗人任昉所作的一首五言古诗，见于《昭明文选》。

任昉自小聪慧，4 岁能诵诗书，8 岁能下笔作文，被认为悟性入神。任昉尤擅长骈文写作，当时王公权贵的上奏文书多请他代笔，任昉一气呵成，从无迟滞。沈约是当时的文坛巨擘，对任昉的骈文也是非常推崇。在诗歌创作上，任昉过多追求用典，常以学问入诗，诗作水平算不得大家。除了文章创作，任昉还是南梁三大藏书家之一，他自幼家贫，且为官后又不善置办家业，但他却有上万卷藏书。任昉为官清正，又不吝举荐人才，经他褒奖的人不少都得以升迁，他在当时威望甚高，时人将他比作东汉时的窦武、刘淑、陈蕃（三人在当时都有很高的声望，一说是陈寔及其子陈

纪、陈谌三人）。任昉与范云都是"竟陵八友"中人，相交甚深。公元 503 年，任昉出任吴兴太守，在路途中惊闻范云过世的消息，而临行前任昉还与老友刚见过面。任昉心情悲痛，写下了这首《出郡传舍哭范仆射》。

这首诗言辞凝练，情意哀切，从多个层面缅怀故友，读来一咏三叹、真挚感人。

【原文】

与子别几辰，经涂不盈旬 ②。

弗睹朱颜改，徒想平生人 ③。

宁知安歌日，非君撤瑟晨 ④。

已矣余何叹，辍春哀国均 ⑤。

【注释】

①传舍：即客舍。范仆射：即范云，官至尚书左仆射（见"卷十三·梁诗·赠张徐州稷"）。

②子：即范云。经涂：途中所经历的时间。

③弗睹：没有发现。徒：只。

④安歌：安逸地歌唱。撤瑟：本谓撤去琴瑟，使病者安静，且示敬意。

⑤辍春（chuò chōng）：春米的时候，不喊号子。古时春米时，有唱号子的习惯，如果邻居有丧事，那春米的时候就不喊号子，以示对邻居的尊重与同情。出自《礼记·曲礼上》："邻有丧，春不相；里有殡，不巷歌。"意思是邻家有丧事，春米的时候不再喊唱号子；乡里人家有殡葬的，就不再在巷中歌唱。国均：国家重臣。

【译文】

刚刚与你分别才几日啊，我在途中还不到一旬（便惊闻你离世的消息）。

（分别之时）不曾看到你有什么异样，而今却只能在脑海里回想你曾经的一言一行、一举一动了。

谁知道在我安逸而歌之日，竟是你辞世离去之时。

你去了，只留下我独自悲叹；而今舂米的人家都停止了号子声，就为缅怀国家栋梁啊。

江南曲

柳恽

【题解】

《江南曲》是南梁诗人柳恽所作的一首五言乐府诗。

柳恽是南朝齐、梁时著名诗人，曾任吴兴太守、广州刺史等职。年轻时即以诗赋闻名，晚年佳作不断，诗句广为流传，著名诗人王融（见"卷十二·齐诗·巫山高"）把他的诗句写到书斋的墙壁和团扇上。柳恽还是琴技高手和围棋圣手。名篇《江南曲》是柳恽的代表作之一，诗中描绘妻子听闻来人提及分别已久的丈夫时又喜又忧的复杂心理。

全诗婉转悦人，语言朴素。

【原文】

汀洲采白蘋，日落江南春①。

洞庭有归客，潇湘逢故人②。

故人何不返，春花复应晚③。

不道新知乐，只言行路远④。

【注释】

①汀（tīng）洲：水中小洲。白蘋（píng）：多年生水草名。

②洞庭：即洞庭湖。潇湘：湘江与潇水的并称，后亦可泛指湖南地区。

③故人：指丈夫。复应：又将。

④新知：指丈夫的新欢。

【译文】

江南的日照缓缓西斜，有一女子在水中的小洲旁采摘白蘋。

有人从洞庭湖那边归来，说曾经在潇湘之地看到过女子的丈夫。

夫君为何至今不归？春花即将落尽，又一个春天过去了。

来人不说夫君有了新欢，只说是路途遥远归来不易。

乱后行经吴御亭①

庾肩吾

【题解】

《乱后行经吴御亭》是南梁诗人庾肩吾所作的一首五言古诗，收录于《汉魏六朝百三家集》。

庾肩吾生卒年不详，不过大部分时光是晋安王萧纲（南梁武帝萧衍第四子）的幕僚。公元499年侯景作乱攻破台城（宫城）时，推萧纲为傀儡皇帝（南梁简文帝）后，庾肩吾被任命为度支尚书（财政部长）。庾肩吾借机逃出建康（今江苏南京，当时南梁的都城），南下经常州投奔萧绎（见"卷十二·梁诗·折杨柳"）。庾肩吾途径常州吴御亭，想想当年东吴大帝孙权定都建康、北抗曹魏的壮举，再回头看看如今人间地狱的建康城，百感交集，于是写下了这首《乱后行经吴御亭》。

北魏分裂后，当时的中国形成北方的东魏、西魏，与南方的南梁对立的局面。侯景本为羯族人，是东魏权臣高欢的部下，驻防颍川（治所在今河南长葛）。高欢死后，侯景宣布带领自己控制的黄河以南十三个州投降西魏，但西魏并不太热衷这个野心家。侯景随后又宣布投降南梁，南梁武帝萧衍决定吞下这块肥肉。后来东魏出兵攻打侯景，侯景兵败，只带领几百人逃亡南梁。这个毒瘤在萧衍这个温室里逐渐成长，终于在公元498年反叛，攻打南梁都城建康，并纵兵在江南抢掠，无恶不作，江南百姓到了人吃人的地步。

全诗凝重悲切，情事悲切，顿挫淋漓，既有千回百转的陈情，又有直抒胸臆的呐喊，使事用典，尤见功力，已有唐人排律的端倪。

【原文】

御亭一回望，风尘千里昏。

青袍异春草，白马即吴门②。

獯戎鲠伊洛，杂种乱辕辕③。

辇道同关塞，王城似太原④。

休明鼎尚重，秉礼国犹存⑤。

殷牖爻虽赜，尧城吏转尊⑥。

泣血悲东走，横戈念北奔⑦。

方凭七庙略，誓雪五陵冤⑧。

人事今如此，天道共谁论⑨？

【注释】

①御亭：三国东吴大帝孙权时建造，位于晋陵（今江苏常州），后成为地名。

②青袍：指叛军，侯景叛军身着青色军服。白马：指侯景。侯景的坐骑是白马，当时的童谣说侯景为"白马小儿"。吴门：本指苏州一带的吴国故地，此指代江南。

③獯（xūn）：即獯鬻（xūn yù），古时北方的游牧民族。戎：古时对游牧民族的泛称。鲠：阻断。伊洛：指伊水和洛河。鲠伊洛：用来比喻侯景作乱，对南梁形成了灭国的祸害。出自《国语·周语上》："昔伊洛竭而夏亡，河竭而商亡。"辕辕（huán yuán）：山名，在河南省洛阳市偃师区东

257

南，因山路曲折盘旋得名。

④辇（niǎn）道：乘辇往来的宫中道路，此指代都城建康。王城：即建康城。太原：西北方重镇，自西周以来就是华夏族人拥有，而此时被鲜卑族人西魏占据，在南梁看来就是沦陷区。

⑤休明：美好清明。鼎尚重：指此时萧衍还活着，鼎本指国家政权，此指皇帝萧衍。秉礼：即循礼，意思是遵循正道（当时萧衍信用奸臣朱异，才有侯景之乱）。

⑥殷牖（yīn yǒu）：周文王被囚之地，指代牢狱。爻：变化。赜（zé）：精妙深奥。吏转尊：指梁武帝萧衍被侯景囚禁。典故出自《史记·绛侯周勃世家》，周勃两度为相，封万户侯，一朝入狱被狱卒欺凌。后来贿赂狱卒，终于出狱，周勃感叹说："我统军百万，还不知道一个狱卒竟如此尊贵。""休明鼎尚重"下四句：意思是一切都还有转机。

⑦泣血：指诗人为了平叛匪乱，忍痛别离简文帝萧纲。东走：诗人借机逃亡会稽（今苏州、常州一带），会稽在建康城东南方，故说东走。北奔：投靠北方的萧绎（见"卷十二·梁诗·折杨柳"）。

⑧七庙：指南梁皇帝的宗庙。五陵：西汉皇帝的陵墓。

⑨天道：指消灭侯景叛乱，匡扶梁国。

【译文】

身在御亭回望建康城，那里早已烽烟四起暗无天日。

侯景非我族类其心必异，他的乱军已然敲开了我梁国的大门。

叛军如同当年獯戎盘踞在伊洛，蛮夷糟蹋辗辕。

如今宫城已形同边塞，都城直如沦陷的太原。

所幸皇帝还在，只要遵循正道国家还有希望。

文王被拘后又得脱，周勃蒙难利用狱卒又回尊位。

悲愤泣血离开君王逃向东方，为了寻找勤王的将士我还需北上奔走。

凭借列祖列宗的庇佑，勤王之师定能殄灭贼寇一雪前耻。

只是眼前大厦将倾，我又与谁来共同商讨挽救倒悬之危呢？

答柳恽①

吴均

【题解】

《答柳恽》是南朝齐、梁诗人、史学家吴均所作的一首五言古诗，收录于《吴朝请集》。

吴均出身贫寒，性格耿直，文章清拔，诗歌清新，多反映社会现实。公元503年柳恽做吴兴太守时，以吴均为主簿。后来，柳恽向南梁武帝萧衍举荐吴均，吴均累迁奉朝请（荣誉阶衔）。吴均想要撰写《齐书》（南梁的前代南齐的国史），向萧衍请示求借书籍，萧衍不借。吴均自己撰写了《齐春秋》30余卷，萧衍认为吴均所作不合事实，下令焚毁。柳恽从吴兴太守任上离职时，曾作诗《赠吴均》相赠于吴均，吴均于是写下了这首《答柳恽》予以回赠。

这首诗体现了吴均对山水诗的驾驭能力，通过地点的夸张与转换，明说友人的鞍途劳顿，实际说对友人的思念之情。而传神的景物刻画，如秋月、寒风、雾露、关山等，又加深了凝重沉远的情感。

【原文】

清晨发陇西，日暮飞狐谷②。

秋月照层岭，寒风扫高木③。

雾露夜侵衣，关山晓催轴④。

君去欲何之？参差间原陆⑤。

一见终无缘，怀悲空满目⑥。

①柳恽：南梁诗人（见"卷十三·梁诗·江南曲"）。

②陇西：郡名，今甘肃西北。飞狐谷：关隘名，今河北涞源县北蔚县南。陇西至飞狐谷数千里，不可能朝发暮至，此是诗人夸张手法，形容柳恽所去之地遥远而路途艰辛。

③层岭：重重山岭。扫：横扫，横掠。高木：高大的树木。

④催轴：驱车赶路。轴：本义车轮，指代车。

⑤间：隔开。原陆：平旷原野。

⑥缘：机会。空：徒然。

【译文】

清晨从陇西出发，日暮时分就赶到了飞狐谷。

清冷的秋月照着重重山峦，冷凄的朔风横扫凋零高树。

夜里的露水雾气浸透了赶路人的衣裳，天色破晓又催促行车继续赶路。

你这一去到哪里落脚？前途路远，多有坎坷。

这次见面后再相逢就难了，我满怀悲愁双目凄然。

主人池前鹤

吴均

【题解】

《主人池前鹤》是吴均所作的一首五言古诗，收录于《吴朝请集》。

这是一首咏物言志诗，先通过鹤本应的生活与现实生活反差的表述，点明这首诗的基调：悲情与愤懑，由此引申出诗人自己的心声，为何甘受桎梏而不离去的原因。

【原文】

本自乘轩者，为君阶下禽①。

摧藏多好貌，清唳有奇音②。

稻粱惠既重，华池遇亦深③。

怀恩未忍去，非无江海心④。

【注释】

①乘轩：乘坐大夫之车，后用以指做官。出自《左传·闵公二年》："卫懿公好鹤，鹤有乘轩者。"意思是，卫懿公（春秋时卫国昏君）时候特别喜欢鹤，甚至给鹤授予大夫职位，享受大夫爵禄。卫懿公给鹤封官本是荒唐之举，这里诗人反用，以鹤指代贤能之士。

②摧藏（zàng）：极度伤心。"藏"字的读音有两个，一是读 cáng，"摧藏"即位摧伤之意；二是读 zàng，"摧藏"为极度伤心之意。清唳（lì）：清亮，用指鹤鸣声。

③稻粱：泛指粮食，此指喂食鹤的饲料，借喻官职俸禄。华池：华美的水塘，借喻官位。

④江海心：泛游江海的心志，喻指诗人的志向。

【译文】

鹤本来是清高受尊重的灵鸟，而今却成为阶下圈养的家禽。

内心受到摧残的往往都是因为拥有艳丽的体貌，鸣声清亮之中有不平之音。

供给的食物已经很优厚了，而栖息的华池也水深波碧。

心中念及知遇之恩不忍心离去，并非没有泛游江海的心志。

山中杂诗

吴均

【题解】

《山中杂诗》是吴均所作的一首五言古诗，见于《艺文类聚》。

这是一首山水小品短诗，言辞优美、清新凝练，刻画形象、景物生动逼真。短短四句诗，从环境氛围到景物具象，层次鲜明、衬托自然，素洁的简笔描绘出一幅情趣淡然超远的自然风光。

【原文】

山际见来烟①，

竹中窥落日②。

鸟向檐上飞③，

云从窗里出④。

【注释】

①山际：山与天交接的远方。烟：山中云雾。

②竹中：竹林中。窥（kuī）：在光影斑驳的竹林中看望（落日）。

③檐（yán）：房檐。

④云从窗里出：云不可能从窗子进出，这里是说房子在高峻的山上，云雾在房子周围缭绕，远看好像云雾从房子窗户穿入穿出。

【译文】

山势高峻直与天齐，期间云雾缭绕，

在光影斑驳的竹林中看望落日。

飞鸟飞上了房檐，

云从窗子进出。

赠诸游旧

何逊

【题解】

《赠诸游旧》是南梁诗人何逊所作的一首五言古诗，见于《昭明文选》。

何逊八岁能诗，弱冠州举秀才，官至尚书水部郎。诗与阴铿（见"卷十四·陈诗·渡青草湖"）齐名，唐代大诗人杜甫将二人合称"阴何"。何逊出仕初，为建安王萧伟（南梁武帝萧衍之弟）幕府掌记室事，公元510年萧伟出任江州（治所在今江西省九江市）刺史，何逊为书记官。后来何逊与吴均（见"卷十三·梁诗·答柳恽"）得到萧衍的一时信用，后来双双失意。萧衍嘲弄两人说："吴均不均，何逊不逊。哪里比得上我的朱异（谗佞之臣），我只相信朱异。"后来正逢何逊的母亲过世，何逊辞职回家。情绪低落，何逊写下了这首《赠诸游旧》。

全诗追忆往昔，伤感老迈，遂萌生归隐的思绪。这首诗对仗工整，对比鲜明，别情离绪抒发酣畅淋漓。该诗为诗人于垂暮之年感伤生平、怀乡念旧之作，上半篇抚今追昔，下半篇怀旧思归。这首诗对仗工整，对比鲜明，将离别之情表现淋漓尽致。沈德潜评价何逊的诗，说："虽乏风骨，而情词宛转，浅语俱深。"

【原文】

弱操不能植，薄伎竟无依 ①。

浅智终已矣，令名安可希 ②。

扰扰从役倦，屑屑身事微 ③。

少壮轻年月，迟暮惜光辉 ④。

一涂今未是，万绪昨如非 ⑤。

新知虽已乐，旧爱尽暌违 ⑥。

望乡空引领，极目泪沾衣 ⑦。

旅客长憔悴，春物自芳菲。

岸花临水发，江燕绕樯飞 ⑧。

无由下征帆，独与暮潮归 ⑨。

①弱操：操守不坚定。植：独立。薄伎：即"薄技"，指浅薄的才能。竟无依：终于不被用来倚重。竟：终于。

②浅智：见识浅陋。令名：美名。希：谋求。

③扰扰：纷乱的样子。从役倦：厌倦了官职差事。从役：出仕为官的差事。屑屑：疲劳窘迫的样子。事微：细小琐碎的事情。

④轻：不珍惜。光辉：此指岁月时光。

⑤涂：同"途"，此指仕途。万绪：犹万般，指诗人诸般往事。

⑥新知：新友。旧爱：老友。睽违：别离。

⑦引领：翘首企盼。极目：瞪大眼睛张望。

⑧樯：帆船的桅杆。

⑨无由：没有办法。征帆：远航的帆船。

【译文】

操守不够坚定就无法独立，才能浅薄就无法被人倚重。

见识浅陋已然难以长进，美好的名望岂是可以谋求而得？

厌倦了纷杂的仕途，累死累活全是些无所用的琐碎小事。

少壮时候不知道珍惜岁月，老年迟暮才晓得光阴珍贵。

仕途至今也不是自己心愿，而昨日种种更是错得离谱。

结识新友固然欢乐，可老友却都已别离。

翘首望故乡，泪水湿衣裳。

宦途中的人奔波憔悴，无暇顾及春来万物悄然芬芳。

沿水岸望去，已经百花盛开；帆船桅杆上，江燕婀娜飞舞。

真希望顺流而下，伴随着暮潮一同归去。

与苏九德别

何逊

【题解】

《与苏九德别》是何逊所作的一首五言古诗，收录于《汉魏六朝诗选》。

这首诗是诗人与好友苏九德（生平不详）离别时所作，前四句写诗人与好友别离时的难舍心情，后四句诉说离别后的无限思念、愁绪。全诗言辞质朴，真切感人。

【原文】

宿昔梦颜色，咫尺思言偃①。

何况杳来期，各在天一面②。

踟蹰暂举酒，倏忽不相见③。

春草似青袍，秋月如团扇④。

三五出重云，当知我忆君 ⑤。

萋萋若被径，怀抱不相闻 ⑥。

【注释】

①宿昔：经常。颜色：即面貌，容颜。咫尺：极近的距离。言偃：即"言宴"，欢愉言谈的样子。出自《诗经·卫风·氓》："言笑宴宴。"

②杳：遥远的不可期望。来期：重逢。天一面：即天各一方之意。

③暂：刚刚。举酒：举杯。倏忽：忽然。

④"春草似青袍"句：古诗《穆穆清风至》中有"青袍似春草，草长条风舒"句。"秋月如团扇"句：化自古乐府《怨歌行》（见"卷二·汉诗·怨歌行"）："裁为合欢扇，团团似明月。"

⑤三五：农历每月十五日，月亮最圆最亮。

⑥萋萋：草木茂盛的样子。被：覆盖。怀抱：心意。

【译文】

常常梦到你的模样，纵然近在咫尺，也会思念往昔相聚畅谈的时光。

何况就要天各一方，再次相聚怕是遥遥无期了。

犹豫着刚想要举起酒杯，转眼就要别离了。

春草青青就如你的长袍，秋月圆圆如团扇更引发思念。

从此每逢十五月圆夜，睹物思人当知我的思念。

芳草萋萋遮盖了道路，我的心意无法被你知晓。

入若耶溪 ①

王籍

【题解】

《入若耶溪》是南梁诗人王籍所作的一首五言古诗，见于《昭明文选》。

王籍出身高门琅琊王氏，七岁能文，曾受到任昉（见"卷十三·梁诗·出郡传舍哭范仆射"）和沈约（见"卷十二·梁诗·夜夜曲"）的推崇。沈约是当时文坛领袖，王籍由此出仕。但王籍是琅琊王氏的庶枝，在门第政治的南朝时期，注定了王籍不能在官场取得满意的职位。他先后出任过安成王主簿等闲散官职，任钱塘县令时还遭贬职。仕途不顺心，王籍寄情山水自娱，他常游览云门山、天柱山等，《入若耶溪》就是这时期所作。

全诗言辞清婉，意境恬淡自然，是王籍最为著名的代表作，其中"蝉噪林逾静，鸟鸣山更幽"更是无人超越的千古名句。

【原文】

舻艎何泛泛，空水共悠悠 ②。

阴霞生远岫，阳景逐回流 ③。

蝉噪林逾静，鸟鸣山更幽 ④。

此地动归念，长年悲倦游 ⑤。

【注释】

①若耶溪：溪水名。源自浙江省绍兴若耶山，向北流入运河。相传为西施浣纱之所。

②舻艎（yú huáng）：此为小舟。泛泛：漂行。空水：即天空与若耶溪水。

③阴霞：即云霞。远岫（xiù）：远处的峰峦，这里指若耶山。阳景：阳光。回流：倒流的水，诗人应是逆流行舟，故而看到水回流。

④噪：此指蝉鸣的喧嚣。逾：同"愈"，更加。

⑤归念：归来隐居的念头。倦游：厌倦仕途，游即"宦游"。

【译文】

一叶轻舟浮行于若耶溪上，水天一色交映荡漾。

云霞从远处的山峦升腾，阳光追逐着回流的溪水。

蝉声使得树林愈发寂静，鸟鸣使得山峦更加幽深。

这样的胜地让我动了归隐的念头，多年早已厌倦了仕途生涯。

光华殿侍宴赋竞病韵

曹景宗

【题解】

《光华殿侍宴赋竞病韵》是南梁大将曹景宗所作的一首五言诗，见于《南史·曹景宗传》。

曹景宗（457—508）出身将门，是萧衍称帝的功臣。公元507年，北魏进攻钟离（今安徽凤阳），曹景宗与豫州刺史韦睿前往救援。经过三个月的激战，给予北魏沉重打击，取得与北魏交战以来少有的大规模胜利。南梁武帝萧衍很高兴，增加曹景宗食邑达到2000户，晋封竟陵公爵，并升为侍中、领军将军，赐乐队一部。曹景宗凯旋后，萧衍在华光殿设宴。酒宴上，萧衍吩咐尚书左仆射沈约（见"卷十二·梁诗·夜夜曲"）等吟诗助兴，因为曹景宗是武人，没有给他作诗的安排。曹景宗非要吟诗一首，于是就留下了这首《光华殿侍宴赋竞病韵》。曹景宗吟诵完毕，萧衍、沈约等皆惊叹不已。

这首诗算不得佳作，但胜在自然情趣，且一派阳刚之气。

【原文】

去时儿女悲，

归来笳鼓竞①。

借问行路人，

何如霍去病②？

【注释】

①笳（jiā）鼓：笳声与鼓声。借指军乐。竞：争相做某事。

②何如：与……相比如何。霍去病：西汉武帝时期，出击匈奴的著名将领。

【译文】

三军出发时还是儿啼女泣的悲伤，

凯旋时就是锣鼓喧天了。

停住战马问道路两旁围观的行人，

我与那霍去病可有分别？

木兰诗

佚名

【题解】

《木兰诗》是北魏时期的一首民歌，收录于《乐府诗集》。

北魏与南梁对峙时期，黄河流域基本已经纳入北魏版图。北魏在对南方保持强大压力态势的同时，因为内部门第政治的兴起与残暴的统治，使得这个马背上的民族逐渐失去了昔日的犀利。就在北魏孝文帝拓跋宏迁都洛阳后，北魏北疆很快就爆发了此起彼伏的暴动，而更为严峻的是，北方荒漠兴起了一个庞然大物：柔然。柔然也是游牧民族，它开始不断蚕食北魏的北疆。当北魏派出军队前往迎击时，柔然的劫掠部队早已逃得无影无踪，气得北魏人称呼他们为"蠕蠕"（像毛毛虫一样胆小又恶心）。

这首《木兰诗》就是讲述北魏与北方柔然作战时，从黄河流域征兵的故事。从诗文看，花木兰应该是黄河下游一带的百姓（民族不确定）。这首诗的基调是"孝"，花木兰参军并不是为了什么保家卫国的高调，而是因为自己的父亲年迈，又没有兄长可以代劳，所以自己只能替父应征。而战争结束后，花木兰想到的也是回家照顾父母。全诗自始至终都是围绕孝道展开的。诗文主要凸显了两个部分：一是与父母的离别情，二是与家人的欢聚情，战场烽烟则一笔带过。人物刻画形象生动，浸透着浪漫的生活气息，具有典型的民歌特征。《木兰诗》与《孔雀东南飞》合称"乐府双璧"。

【原文】

唧唧复唧唧①，木兰当户织②。不闻机杼声③，惟闻女叹息④。问女何所思⑤，问女何所忆⑥。女亦无所思，女亦无所忆。昨夜见军帖⑦，可汗大点兵⑧。军书十二卷⑨，卷卷有爷名⑩。阿爷无大儿，木兰无长兄。愿为市鞍马⑪，从此替爷征。

【注释】

①唧（jī）唧：纺织机的声音。

②当（dāng）户：对着门口（在门口织布为了取亮）。

③机杼（zhù）：即织布机和梭子。

④惟：只。

⑤何所思：即"所思何"，在想什么的意思。

⑥忆：心中挂念的事儿。

⑦军帖（tiě）：军事文告，此指征兵的告示。

⑧可汗（kè hán）：古时北方游牧民族的首领。大点兵：大规模征兵。

⑨军书：即征兵册。十二卷：征兵名册多，十二是虚指，下文十年、十二转等都是形容多，并非实数。

⑩爷：对父亲的称呼，下文的"阿爷"亦是父亲。

⑪愿为（wéi）：愿意去做什么事。市：购买。鞍马：即马匹和马具。

【译文】

织机声响一声连着一声，木兰正在门口织布。突然织机声停下来，只听到木兰的叹息声。（阿娘问道）木兰你在愁什么，可有什么挂念放不下？木兰说我没发愁，也没有什么记挂。只是昨晚我看见了征兵的文书，可汗这次要大规模征兵。征兵的文书很多，每一卷上都有阿爷的名字。阿爷没有成年的儿子，我没有成年的兄长。我愿意去集市购买战马和马具，从此代替阿爷去应征。

【原文】

东市买骏马，西市买鞍鞯①，南市买辔头②，北市买长鞭。旦辞爷娘去③，暮宿黄河边。不闻爷娘唤女声，但闻黄河流水鸣溅溅④。旦辞黄河去⑤，暮至黑山头⑥。不闻爷娘唤女声，但闻燕山胡骑鸣啾啾⑦。

【注释】

①鞯（jiān）：马鞍下面的软垫，防止马鞍磨破马的皮肤。

②辔（pèi）头：马笼头，以及驾驭战马的马嚼子和缰绳。

③旦：早晨。

④不闻：听不见。但闻：只听见。不闻、但闻：离家越来越远，思乡越来越甚。溅（jiān）溅：水流声。

⑤旦：早晨。

⑥暮：夜晚。黑山：山名，位于呼和浩特东南。《北史·蠕蠕传》："车驾出东道，向黑山。"

⑦胡骑（jì）：胡人的战马，即柔然的战马。啾（jiū）啾：马的嘶鸣声。

【译文】

东市买来了骏马，西市买来了鞍鞯，南市买来了辔头，北市买来了马鞭。次日早晨离别了爹娘，晚上在黄河边宿营。再也听不见爹娘呼唤女儿的声音，只听见黄河流水滔滔不绝。清晨又离开黄河继续赶路，晚上到达了黑山头。再也听不见爹娘呼唤女儿的声音，只听见燕山北边传来胡人战马的嘶鸣声。

【原文】

万里赴戎机，关山度若飞①。朔气传金柝②，寒光照铁衣。将军百战死，壮士十年归③。归来见天子④，天子坐明堂⑤。策勋十二转⑥，赏赐百千强⑦。可汗问所欲⑧，木兰不用尚书郎⑨，愿驰千里足⑩，送儿还故乡。

【注释】

①万里：长途跋涉。戎机：此指疆场。关山：高峻险要之地。度：穿越。若：像。

②朔（shuò）气：即寒气。金柝（tuò）：古时军营中报时用的敲击物。

③百战、十年：都是虚数，形容战斗次数多、服役时间长。

④天子：即可汗。北魏经过孝文帝拓跋宏的汉化，无论朝堂还是民间，很多习俗、称谓都与华夏族社会相同了。

⑤明堂：帝王举行正式活动的殿阁。

⑥策勋：即记录战功。转（zhuǎn）：升迁。十二转：言功劳很大，十二不是实数。

⑦百千：形容赏赐丰厚。强：比……还多。

⑧问所欲：问（木兰）想要什么。

⑨不用：不愿意被任用。尚书郎：尚书省在东汉时，已经由皇帝私人秘书班子转成为国家行政部门，享有很大的权力。尚书省下设六曹（六部），尚书郎负责各曹的具体实施。

⑩千里足：即千里马。足：马的脚力。

【译文】

跋涉万里奔赴疆场，重重险要山峰向身后飞去。北方的寒气里传来敲击金析的报时声，清冷的月光在铠甲上闪烁。历经百战将士多有伤亡，幸存的将士凯旋归来。将士觐见天子，天子坐在明堂。木兰立功最大，赏赐最多。天子问木兰有什么打算，木兰说不想做官，愿意跨上千里马，快快回到家乡。

【原文】

爷娘闻女来，出郭相扶将①；阿姊闻妹来②，当户理红妆③；小弟闻姊来，磨刀霍霍向猪羊④。开我东阁门，坐我西阁床⑤。脱我战时袍，著我旧时裳⑥。当窗理云鬓⑦，对镜帖花黄⑧。出门看火伴⑨，火伴皆惊忙：同行十二年，不知木兰是女郎。

雄兔脚扑朔，雌兔眼迷离⑩；双兔傍地走，安能辨我是雄雌⑪？

【注释】

①郭：古时城池之外再修一道城墙，以增强防御力量，内城称作"城"，外城称作"郭"。扶：搀扶。将：语助词，无实义。

②阿姊（zǐ）：姐姐。

③理红妆（zhuāng）：整理妆容。

④霍（huò）霍：磨刀声。

⑤东阁门、西阁床：即"阁东边的门""阁西侧的床"，"阁"这里是

女子闺房。还有种说法，这里用了互文手法，那就是"打开东阁、西阁的门"，这样理解的话，那么"阁"就是闺房中的隔间。

⑥著（zhuó）：通"着"，穿。

⑦云鬓（bìn）：浓密的鬓发。

⑧帖（tiē）：同"贴"。花黄：当时女子额头的装饰物和装饰色。

⑨火伴：北魏时的军制，以十人为"一火"，共灶炊食，称作"同火"。现在泛指同伴。

⑩"雄兔脚扑朔"二句：抓兔子双耳提起，雄兔脚掌乱动，雌兔则会眯上双眼，因此容易辨认。

⑪傍地：即贴着地面。

【译文】

爹娘听闻女儿归来，急忙相互搀扶出城迎接；阿姐听闻妹妹归来，慌忙整理自己的妆容；小弟听闻阿姐归来，赶忙霍霍磨刀准备杀猪宰羊。打开闺房的东门，坐在阁中西侧的床上。脱去军服，换上我以前自己的衣裳。坐在窗前梳理浓黑的鬓发，对着镜子贴上花黄。出门看同行的伙伴，伙伴都大吃一惊：一起相伴十二年，竟然不知道木兰是个女孩子。

耳朵被提起来的时候，雄兔脚掌乱蹬，雌兔双眼微眯；可一旦他们贴着地面跑起来时，又怎么能够分得清楚哪只是雄、哪只是雌呢？

古诗源卷十四

陈诗

渡青草湖①

阴铿

【题解】

《渡青草湖》是南陈诗人阴铿（kēng）所作的一首五言古诗，收录于《阴常侍诗集》。

阴铿（约511—约563年），南朝梁、陈著名诗人。阴铿自幼好学，及至成年，于史学、文章都有专长，尤以五言诗盛名。在南陈时期，累迁晋陵太守、散骑常侍。阴铿诗品的风格与何逊（见"卷十三·梁诗·赠诸游旧"）最为相近，后人并称为"阴何"。唐代大诗人杜甫对阴铿的诗非常推崇，他在《与李十二白同寻范十隐居》中说："李侯（指李白）有佳句，往往似阴铿。"这首《渡青草湖》是阴铿任湘东王萧绎的法曹参军过洞庭湖时所作。阴铿为人平和，怀有一颗温润如玉之心。一次寒冬之日，阴铿与友人聚宴，席间他注意到一个负责斟酒的仆人很是馋酒的样子，就命人递给那个仆人一碗热酒。席上宾客都笑阴铿多事，何必在意一个奴仆？阴铿一笑说："我们在这里酣饮，而这个为我们斟酒的人却不晓得酒的味道，实在是没有道理。"后来侯景之乱时，阴铿被叛军俘获，这时出现一人将他偷偷救走。阴铿询问来人，这才知道他就是那个为他斟酒的仆人。

全诗行文酣畅，远景近景错落有致，以鲜明的层次递进烘托出诗人的退隐意念。

【原文】

洞庭春溜满，平湖锦帆张 ②。

沅水桃花色，湘流杜若香 ③。

穴去茅山近，江连巫峡长 ④。

带天澄迥碧，映日动浮光 ⑤。

行舟逗远树，度鸟息危樯 ⑥。

滔滔不可测，一苇讵能航 ⑦？

【注释】

①青草湖：湖水名，在今湖南岳阳西南，因湖的南边有青草山而得名，湖水汇入洞庭湖。

②洞庭：即洞庭湖。春溜（liù）：春水，此指春意。溜：流速快的水流。平湖：宽阔的湖，指青草湖。锦帆张：即"张锦帆"，张起船帆行船。

③沅水：水名，即沅江。桃花色：沅江流经桃源县，即陶潜《桃花源诗》提及的桃花源。湘流：即湘江，发源于广西，汇入洞庭湖。杜若：香草名。屈原《楚辞·九歌·湘君》中有"采芳洲兮杜若"诗句。诗人以情入诗，故说沅水是桃花色，说湘江带有杜若香。

④穴：青草山的洞穴。去：距离。茅山：原名句曲山，在江苏省句容市东南，山上有华阳洞，相传汉代茅盈、茅固、茅衷三兄弟在此得道成仙，故称茅山。巫峡：长江三峡之一，因巫山而得名。巫山神女峰有楚王与神女的传说。"穴去茅山近"二句：意指青草山的洞穴有着与茅山华阳洞一样的灵性，青草湖有着与三峡一样的神采。

⑤迥碧：指倒映在水中的碧天的颜色。

⑥逗：逗留，隐藏于。度鸟：飞鸟。危樯：桅杆。

⑦一苇：指代小船。讵（jù）：岂。

【译文】

洞庭湖春意盎然，平阔的湖面上泛游着华彩的帆船。

沅江水流桃花色，湘江流水杜若香。

青草山中的洞穴与茅山华阳洞相近，青草湖水与巫峡相连。

湖水碧透与天色相映，阳光闪烁于湖面的微波。

远去的小舟隐藏于树林之中，飞鸟落脚在高高的桅杆上小憩。

湖水滔滔远阔不可测，一叶扁舟又如何能穿航？

出自蓟北门行①

徐陵

【题解】

《出自蓟北门行》是南朝梁、陈诗人徐陵所作的一首五言古诗。

徐陵8岁能文，12岁通《庄子》《老子》，被人赞誉为"当世颜回""天上石麒麟"。梁武帝萧衍时期开始出仕，至南陈时，历任尚书左仆射、中书监等职。徐陵在南梁时，为当时宫体诗人，与庾信齐名，并称"徐庾"，诗文皆以轻靡绮艳见称。徐陵还是古诗歌总集《玉台新咏》的作者。

这首诗表达了诗人收复北方失地、建功立业的愿望。全诗由景及情，交融无隙，语言生动而用典贴切。

【原文】

蓟北聊长望，黄昏心独愁②。

燕山对古刹，代郡隐城楼③。

屡战桥恒断，长冰堑不流④。

天云如蛇阵，汉月带胡愁⑤。

渍土泥函谷，接绳缚凉州⑥。

平生燕颔相，会自得封侯⑦。

【注释】

①蓟北：指幽州、蓟州一带，今河北省北部、北京、天津地区。

②聊：姑且。长望：远望。独愁：暗自忧愁。

③燕（yān）山：北方名山，西起河北张家口，冬至山海关，古代统一中原王朝与北方游牧民族大致以此山分界。古刹：古寺，此应指蓟州城（今北京）。代郡：今山西朔州以北、黄河以东至河北西部，郡治代县（今河北蔚县）。隐：隐藏，隐喻代郡已经沦陷。"燕山对古刹，代郡隐城楼"二句：意思是燕山失去了对蓟州的保护，代郡也沦陷敌手。

④堑：堑壕，此指河流。

⑤天云：天空之云。蛇阵：古代作战时的一种阵法。汉月：汉人的明月。胡愁：胡地的愁怨。

⑥渍（zì）土：浸水的泥土。泥（nì）：涂抹，此指加固工事之意。函谷：即函谷关，在今河南灵宝市境。函谷关是隋唐以前的险要关隘，汉中东出中原或中原西进汉中的必经之地。挼（ruó）绳：搓绳子。凉州：河西走廊重镇，在今甘肃武威，可以遏制游牧民族东侵南下。

⑦燕颔（yàn hàn）：形容相貌威武。颔：下巴。燕

颔相：东汉西域问题专家班超，自幼即有立功异域的志向。相士说他"燕颔虎颈"，有封"万里侯"之相。班超后来弃笔从戎经略西域30多年，官至西域都护，封定远侯。会自：应当。

【译文】

身在蓟北，姑且眺望北方；心如黄昏，暗自忧伤。

巍峨的燕山与蓟州城遥遥相对，代郡的城楼已然看不到了。

频繁的战乱中桥梁总是断折，长年的酷寒使得河水冰冻。

天云如蛇形战阵，月亮挂上了胡地的哀愁。

愿以泥土加固函谷关的防御，搓一根麻绳将凉州绑牢。

若是生来就一副勇武之相，那么建功封侯是迟早的事。

别毛永嘉①

徐陵

【题解】

《别毛永嘉》是徐陵所作的一首五言古诗，收录于《艺文类聚》。

毛永嘉，即毛喜。毛喜素有才干，陈顼（南陈陈武帝陈霸先的侄子）即位后，毛喜升任中书舍人，参与枢要。公元582年陈顼死后，太子陈叔宝即位。次年，陈顼尸骨未寒，陈叔宝就开始设宴高歌了。一次陈叔宝设宴，命毛喜赋诗，毛喜装病离去。陈叔宝说："他这是不赞同我设宴，故意使诈。给他一个小郡，不许他参与政事。"于是毛喜被贬为永嘉内史。古称毛永嘉。

这首诗应该是作于583年，徐陵因年老多病辞官时，写与好友毛喜的。同年，徐陵因病去世。

全诗苍郁韵长，言辞质朴，情婉意深，为自己哀伤却不忘勉励好友，感人至深。沈德潜评价这首诗说："看似旷达，却更显悲哀，是徐陵作品中不可多得的佳作。"

【原文】

愿子厉风规，归来振羽仪 ②。

嗟余今老病，此别空长离 ③。

白马君来哭，黄泉我讵知 ④。

徒劳脱宝剑，空挂陇头枝 ⑤。

【注释】

①毛永嘉：即毛喜（516—587），南陈后主陈叔宝时被贬为永嘉内史。

②厉：磨炼，砥砺。风规：品格，操守。振：整肃。羽仪：本指朝堂仪仗，此指政治秩序。

③长离：即永别。

④白马：古时以乘白马表示凶丧。讵（jù）：岂。

⑤陇头：即"垄头"，坟头之意。"徒劳脱宝剑，空挂陇头枝"二句：使用了"季札挂剑"的典故。春秋时期，季札（吴王夫差的四叔）去访问晋国，途径徐国时拜访了徐国国君，徐国国君对季札所佩带宝剑异常喜欢。季札当时还要访问晋国，无法将宝剑相赠，但已然暗自应许。后来徐国国君死在楚国，于是，季子解下宝剑送给继位的徐国国君。徐国新君说："先君没有留下遗命，我不敢接受。"季子将宝剑挂在了徐国国君坟墓树枝上，就离开了。徐国人赞美季札，歌唱道："延陵季子兮不忘故，脱千金之剑兮带丘墓。"

【译文】

愿你能越挫越坚，有朝一日能回归朝堂挽回颓废的局势。

只可叹我老迈多病，从此一别怕再无相会之期了。

到时你乘白马前来吊唁，黄泉之下我怕是无法知晓你挽回颓废局势的壮举了。

昔时季札摘下宝剑，挂于徐君坟前枝头（只能麻烦你到我坟前，向我诉说了）。

留赠山中隐士

周弘让

【题解】

《留赠山中隐士》是南朝梁、陈诗人周弘让所作的一首五言古诗，见于《艺文类聚》。

这首诗是诗人在茅山隐居时所作，诗文从寻访名山流连忘返着笔，继而抒发忘情于山野的感慨，表达了对隐士与隐居生活的赞赏。全诗清新自然，闲情自娱之风在当时不可多见。

【原文】

行行访名岳，处处必流连①。

遂至一岩里，灌木上参天②。

忽见茅茨屋，暧暧有人烟③。

一士开门出，一士呼我前④。

相看不道姓，焉知隐与仙⑤。

【注释】

①行行：不停地前行，类于"走了一程又一程"。流连：不忍离去。

②灌木：林木。

③茅茨（cí）屋：茅草作顶的屋子。暧暧（ài）：隐约状。

④士：指隐士。

⑤不道姓：不言姓氏。焉知：怎知。

【译文】

一程又一程游走于名山之间，每一处都令我难以割舍。

这天来到一处大山里，这里林木高大遮天蔽日。

忽然出现了一座茅屋，隐约之间似有人烟。

一人开门出来，另一人招呼我进屋。

如果只是见面而不互道姓名，根本分不清他们是隐士还是仙人。

遇长安使寄裴尚书①

江总

【题解】

《遇长安使寄裴尚书》是南陈诗人江总所作的一首五言古诗，收录于《江令君集》。

江总7岁丧父，年少聪敏，南梁时出仕。侯景之乱时，江总流落会稽，随后奔赴广州投靠舅父。侯景之乱后，江总被任命为始兴内史，恰逢江陵失陷，江总遂在广州寄居多年。这首《遇长安使寄裴尚书》就是江总这个时期所作，表达自己异乡之苦和回到都城的渴望。裴尚书即裴忌。公元563年，江总回都城担任中书侍郎。南陈后主陈叔宝时期，江总担任尚书仆射（宰相），他不理政务，只管与陈叔宝饮酒作乐，南陈王国君昏臣逸，日益不堪，最终被隋帝国灭亡。

全诗格调哀幽深沉。

【原文】

传闻合浦叶，远向洛阳飞②。

北风尚嘶马，南冠独不归③。

去云目徒送，离琴手自挥④。

秋蓬失处所，春草屡芳菲⑤。

太息关山月，风尘客子衣。

【注释】

①裴尚书：裴忌（公元521—594年），官至都官尚书。

②"传闻合浦叶"二句：据晋刘欣期《兖州记》合浦东有杉树，叶落，随风入洛阳城内。诗人以合浦杉树叶飞向北方的洛阳，来比喻自己渴望回到都城的心情。合浦：古时郡名，郡治在今广西壮族自治区合浦县。

③南冠：楚人之冠，此指南方的人。"北风尚嘶马"二句：意思是北方上不平静，而自己却滞留岭南无法效力，表达了诗人急切北返都城洛阳的心情。

④"去云目徒送"二句：化自嵇康《赠秀才入军·其十四》："目送归鸿，手挥五弦。"

⑤秋蓬：秋天的蓬草，诗人自喻。

【译文】

传闻远在广西的合浦有一株杉树，它的叶子只向北方的洛阳飘飞。

北方胡人不时南侵，而我却滞留在遥远的岭南无能为力。

白云飘远了仍然久久凝望，琴瑟已经撤去手指依旧在弹弄。

我就像那秋天的蓬草离开了故居，光阴荏苒已过了多个春秋。

长叹一声，明月可以轻易渡过重重关隘；而我依旧身为风尘客，羁旅在异乡。

南还寻草市宅①

江总

【题解】

《南还寻草市宅》是江总所作的一首五言古诗，收录于《江令君集》。

这首诗作者是入隋后南归之作。据《陈书·江总等传》记载，建邺（今江苏省南京市）陷落后，江总"避难崎岖，累年至会稽"。大约就在这累年的蓬转流徙中，江总曾经返过故里，这首诗就是写这次返故里的见闻。

此诗写诗人回到河南故乡所见到故居的景色和独处时的感慨。该诗作者通过故里旧宅的变化，表现自己凄凉落寞的心境，并隐隐透露出对世事变迁、改朝换代的无限感慨。此诗虽未把个人身世之叹与社会的变迁结合起来，气局狭小，缺乏历史的深度，但作者抒发的感情是真诚的。诗句工整雕琢，并不艰涩，描写细腻精巧，尚未流于纤丽浮靡，与作者的宫廷诗风格不同。

【原文】

红颜辞巩洛，白首入辗辕②。

乘春行故里，徐步采芳荪③。

径毁悲求仲，林残忆巨源④。

见桐犹识井，看柳尚知门⑤。

花落空难遍，莺啼静易喧。

无人访语默，何处叙寒温？

百年独如此，伤心岂复论。

【注释】

①江总宅在建康。《金陵故事》："鼎族多夹青溪，江宅尤占胜地。"

②巩洛：两个古时地名的并

称，在今洛阳一带。辕辕（huán yuán）：山名，在河南洛阳东南，因山路曲折盘旋得名。

③芳荪（sūn）：香草。

④径：家宅。求仲：汉代隐士。《三辅决录》卷一记载：西汉杜陵（今陕西省西安）人蒋诩，以廉政刚直著称，王莽执政时，他告病返乡，隐居不出。蒋诩庭院中有三条小路，只与羊仲、求仲二位隐士来往。后人以"三径"为隐士居所的代称。林：指园林。巨源：即山涛，字巨源，西晋名士，"竹林七贤"之一。

⑤"见桐犹识井"二句：典出魏明帝曹叡《猛虎行》"双桐生空井（两株梧桐从空井中生出）"，及陶渊明《五柳先生传》"宅边有五柳树"。这两个典故，意在渲染故居老宅的脱俗不凡。

【译文】

少年时离开了巩洛，而今白首方才回到辕辕。

回到故乡老宅正值春天，园中漫步采摘芳草。

老宅已经破败再无知己同游，园林凋残想起了西晋名士山涛。

见到梧桐仍能识别那口井，看到柳树仍能认出家门。

花落空出百草繁盛，莺啼静林更显喧嚷。

无人前来拜访，我一人独自默然无语；哪里才能与友人一叙冷暖？

多年孤独已经习惯了，也谈不上什么格外伤心了。

长安听百舌①

韦鼎

【题解】

《长安听百舌》是南陈诗人韦鼎所作的一首五言古诗，收录于《四库全书》。

韦鼎（公元 515—593 年）曾历仕梁、陈、隋三朝，颇通经史，又善于逢迎，故而仕途顺畅，即便侯景之乱时他依旧没受影响。南陈时，他作为使臣访问北周，在北周都城长安滞留多时，这首《长安听百舌》即是那时所作。韦鼎与北周权臣杨坚（后来的隋文帝）结识后，认定杨坚是平定天下之人，回到南陈后，变卖家产寄居在寺院。友人问他为何这么做，他说："陈国的气数到头了。"后来，韦鼎投靠杨坚，很得杨坚信任。

全诗看似不言情，却处处引发情思。

【原文】

万里风烟异 ②，

一鸟忽相惊。

哪能对远客，

还作故乡声？

【注释】

①百舌：即百舌鸟，《易纬通卦》说这种鸟可以学多种鸟的叫声。

②风烟：风土景物。异：不同。一个"异"字，从风烟不同引出鸟声相同，从而引发了诗人的思乡之情。

【译文】

离乡万里的北国，风物、习俗都与江南不同，

突然一声熟悉的鸟鸣使我心头一颤。

（鸟儿啊，你）怎能对着远方而来的寄居之人，

鸣啼使人心碎的乡音呢？

北魏诗

李波小妹歌

佚名

【题解】

《李波小妹歌》是北魏民间创作的一首古诗，见于《魏书·李安世传》。

北魏政权自公元 494 年孝文帝拓跋宏迁都洛阳后，三十多年的时间里，北魏进入了鼎盛时期，但它的腐败也与日俱增。随着政府和宫廷组织机构的不断扩张，政府必须攫取更多的财富才能维持日常运营，上下官员穷奢极欲，直比西晋末年。宰相元雍，家奴有女婢 500 人，男仆到达了 6000 人。地方郡守，除了盘剥百姓，还会杀人越货直接抢劫，一个个成为巨富。在这样贪暴的政府统治下，各地暴动如雨后春笋。发起于广平（今河北永年）李波暴动就是其中的一支。李波被镇压后，当地百姓作诗歌赞颂李波的英雄气概和李波小妹的骑射本领。于是，就有了这首《李波小妹歌》。

这首诗以豪迈劲健的风格，反映了当地百姓勇于反抗暴力压迫的抗争精神，叙议结合刻画了李波小妹弯弓英勇的饱满形象，是北方诗歌风格的典型代表。

【原文】

李波小妹字雍容，

褰裙逐马如卷蓬①。

左射右射必叠双②。

妇女尚如此③，

男子安可逢④？

【注释】

①褰（qiān）裙：系起裙摆。卷蓬：随风飞舞的蓬草，形容李波小妹身手矫捷。

②叠双：成双，此指每射一箭，必射中两个猎物。

③妇女：此指年龄 14 岁及以上的女子。

④逢：本义是遭遇、遇到，此指抵挡、抵抗之意。

【译文】

李波小妹的字为雍容，

她系起裙摆、跨马驰骋迅疾轻盈如风卷飞蓬。

她射箭时可左右开弓，每射一箭必射中一双猎物。

李家女子英姿已然如此，男子勇武又有谁可以抵挡呢？

北齐诗

古意

颜之推

【题解】

《古意》是南北朝诗人颜之推创作的一首五言古诗。

颜之推（公元531—约597年）是南北朝时的文学家、教育家（《颜氏家训》的作者）。他在南梁出仕，侯景之乱被俘，后随萧绎前往江陵。西魏攻陷江陵，江陵数十万百姓被驱赶至关中，成为西魏大臣的奴隶，颜之推也再次被俘，后逃往北齐。陈霸先代南梁建立南陈后，颜之推在北齐出仕为官。后北周取代西魏，北齐取代东魏，北周覆灭北齐后，颜之推第三次被俘，被遣送到长安，出仕北周。公元581年杨坚建立隋帝国，颜之推被太子杨勇召为学士，公元597年因病去世。这首《古意》是颜之推逃往北齐时，回忆江陵被破时的凄惨而作。

这首诗既是诗人自己一生的回顾，也是对那段历史的回忆，诗文内涵丰富，信息量大。

【原文】

十五好诗书，二十弹冠仕 ①。
楚王赐颜色，出入章华里 ②。

作赋凌屈原，读书夸左史③。

数从明月宴，或侍朝云祀④。

登山摘紫芝，泛江采绿芷⑤。

歌舞未终曲，风尘暗天起⑥。

吴师破九龙，秦兵割千里⑦。

狐兔穴宗庙，霜露沾朝市⑧。

璧入邯郸宫，剑去襄城水⑨。

未获殉陵墓，独生良足耻⑩。

悯悯思旧都，恻恻怀君子⑪。

白发窥明镜，忧伤没余齿⑫。

【注释】

①弹冠：即整冠，弹去冠上的灰尘，准备做官。

②楚王：此指代梁元帝萧绎。赐颜色：即给予宠信。章华：即章华台，楚国离宫名，公元前535年楚灵王所建。

③凌：压倒，胜过。夸（kuà）：通"跨"，兼有之意。左史：即倚相，春秋时楚国学识渊博的史官，左史是官名，史称左史倚相。《左传·昭公十二年》说左史倚相"能读三坟五典八索九丘"。

④数（shuò）：多次。明月：即明月楼，梁元帝萧绎建有明月楼，常常在此宴会。朝

云祀：即祭祀朝云神女。宋玉《高唐赋》：楚襄王游高唐，梦见巫山神女。神女自云："朝为行云，暮为行雨，朝朝暮暮，阳台之下。"襄王为之立庙，号曰"朝云"。

⑤紫芝：即灵芝。芷：芳草。

⑥风尘：即公元554年西魏攻破江陵一事。

⑦"吴师破九龙"句：指的是公元前506年，吴王阖闾伐楚，占领楚国都城郢都。九龙：钟名，九龙之钟是楚国的象征。"秦兵割千里"句：秦国割楚国千里之地。

⑧穴：以……为穴。宗庙：帝王祭祀祖先的殿堂。朝市：此处指江陵。

⑨"璧入邯郸宫"二句：江陵被破，梁元帝萧绎宫中的宝物被西魏抢掠一空，就如同楚国的和氏璧流落到赵惠文王手里；张华所得的宝剑，他死后也飞入襄城水中。诗人此时身在北方，所以用语非常含蓄隐晦。

⑩"未获殉陵墓"二句：意思是，没有追随梁元帝萧绎死去，实在是一辈子的耻辱。

⑪悯悯：忧伤貌。旧都：指江陵。恻恻：悲痛貌。君子：指梁元帝萧绎。

⑫余齿：余年。

【译文】

十五岁喜好读书，二十岁弹冠出仕为官。

楚王对我青睐有加，得以随意出入章华台。

作赋胜过屈原，读书直比倚相。

多次伴随君上赴宴明月楼，祭祀朝云神女。

登山摘灵芝，泛江采香草。

歌舞升平正当欢乐之时，战火烽烟自天而降。

就像吴王夫差一举攻破郢都，又如秦国割去千里之地。

狐狸和野兔出没于祖宗祭祀之所，霜露沾湿都城最繁华的地方。

宫内宝物沦落如和氏璧进入了赵国都城邯郸的宫殿，张华的宝剑飞入襄城水中。

没有能够为君王殉葬，这是一生的耻辱。

忧伤啊，思念故都；悲痛啊，怀念君子。

望着镜中白发苍苍的自己，唉，忧伤将会伴随着我的残年了。

敕勒歌 ①

佚名

【题解】

《敕勒歌》是南北朝时期黄河上游的北方地区流传的一首民歌，收录于《乐府诗集》。

这首诗是由当时北方游牧民族所作，后来翻译成汉语才得以保存下来。黄河上游有一片水草丰美之地，即河套平原。河套平原前有黄河水滋润，后有大山遮挡西北而来的寒风，使它成为当时游牧民族理想的天然牧场。河套平原分为三块，一是西端贺兰山以东、黄河以西的西套平原（黄河几字型左侧）；一是狼山以南、黄河以北的后套平原（黄河几字型左上角）；一是阴山以南、黄河以北的前套平原（黄河几字型右上角）。这首诗歌所唱的敕勒川，即前套平原，北魏时这里被称作敕勒川。

全诗语言质朴、生动而富有情趣，将敕勒川的地理、环境概貌，水草丰美的景色，以及游牧生活娓娓道出。诗文格调爽朗开阔，天上、地下，远观、近看，静态、动景，多层次且形象生动。

【原文】

敕勒川，阴山下 ②。

天似穹庐，笼盖四野③。

天苍苍，野茫茫，风吹草低见牛羊④。

【注释】

①敕勒（chì lè）：古时的黄河上游游牧民族。

②敕勒川：敕勒族居住的地方，北魏时期前套平原至土默川一带称为敕勒川。川：野原，平原。阴山：在今内蒙古自治区北部，河套平原北侧。

③穹庐（qióng lú）：帐篷，类于后世的蒙古包。四野（yě）：敕勒川的四方。野：古音为yǎ。

④苍苍：青色，此为湛蓝色。茫茫：一望无际。见（xiàn）：同"现"，露出。

【译文】

敕勒大草原啊，就在那阴山旁。

天犹如偌大的帐篷，罩住了四面八方。

天色湛蓝，草原一望无边，呀，风吹过那浓密的牧草，才发现成群的牛羊在里面。

北周诗

重别周尚书①

庾信

【题解】

《重别周尚书》是南北朝末期诗人庾信所作的一首送别诗。庾信是南梁诗人庾肩吾（见"卷十三·梁诗·乱后行经吴御亭"）之子。

公元554年，西魏攻陷了南梁元帝萧绎的都城江陵，萧绎投降后被杀，南梁江陵政府的大臣与百姓被劫获到北方关中。庾信是侯景之乱时逃往江陵的，西魏攻打江陵时，庾信正作为南梁的使臣在西魏都城长安出访。萧绎被杀后，庾信就留在了长安，被西魏委任为车骑大将军、仪同三司等高官。北周取代西魏政权后，更是晋爵庾信为义城县侯。公元560年，南陈与北周恢复外交，派周弘正前往长安迎接曾经被俘的南梁臣子南归，但庾信、王褒等人不被获许。这两人因文才而受到很高的待遇，可在庾信看来，他是南梁的臣子，南梁皇帝被西魏所杀，他却屈节侍奉敌国，这是不忠。在惭愧与对故乡的思念中，在周弘正等人南归时，他写下了这首《重别周尚书》，以明心志。周尚书即周弘正，他与庾信同是南梁的臣子，江陵失陷时，周弘正突围逃至建康。

全诗言辞直白，格调凄清绝望，诗人欲归而不得之纠结意冷的情感完全展示。

【原文】

阳关万里道②,

不见一人归③。

唯有河边雁④,

秋来南向飞⑤。

【注释】

①周尚书：即周弘正（公元 496—574 年），梁元帝时为左户尚书，西魏攻陷江陵时，逃归建康。

②阳关：河西走廊的关隘名，在玉门关以南（今甘肃敦煌市西）此指代长安。

③一人：即庾信。

④河：此特指黄河。

⑤南向：即"面南而向"，向着南方。

【译文】

（其他人已经踏上）由阳关而归故土的万里路途，

独有一个人被滞留而不得回归。

只有黄河岸边的大雁（才有那样的自由），

秋天来临时展翅即可高飞南归。

渡河北①

王褒

【题解】

《渡河北》是南北朝时诗人王褒所作的一首五言律诗。

王褒出身于当时的高门望族琅琊王氏，南梁武帝萧衍时代，出任尚书仆射。侯景之乱时，逃至江陵。后来西魏攻破南梁江陵后，与庾信等人滞留北方。后来被俘的南梁大臣陆续返回南方，唯有王褒与庾信两人，因为才华出众而不被放还。王褒在西魏、北周备受推崇，授平骑大将军，开府仪同三司。同庾信一样，虽然身居高位，可毕竟在敌国出仕是王褒内心挥之不去的阴霾，况且人老而思。这首《渡河北》就是王褒北上渡过黄河时，沿途所见感之于心而作。

全诗层次清楚，词深意切，格调悲凉，诗风苍劲雄健。

【原文】

秋风吹木叶，还似洞庭波②。

常山临代郡，亭障绕黄河③。

心悲异方乐，肠断陇头歌④。

薄暮临征马，失道北山阿⑤。

【注释】

①河北：黄河以北，此指公元554年，渡黄河前往西魏长安一事。

②洞庭：即洞庭湖。"秋风吹木叶"二句：将黄河一带的树林晃动，比作南国风光洞庭湖波，这是诗人离家越远思乡越甚的情感流露。

③常山：关名，在今河北正定。代郡：今山西朔州以北、黄河以东至

河北西部，郡治代县（今山西省忻州市代县）。亭障：古代边塞要地设置的堡垒。

④异方乐：即异域的音乐。陇头歌：乐府曲名，内容多漂泊、羁旅、征战之苦。

⑤临：靠近。征马：远行的马。失道：看不见前方的路，喻指诗人前途迷茫。山阿：山的拐弯处。

【译文】

秋风吹动北方的林海，林海晃动如南国洞庭湖水波荡漾。

常山以北就是代郡故地了，黄河沿岸构筑的堡垒张目即见。

耳中传来阵阵异族的乐声，内心越发悲伤；陇头歌羁旅漂泊的悲凉，更令人断肠。

夜幕开始弥漫了驮行的车马，前方的道路消失在山的拐角处。

298

隋诗

饮马长城窟行示从征群臣

杨广（隋炀帝）

【题解】

《饮马长城窟行示从征群臣》是隋炀帝杨广所作的一首五言诗。

中国历史上，在清帝国以前，北方大漠的游牧民族始终是华夏族最大的敌人。突厥兴起之后，即便北周、北齐最为强盛之时，都无法对他们进行彻底解决。有鉴于此，隋帝国取代北周后，即开始大规模修复长城，以防御北方的突厥人的骚扰。长城修复完毕，杨广得意之情溢于言表，写下了这首《饮马长城窟行示从征群臣》。至于这首诗的具体背景，有两种说法：一是认为这是公元609年杨广西巡张掖时所作，一是认为作于公元612年杨广亲征辽东之时。不管哪种说法为是，隋文帝杨坚以近乎严苛残酷的方式，将民间的财富迅速集中到政府手里，杨广很快就败光了，再想敛取民间财富时，百姓早已分毫不剩，于是爆发了革命。杨广气势恢弘的诗文下，埋藏了无数白骨。

这首诗恢弘张扬，气魄非凡。沈德潜认为是雅正之语，远胜于南陈后主陈叔宝。

【原文】

肃肃秋风起，悠悠行万里。

万里何所行，横漠筑长城①。

岂台小子智，先圣之所营②。

树兹万世策，安此亿兆生③。

讵敢惮焦思，高枕于上京④。

北河秉武节，千里卷戎旌⑤。

山川互出没，原野穷超忽⑥。

扰金止行阵，鸣鼓兴士卒⑦。

千乘万骑动，饮马长城窟。

秋昏塞外云，雾暗关山月⑧。

缘岩驿马上，乘空烽火发⑨。

借问长城侯，单于入朝谒⑩。

浊气静天山，晨光照高阙⑪。

释兵仍振旅，要荒事万举⑫。

饮至告言旋，功归清庙前⑬。

【注释】

①横：横贯。

②台、小子：都是杨广自谦之称。营：经营。

③树：建立。兹：此，指代长城。亿兆生：即亿兆苍生，指天下臣民。生：人民。

④讵敢：岂敢。惮：畏惧。惮焦思：畏惧思虑谋划，意思是安于享乐。

⑤北河：黄河流经河套时，分作南北两条，分别称作南河、北河。武节：使用武力而不违背道义的品德。戎旌：军旗。

⑥出没：时隐时现。穷超忽：旷远没有尽头。

⑦扰（chuāng）金：打击金属乐器。鸣鼓：击鼓。兴：振兴。

⑧关山：高峻险要之地。

⑨乘空：腾空而起。

⑩长城侯：此指长城地方官。谒（yè）：朝见。

⑪浊气：指硝烟，意思是胡人都已经归服，硝烟也就停止了。天山：此指祁连山，突厥从这里兴起。高阙：古地名，在今内蒙古杭锦后旗西北。阴山山脉至此中断，成一缺口，望若门阙，故称高阙。天山、高阙指代边疆。

⑫释兵：放下武器，兵即兵器。振旅：整顿部队。要荒：即要服与荒服。古时以五百里为一区划，从王畿中心向外延伸，要服与荒服是居于最外的两个区划，泛指荒远之地。

⑬饮至：凯旋庆功宴饮。言旋：回还。言：语助词，无实义。清庙：即宗庙。

【译文】

萧瑟秋风吹起于北疆，王师从容不迫出征万里。

万里之行是要做什么呢，要

在茫茫大漠修筑长城。

　　这不是我自己有什么高深智慧，是历代圣君共同的经营。

　　修筑长城是决定万世基业的国策，亿兆生民都将因为它而不受侵害。

　　（所以）我怎么敢畏惧殚精竭虑，在都城高枕享乐呢。

　　对北河外敌秉持有礼有节的军事威慑，王师的旗帜飘扬于千里大漠。

　　（大漠风沙漫天）山川时隐时现，原野旷远不见尽头。

　　鸣金则行军止，击鼓则前行。

　　千乘万骑浩浩荡荡，来到长城下的泉水窟饮马。

　　秋云淤积，天光昏暗；月雾笼罩，关山暗淡。

　　驿马在驰道上飞驰，烽烟在长城上腾起。

　　问长城侯这是怎么了，原来是胡人大单于前来朝见。

　　浑浊的硝烟在天山止息，清澈的晨光照耀着高阙。

　　王师卸下兵器仍然整齐威武，荒蛮之地也都归服了教化。

　　王师宣告胜利凯旋，设宴庆功；要将这样的丰功伟绩告知于宗庙祖先面前。

人日思归①

薛道衡

【题解】

《人日思归》是隋朝诗人薛道衡所作的五言古诗。

　　薛道衡出身河东薛氏，博学深邃，与卢思道、李德林齐名，为当时文坛领袖。薛道衡在隋文帝杨坚初期曾做过聘陈内史，这首《人日思归》即是薛道衡出访南陈后所作。

　　这首诗开局平淡而奇峰突起，后两句"人归落雁后，思发在花前"，当时就备受赞叹。

【原文】

入春才七日，

离家已二年。

人归落雁后 ②，

思发在花前 ③。

【注释】

①人日：即正月初七日。

②落：落在……后。

③思：思归。

【译文】

入春已经七天了，

离家已然两年。

回去怕是要在大雁北飞时节之后了，

可是回家的念头却在花开以前就有了。

落叶

孔绍安

【题解】

《落叶》是隋朝诗人孔绍安所作的一首五言绝句。

孔绍安是南陈吏部尚书孔奂次子，孔子三十二代孙。南陈覆灭后，孔绍安被迁居于长安郊外鄠县（今陕西户县）。这首《落叶》应是孔绍安北迁后不久所作，孔绍安北迁时，年仅十三岁。

这首诗中，诗人以落叶自比，用落叶的漂浮不定，将自己沦落他乡的无奈与凄凉尽情展示出来。

【原文】

早秋惊落叶①，

飘零似客心②。

翻飞不肯下，

犹言惜故林③。

【注释】

①惊：惊动。

②客心：沦落异乡之人的心思。

③犹言：好像在说。惜：舍不得。

【译文】

早秋惊动树木落叶纷纷，

落叶飘零就像沦落异乡之人的遭遇。

转腾飘忽不肯落下，

犹如在留恋所生长的树林。

参 考 文 献

[1] 沈德潜. 古诗源校注［M］. 周明，校注. 北京：商务印书馆，2020.

[2] 沈德潜. 古诗源［M］. 北京：中华书局，2018.

[3] 沈德潜. 古诗源［M］. 王晓乐，崔晨曦，校注. 哈尔滨：哈尔滨出版社，2011.